FRANÇOISE REY

D'origine italienne par sa mère, Françoise Rey est née en 1951 dans un petit village de l'Isère. Après une enfance et une adolescence grenobloises, elle suit des études de lettres et réussit le concours du CAPES. Professeur de lycée en Vendée puis dans le Beaujolais, c'est en 1989 que Françoise Rey publie *La femme de papier*. Salué par la critique, ce premier roman connaît immédiatement un grand succès en France comme à l'étranger. Des œuvres comme *La rencontre* en 1993, *Nuits d'encre* en 1994, ou *Le gourgandin* en 1996 la consacreront « spécialiste du roman érotique de mœurs ».
Mariée, mère de trois enfants, Françoise Rey est actuellement professeur dans un petit collège de campagne où elle continue à exercer ce qui reste sa véritable passion, l'enseignement.

LA BRÛLURE
DE LA NEIGE

DU MÊME AUTEUR
CHEZ POCKET

FRANÇOISE REY

LA BRÛLURE DE LA NEIGE

ALBIN MICHEL

AVERTISSEMENT

Ce livre évoque, dans un décor authentique, des événements ayant vraiment eu lieu. Mais leur interprétation, tout comme les personnages de l'histoire, relève de la plus pure fantaisie.

ISBN : 2-266-10435-7

Mon amour, mon cher et tardif amour,

Voilà, j'ai fini. Mon œuvre, mon ouvrage, mon livre, mon cahier. Tu appelleras ça comme tu voudras. La tâche que je m'étais assignée. Dans ces quelque deux cents pages de confessions inouïes, inouïes de ma part, veux-je dire, ne vois aucun orgueil, aucune prétention déplacée, seulement l'ébahissement d'être venu à bout de cela, de mon histoire, notre histoire, en fait, puisque je t'y ai invitée, et comment ne l'aurais-je pas fait ? « Inouïes » au sens premier, jamais entendues, jamais vues, jamais envisagées, ces confessions-là, venant du garçon timide, taciturne, pudique jusqu'à la solitude, que tu connais. Mais le connais-tu ? Cette interrogation motive mon cadeau : je te dédie et je te donne tous ces chapitres dont certains te choqueront peut-être, je le redoute et je l'espère. Il faut que tu lises. Il faut que tu poses tes yeux sur mes lignes comme jamais encore tu ne les posas sur mon corps (je ne savais pas t'y encourager), sur mon âme, que je te cachais. Pardonne à l'ancien pudibond son exhibitionnisme thérapeutique, pardonne aussi sa légèreté à parler de toi à la troisième personne.

L'exorcisme passait par là, raconter ce qui m'est arrivé, ce qui nous est arrivé, comme s'il s'agissait d'un roman avec des héros, des héroïnes fictifs. Moi seul, je reste moi, je parle de moi en mon nom propre. Cet égocentrisme, je le sais, je le sens, me fut salutaire au fil des pages. Je me suis découvert. Entends par là trouvé, et à la fois mis à nu. Ma mère m'avait dit un jour, soupçonnant chez moi les balbutiements d'une sexualité déjà honteuse, et mal assurée : « Tu es à l'âge où on se découvre. » Disons que la découverte était demeurée très incomplète.

« À présent j'ose, car le passé m'encouragea de son parfum. Oui, j'ose maintenant. » Cyrano *— acte II — scène 6. Pièce que je connais par cœur sans jamais l'avoir dit à personne, comme j'ai tu tant d'autres choses. « Toute ma vie est là. » Oui, mais Cyrano meurt sur ces mots-là, et moi, en les écrivant, en en prenant conscience, je renais. Mon amour, mon cher amour, si vite, trop vite rencontré, et si longtemps ignoré... Vois avec indulgence mes errances et mon parcours, permets la résurrection, l'élan joyeux de qui a décidé de vivre, enfin ! Et accepte simplement l'hommage de mes sincérités, toutes mes sincérités, que je dépose à tes pieds en gage de ferveur. Tu m'as aimé jusqu'ici, je le comprends et je l'apprécie bien tard. Et moi je n'ai rendu à cet amour muet, désintéressé, que ma facilité presque indifférente. Je suis devenu autre, et je le dois à la race obstinée et pacifiquement passionnée des femmes. Si tu veux à présent la moisson, la belle moisson de ma révolution, tends-moi les mains, les bras, exige tout ce qui t'est dû, mon temps, ma tendresse, ma vie, demande encore cet enfant auquel tu as peut-être renoncé dans le secret de ton désarroi,*

demande mon audace nouvelle, ma foi toute neuve, éblouie, définitive. Aime-moi, et laisse-toi aimer. « C'est maintenant que j'aime mieux, que j'aime bien. »

I

Février a ramené à Valdoré sa cohorte disparate de cosmonautes polyglottes. La station est ouverte depuis Noël, mais ne commence à vraiment battre son plein qu'un mois et demi après. Chaque samedi, des cars bariolés, aggravés de remorques imposantes, se hissent avec un acharnement régulier et inexorable sur la route pentue qui aboutit au village. J'ai failli écrire la « petite route ». Vieux réflexe, vieille mémoire. J'oubliais que cette départementale n'a plus rien d'un chemin de montagne étroit, périlleux et à peine carrossable. Dans mon enfance, ma très jeune enfance, les garde-fous au bord des ravins étaient des barrières dérisoires et rouillées, tordues ou emportées au gré des avalanches, et le vent des combes, glacial, malfaisant, y soufflait sa turbulente haleine à chaque virage en épingle à cheveux, sept exactement depuis le bas de la côte jusqu'à la tirette de l'oratoire, avant le petit Valdoré. On se cramponnait au bastingage des parapets torturés, tandis que la bise, d'un souple mouvement de jarret, reprenait appui entre deux bonds, sur la mince plate-forme de bitume. Et puis hop ! elle vous sautait, comme un vulgaire talus, couchant votre chevelure et gerçant l'ourlet de vos oreilles. Après une demi-seconde d'accalmie, une autre ruée, une nouvelle déferlante vous bousculait, et vous vous arrimiez encore, des deux mains, à la barre métallique en deçà de laquelle il était de bon ton de considérer l'à-pic. Et tout en bas, au creux de coupantes falaises d'ardoise, l'un des milliers de torrents grondants qui ravinent le pays. On prenait le vertige. Les mugissements de l'air et de l'eau confondus vous soûlaient d'une angoisse profonde. Au détour d'un des derniers virelets, bénin celui-là, un qui ne compte pas dans la série des sept magistraux, une plaque de pierre commémorait l'envol d'un promeneur, happé par la tourmente, perdu à jamais, fracassé contre les rocs abrupts, comme Francesca da Rimini dans son enfer. Francesca et son amant maudit, Paolo, voltigeant comme fétus de paille, s'écrasant sur les rochers, mais ne desserrant pas leur étreinte... J'aimais cette histoire, et la visite hallucinante, sous la plume de Dante, d'un enfer à grand spectacle. Pour moi, tout gosse, Valdoré, c'était déjà l'enfer. Malgré son joli nom, son nom vénéneux, séduisant comme le diable tentateur. Pas loin d'ici, n'y avait-il pas les gorges de l'Infernet, avec leurs chutes bouillonnantes et terribles, leur fracas de fin du monde, et ce tournis épouvantable qui vous saisissait rien qu'à avancer la tête au-dessus du gouffre ?

Trente ans après, que reste-t-il de cette nature grandiose et redoutable ? De ces reliefs exacerbés en rocailles tranchantes, de ces abîmes impressionnants, de toute cette sauvagerie qu'on eût pensée indomptable ? Que reste-t-il des limites où l'homme se cantonnait, peureux et tacitement reconnaissant de la petite place concédée, résigné à tous les caprices vengeurs des éléments qu'il vénérait et craignait à l'égal des dieux ? Que reste-t-il de l'étroite sente sur la falaise écailleuse où ma grand-tante s'est tuée en tombant avec son mulet ? Que reste-t-il des avalanches imposantes, toutes-puissantes, qui isolaient le village du reste du monde quatre mois de l'année ? Que reste-t-il du vent, de l'orage, de la grêle ? De la neige qui n'est plus un fléau, mais une bénédiction attendue, ridiculement fêtée ?

Que reste-t-il du vertige ? Il a disparu. Gommé avec les irrégularités et les pièges des chemins incertains, conjuré avec les tunnels et les solides parapets en poutrelles d'acier ornés de demi-troncs massifs, oublié sur les larges avenues qui à présent desservent un village bâtard, couronné de rangées d'immeubles neufs et d'une galerie marchande surréaliste.

La montagne n'a plus de dignité, elle n'a plus de pudeur. Dépossédée de ses secrets, de ses menaces, trouée, ravagée, sillonnée, forée, survolée, qui la redoute encore ? Qui cultive la terreur, superstitieuse et non moins légitime, qu'elle savait inspirer ? Tous ne voient que ses pentes offertes, ses maisons vendues, louées, prostituées au tourisme, ses rudes paysans recyclés dans des emplois avilissants et sûrs, ses alpages domestiqués, ses forêts accessibles, ses entrailles remuées, retournées, exposées au profit de travaux herculéens, ses coins les plus perdus, les plus charmants déshonorés de tables et de bancs, transformés en aires de pique-nique ! Hormis quelques ruades par-ci, par-là, quelque révolte vite matée, la montagne de mes ancêtres, de mon grand-père chercheur d'or dans les mines de La Fare, de ma grand-mère gardeuse de chèvres au revers des Barnéouds, la montagne des miens, accrochés à son flanc ingrat et tenaces à la lutte, cramponnés pour survivre, ballottés par ses coups de tabac, cette montagne-là n'existe plus pour personne.

Pourtant... Suis-je seul à me souvenir ? Suis-je seul à trembler et à garder intact, vibrant, sifflant, terrible en moi, le mortel vertige ?

Février donc. Le samedi est jour de transhumance. Les uns partent, les autres arrivent. Leurs cars se croisent en un lent ballet malodorant, souvent auréolé de fumée noire. Effervescence sur le carrefour au-delà duquel les poids lourds ne s'aventurent plus. J'attends, au volant de la navette. Je viens de livrer un plein charroi de valises, celles des partants, aussitôt engouffrées dans les soutes d'un car hollandais. Un car anglais prend bientôt sa place après avoir lourdement manœuvré devant l'hôtel de l'Edelweiss. Le hollandais s'ébranle définitivement, emportant sa fournée bien cuite au soleil des pistes. Ils sont rangés soigneusement là-dedans comme des tomates mûres sur leurs clayettes ; certaines de ces tomates arborent des lunettes noires, les autres portent un loup blanc de peau sans hâle, où vacille un regard fatigué par les bières de la veille et les libations des adieux. Côté britannique, c'est pâleur égarée et compagnie. Ils abandonnent leur véhicule dans un désordre bruyant et, sur l'injonction du chef de groupe, se ruent vers la double porte centrale grande ouverte de ma navette. Rugissement du chef. Mâchonnement des réponses. Je déteste l'anglais. Je trouve cette langue arrogante dans son nasillement désinvolte. D'ailleurs, je déteste aussi l'allemand, le flamand, le néerlandais, tous idiomes que je ne comprends pas, et qui participent à la tragique métamorphose de Valdoré. Moi, à part l'italien de ma mère, le bel italien à mélodie de galets roulant dans la rivière, je ne sais, je n'aime que le français. Mais d'un amour profond et insoupçonné, qui me fait lire, lire encore et relire les pages les plus délectables de ces livres emportés clandestinement et absorbés à toutes petites doses pendant mes attentes aux carrefours. Je ne lis pas vite, ni facilement. Chaque phrase me semble une partie d'un labyrinthe à explorer méthodiquement, à pénétrer totalement. Il m'arrive de sortir de ma poche mon bouquin pour cinq minutes devant l'Edelweiss. Je déchiffre à peine trois phrases ; je les ressasse, les savoure, les pressure longtemps après avoir rangé le livre et avoir démarré en direction des logements. Elles roulent dans ma tête comme le noyau d'une cerise qu'on a mangée, et qui reste à vous agacer les dents, à vous amuser la bouche. C'est encore la cerise, et ce n'est plus elle. Son goût a évolué, sa chair a fondu, demeure un petit condensé dur et indigeste qu'on aurait envie de broyer et qui passe de joue en joue sans rien perdre de sa densité, mais s'imprègne de votre salive, et qui devient suave, familier, qui fait peu à peu partie de vous. Vient l'envie d'une autre cerise. On crache le noyau. On gobe un nouveau fruit, qui éclate sous la molaire. C'est quand j'arrive aux logements ; ils descendent, ils récupèrent leurs skis, sur la plateforme arrière. Je ressors mon bouquin. Nouvelle cerise, nouvelles phrases. Le goût des mots, leur jus, leur chair... Cinq minutes après, je repars dans l'autre sens, le livre dans ma poche, et le noyau des deux ou trois phrases lues qui navigue dans ma tête et me taquine la pensée...

Jamais, bien sûr, jamais encore je n'ai dit et

encore moins écrit tout ça à personne, pour personne. Pas même pour moi. Je n'en sentais pas l'utilité. Et soudain, parce que j'ai décidé de raconter mon histoire, tout, tout me semble bon à souligner, décrire, disséquer, tout me retient, m'égare, m'engage à une lente et sinueuse traversée dont je me demande si je verrai le bout... Que de digressions, de parenthèses, et comme j'ai du mal à faire le tri ! Logorrhée typique d'un cas de long et douloureux mutisme qu'un miracle viendrait de guérir...

Donc la britannique horde se range aux ordres de l'aboyeur principal, et renonce à prendre d'assaut ma navette. D'abord les bagages. Ils entament une chorégraphie familière, tournent sur eux-mêmes, s'interpellent, se heurtent, moulinent une mélopée d'interjections couinantes à la Donald Duck, tirent, poussent, hissent d'énormes sacs, qu'ils prétendent transporter par quatre ou cinq, s'étranglent dans les bandoulières, s'empêtrent dans les skis... Un gosse pleure, la main tendue vers sa sucette éjectée que vient d'écraser une grosse blonde à la démarche de dinde. J'ai renoncé à lire le samedi. Trop de bruit, trop d'agitation. Et ces bagages jetés interminablement en strates successives dans le ventre de ma navette qui s'alourdit, s'arrondit, craque sous l'effort, effarée... Un jour, elle explosera, je le prédis. Dans mon dos, le gavage continue. On attaque la troisième couche. Je résiste de toutes mes forces à l'envie de me retourner, de les fusiller du regard. Ça servirait à quoi ? La carrosserie proteste et la suspension geint. Un Rosbif vient de bourrer à coups de pied un dernier balluchon dont il vaut mieux espérer qu'il ne transporte pas de la porcelaine. Le meneur, satisfait, abat une grande pogne de brute sur mon capot. « O.K. ! » C'est parti. J'embraye péniblement, dans une odeur de gasoil chaud. Huit jours qu'un soleil quasiment estival enchante les touristes et navre les pisteurs. Des Teutons ont skié en maillot de bain hier, paraît-il, et les canons à neige n'ont pas chômé. Moi, derrière mon pare-brise, je transpire raisonnablement. Le François a dit : « Ça va pas durer. » Je lui fais confiance. Premier virage sur la gauche, attention, bien arrondir la prise à droite, le poids du fret me déséquilibre, et pourtant le bus est tellement saturé que rien ne bouge à l'intérieur. Grimpette ardue. Deuxième virage, à droite toute. Je tire sur le volant en douceur, respectueux malgré moi de ma cargaison. Je pense au *Salaire de la peur*, je joue les gros bras. Attention, dernier lacet à gauche, je m'y reprends à deux fois, un connard s'est garé comme une merde, rétrécissant mon champ d'action. Encore cinquante mètres... Puis la barrière qui est censée défendre l'accès aux immeubles et que je n'ai connue qu'ouverte. Je m'arrête juste après. La Claudette est là, les bras croisés, son menton en légère galoche haut levé dans une attitude d'interrogation permanente. Elle dit : « Alors ? » Elle dit toujours : « Alors ? » À n'importe quelle heure du jour (et de la nuit, paraît-il, s'il faut en croire l'Antoine, seulement peut-être que la nuit, avec l'Antoine, cet « Alors ? » semblerait davantage justifié. Mais va savoir... Avec ce qui m'est advenu, je ne jurerai de rien, plus jamais). Claudette dit : « Alors ? » et je ne réponds pas, pas plus que d'habitude, pas plus que tous les autres à qui elle pose multiquotidiennement cette apparence de question. Puis elle s'attaque au tas de bagages, sans esbroufe, à gestes lents et efficaces de ses gros bras de travailleuse.

Ses doigts gercés saisissent les anses, ses cuisses s'arc-boutent, ses épaules aident. Moi aussi, je pourrais aider. C'est pas mon boulot. Moi, je suis chauffeur. Elle, elle est femme de ménage de la commune, à ce titre elle prépare les logements avant chaque nouvel arrivage, elle accueille et elle installe les locataires. « Une hôtesse, quoi ! » corrige-t-elle quand on fait allusion à son statut. « Une hôtesse d'accueil ! » Moyennant quoi, son job d'hôtesse d'accueil consiste d'abord à se coltiner des bagages qui feraient chialer plus d'un débardeur. Elle ne les charrie pas, soit. Mais rien que les enlever du car doit lui casser les reins pour un moment. Pourtant elle ne se plaint pas, elle ne demande jamais de coup de main. Fierté d'hôtesse d'accueil. Et moi, fierté de petit con de chauffeur, je ne l'ai jamais proposé. Tandis qu'elle s'échine, je considère un point fixe, loin au-delà, de la pointe de Chalvet, très haut dans le ciel bleu. Je ne sors toujours pas mon livre. Lire devant la Claudette ! Elle dirait « Alors » sur un autre ton. Un nuage étonnant s'inscrit tout à coup dans mon champ de vision. D'un noir étrange dans l'azur alentour. Et un drôle de vent se lève. J'en prends conscience avec le fracas d'une vitre qui, à coup sûr, vient de voler en éclats. « Bing ! commente Claudette. Ça, c'est une de mes baies vitrées. J'avais laissé ouvert pour que ça sèche plus vite, on passe toujours la serpillière en catastrophe. Ceux qui s'en vont traînassent, et les autres déboulent tout de suite dessus. Je suis bonne pour changer une vitre ! » Je m'étonne un peu, pour la forme :

« Tu changes les vitres ?

— Non, mais je signale, je téléphone, j'organise, dit-elle avec importance, en interrompant une manœuvre à visée extirpatrice.

— Tu n'auras pas le vitrier avant demain. »

Elle hausse une épaule, placide.

« Ils fermeront les volets ce soir. Toute façon, fait chaud, même la nuit. »

Le nuage me semble gagner en épaisseur. Je le désigne d'une moue sceptique. « Ça va pas durer... » La Claudette a fini de vider la navette. Elle trône au milieu d'une débandade de sacs jetés au hasard les uns sur les autres. Je la laisse là, bien campée sur ses mollets solides, le poing sur la hanche, et la mâchoire levée vers le nuage auquel elle semble demander : « Alors ? » Nouveau voyage vers l'Edelweiss, pour convoyer des British, cette fois, que Claudette attend de pied ferme, de menton haut. Après, je ferai la pause. Un petit répit d'une trentaine de minutes, et ce ne sera pas du luxe, parce que les heures à mariner derrière mon pare-brise depuis le début de la journée commencent à me filer des crampes partout, et me ruissellent dans le dos en une lente coulée poisseuse. Trois virages dans l'autre sens, manœuvre, un coup en bas, marche arrière, un coup en haut, arrêt. « O.K. ! » gueule encore le capitaine. Voilà la perfide Albion à l'assaut. Cette fois, tandis que mon véhicule tressaute et accuse chaque nouvel occupant d'un frémissement de sa carcasse prématurément usée, je vise le rétroviseur. J'ai toujours un choc à découvrir ma tête. Une belle bobine de macho, bien typée rital, cheveux courts et crépus, très noirs, visage régulier à la mâchoire plutôt carrée, bronzé presque autant qu'un moniteur, lunettes de soleil, chaîne d'argent dans l'échancrure de la chemise rouge... C'est une gueule qui ne me va pas du tout. Le type qui empapiote les âmes, tout là-haut, qui glisse chacune d'elles dans une enveloppe appropriée, s'est, à mon avis, trompé de paquetage en ce qui me concerne. Ma dégaine s'accommode mal de mes frousses, de mes hantises, de mes tabous, de mes lâchetés, de mes sensibleries. Bien sûr, je pourrais ne pas aggraver mon cas en refusant de porter la chaîne de cacou et la chemise mode d'un rouge tape-à-l'œil. Mais ce sont des cadeaux d'Agnès. Agnès adore mon côté latin, et le cultive éhontément. J'ai essayé de résister, mollement, au début, devant des présents qui m'emballaient peu : une écharpe de soie, une chevalière, une gourmette, j'ai prononcé sans grande conviction des : « Tu crois ? » puis des : « Ah bon ! » parce que mes semblants de réticence paraissaient la blesser ; enfin, j'ai capitulé une fois pour toutes — le jour de la chaîne —, lui laissant désormais le loisir de choisir mes vêtements, mon eau de toilette, et presque tous les objets de mon quotidien. Ça lui faisait tellement plaisir, ça me coûtait si peu, seulement le désagrément de me croiser parfois dans un miroir avec cette sempiternelle impression d'être déguisé. Mais cette impression, au fond, ne tenait pas qu'à la couleur d'une chemise ou à l'éclat de ma chaîne...

Une jolie rousse vient, en posant ses fesses sur l'un des onze sièges de ma patache, de me couler un regard qui en dit long sur le bon goût d'Agnès et son aptitude à mettre mes atouts en valeur. J'ai l'habitude, les femmes me trouvent beau gosse. J'en trimballe des qui me draguent d'une façon forcenée toute la semaine. Elles attaquent le samedi en arrivant, comme la mignonne rouquine, et s'en vont le samedi suivant avec la même gourmandise dans l'œil, la même aisance à hausser les coins de leurs lèvres dûment graissées. Le sourire cependant, après huit jours de constance, évolue à peine, prend des airs dépités, des frémissements parfois méprisants, ressemble à une moue gentille qui voudrait dire : « Dommage... »

D'autres se lassent plus vite. Taciturne par tempérament, par prudence également, je réponds d'un borborygme à leurs essais de français trébuchants, ne ris jamais à leurs boutades, ne souris que rarement, et je scrute attentivement, exclusivement la route.

Allez ! J'ai mon plein. Ils sont serrés là-dedans à étouffer, tous engoncés dans leurs anoraks inutiles, leurs doudounes anachroniques. C'est vrai qu'il fait chaud, même si le ciel est de plus en plus noir du côté de Chalvet. Le coup de reins de ma Lison qui s'ébranle déséquilibre des passagers debout, menace de les jeter sur les genoux des assis. On s'esclaffe, on s'exclame, oups ! On salue bruyamment au passage ceux qui ont décidé de renoncer à la caque et de monter à pied vers le haut de la station : l'affaire de cinq minutes par les raidillons qui tranchent les virages. Premier tournant à gauche, rond de bras bien large d'abord à droite, coup d'œil à la route qui continue vers La Villette et que je dois couper pour virer ; au passage, je capte la prunelle de la rouquine qui ne m'a pas lâché. Tu peux toujours zieuter, ma belle ! Ni toi ni une autre. Une paresse sans noblesse, une trouille des complications me gardent loin des aventures. Une absence de curiosité aussi. Et puis s'il fallait sauter toutes celles qui me reluquent, comme dirait le François qui ne s'embarrasse pas de scrupules langagiers : « Pourtant, qu'il me dit aussi, toi... si tu voudrais, comment que tu pourrais !... » Le François, c'est un du pays, un vrai de vrai, estampillé pur pagut de l'Oisans, un petit, trapu, lent et massif, qui se déplace en se dandinant sur ses épaisses jambes arquées, avec les mains, de grosses mains rouges, écartées au niveau des poches, comme s'il s'apprêtait à barrer le passage à un mulet emballé, à une vache devenue folle. Il a jadis battu le blé au fléau, et levé à la fourche des tonnes d'herbe sèche, sous le cagnard d'août qui rendait les champs encore plus pentus et les chemins plus escarpés. Aujourd'hui, il a troqué la fourche et le fléau contre un balai de cantonnier, où il se repose plus souvent qu'il ne s'affaire. Depuis que Valdoré est devenu une station, chacun de ses enfants est un employé communal. Le François, il est ramasseur de canettes égarées et de boîtes de Coca en vadrouille. C'est moins bucolique que les travaux des champs, mais moins fatigant. Et puis la paye tombe à la fin du mois. Ça rend le François tranquille jusqu'à la fin de ses jours. Lui manque ce qui le rendrait heureux : une femme, ou, à la rigueur, des femmes. Il rêve souvent, dans son bleu communal, à l'heure de la cigarette roulée, entre deux boîtes de Coca récupérées. Je vois son œil clair qui s'exalte au déhanchement pourtant lourdingue d'une skieuse qui martèle la route avec ses gros croquenots. Sa salopette matelassée lui étrangle la taille, s'épanouit au-dessous en deux belles hanches rembourrées, elle avance sans voir le François qui mouille son papier Job d'une lèvre trop baveuse, elle porte ses skis sur l'épaule, ses bâtons à la main, ses godillots claquent, scandant son balancement de femme éléphant. De derrière mon pare-brise, je suis l'œil du François sur le cul à ressort de la fille, fesse droite, fesse gauche, clac, clac, droite, gauche, le François martyrise de ses énormes doigts ce qui devrait être une cigarette et qui ne ressemble plus qu'à un informe mâchouillis, sa lippe tremble un peu, épaisse et pendante d'émotion sous sa moustache drue comme un bout de poivron rouge, son nez, ses joues violacés par le grand air et la piquette frémissent aussi, toute sa pauvre trogne se tend... La fille est passée, sans un regard pour lui, elle n'a levé le visage qu'à la hauteur de mon pare-brise, m'a balancé en pleine poire l'éclair insolent de ses prunelles de garce, aveugles à l'émotion des humbles, piégées elles aussi par la classe tapageuse de ma chemise — noire, ce jour-là, très ample d'épaules, avec des boutons de nacre... Le François amène son rictus écœuré vers moi, enflamme d'une allumette audacieuse le fruit de son approximatif labeur, qui prend l'allure d'une torchère miniature. « T'as vu ? me demande-t-il, en écrasant sur sa moustache un début d'incendie, t'as vu ? Comment que tu pourrais, si tu voudrais ! » Et puis, décidément, son truc est infumable. Il le jette, y pose un lourd soulier de cantonnier amer.

J'ai largué ma troupe de Donalds cancanants devant la Claudette qui interrogeait toujours le ciel d'un menton sceptique. Pas de nouveau car prévu avant un bon moment, les Belges ont téléphoné qu'ils étaient coincés dans les embouteillages de Vizille. Il est quinze heures trente. Encore trop tôt pour remonter les skieurs au logis, leur journée n'est pas finie. Donc, j'ai devant moi la demi-heure que je me promets depuis ce matin. Halte au carrefour de l'Edelweiss, et cap sur la terrasse où j'aperçois Mario.

Mario, c'est moi en réussi. Même physionomie ritale, à peu de chose près, et rien de plus normal : on est frangins. Mais Mario est l'aîné, le grand, le grand et large, le musclé, le baraqué, le doué en tout, le chéri des dames, qu'à côté de lui moi et mes chemises de cow-boy elles ne nous voient plus du tout. Quand Mario se tient là, qu'il parle avec cette gouaille heureuse et détendue que je lui connus toujours, quand il rit à grandes dents blanches, quand il plisse son bel œil de velours noir, je rétrécis, je me ratatine, je me décolore. Pourtant cette désagréable sensation n'engendra jamais en mon âme ni haine, ni simple jalousie, et c'est dommage. Il eût été plus sain, plus simple, de le haïr farouchement et de croire très fort, définitivement, qu'il me volait ce qui m'était refusé. Or, je ne le hais point, comme disait Chimène. À savoir, comme elle ne le disait pas, comme il fallait comprendre, comme tous les profs de français l'enseignent lorsqu'ils expliquent l'art de la litote, à savoir que je l'adore. Comme Chimène, je ne peux proclamer cet amour. Moins sublime qu'elle, ce n'est pas la réserve due au rang ni le sens du devoir qui me claquemure, mais ma ridicule pudeur. Et comme Chimène, je fuis l'objet de mon adoration, qui devrait être celui de ma révolte et de ma rage. J'évite le plus possible le contact de ce frère, miroir magique et désespérant, où je me vois tel que j'aimerais être, et tel que je ne serai jamais.

Aujourd'hui est exceptionnel. Je me risque sans trop d'appréhension aux côtés de Mario, jambes étendues sous la table, mains croisées derrière la nuque, coudes écartés de chaque côté de sa superbe gueule offerte au soleil qui n'ajoutera rien à son teint de pur havane. Sans me regarder, il me devine, bouge à peine, un léger frémissement de bienvenue, l'esquisse d'un geste qui voudrait élargir la place où je me pose, et qui s'arrête vite. Toujours sans se tourner vers moi, il dit : « C'est bon, la pause, hein, frérot ! » Gentil de sa part de m'associer, de partager avec moi un semblant d'emploi du temps, de rythme, un quelque chose qui nous serait commun. Mes pauses à moi ne ressemblent pas aux siennes. Moi, c'est tous les jours, dans le creux de la journée, entre deux fournées de skieurs, les derniers partis à l'assaut des pistes, et les premiers redescendus. Quinze heures, quinze heures trente. Un rite. S'il fait beau : terrasse. À cette heure-là, je la trouve déserte. Markus, qui m'a vu du comptoir, m'apporte mon demi, avec sa lenteur fatiguée mais serviable ; de sa jolie voix chargée d'accents hétéroclites, il me commente la soirée de la veille, les bagarres, les rigolades. Après je savoure ma chope en solitaire, je grignote la coupelle de pop-corn que Jenny a posée devant moi (du pop-corn à Valdoré ! C'est vrai que l'hôtel de l'Edelweiss à présent, géré par un Belge, est une tour de Babel, et le personnel pour partie anglais).

Quant aux pauses de Mario, elles n'ont lieu, à tout casser, que le samedi, jour bâtard : les cours de la semaine sont finis, et les skieurs du weekend, chevronnés déjà ou au contraire occasionnels, sont peu demandeurs. Donc, mon moniteur de frangin vient traîner ses charmes dolents au bistrot d'où il mate les arrivages de gonzesses derrière ses lunettes fumées. Son tee-shirt blanc éblouissant sous le rouge de la combine entrouverte, exalte son hâle hollywoodien avec une emphase à vous tirer des larmes. « C'est vrai qu'il est beau, le gredin ! »

Je me suis à peine installé à sa table que Josy débarque. Elle a laissé sa voiture en plein milieu de la route, moteur ronronnant, portière grande ouverte, elle sautille vers nous sur ses petites jambes nerveuses (les jambes de la famille, Agnès a les mêmes), se plante une seconde devant nous, jette un trousseau sur le guéridon : « C'est les clefs du bureau de tabac, et sous le tiroir-caisse tu trouveras les clefs de chez toi, que, bien sûr, tu as oubliées ce matin ! Agnès est passée me les remettre. Bon, je me cavale, j'ai ma répète à quatre heures et demie à Vizille, et je suis à la bourre. Et paraît que ça circule dingue ! *Ciao !* » Elle est déjà loin, cliquetant de ses talons pointus sur les dalles de la terrasse, lorsqu'elle se retourne : « J'ai mis un mot sur la vitrine pour dire que ça ouvrait demain à sept heures et demie. Tu peux ? Tu y penses ? Si tu veux, je te réveille au téléphone à sept heures ? »

L'ahurissement me fige. Qu'est-ce qu'elle me raconte ? Qu'est-ce que c'est que cette histoire de clefs, d'Agnès, de vitrine ? Demain sept heures ? Pourquoi ? Comment ? Elle a démarré sans attendre ma réponse, que je m'interroge encore... Nom de Dieu ! c'est vrai ! Agnès est partie ce matin même avec Guillaume pour quinze jours ! Comment j'ai pu oublier une chose pareille ? On s'est quittés à neuf heures, moi je prenais mon service à la navette. Agnès bouclait ses valises. Comme l'année dernière, comme il y a deux ans, elle avait déclaré avant les congés du gosse : « Je ne reste pas ici pour les vacances de février. Il y a trop de cons. C'est irrespirable. Et Guillaume a besoin de changer d'air. Je descends sur la Côte voir ma mère. Ma sœur est d'accord, elle s'occupe du magasin. Tu lui donneras un coup de main quand tu pourras. » C'est phénoménal d'avoir passé toute la journée sans penser une seconde que ce soir je serai seul à l'appartement, et demain aussi, et pendant quinze jours ! Je n'en reviens pas, je triture le trousseau de clefs orné d'une grosse médaille à l'emblème de Valdoré, les clefs du bureau de tabac... Et pourquoi Josy ne m'aurait-elle pas donné en même temps celles de l'appart ? Trop simple pour sa petite caboche survoltée. Ou alors elle voulait m'obliger à passer à la boutique en fin d'après-midi. Des fois que ça sauve une vente ou deux...

Mario allonge une main intriguée vers le trousseau que je lui abandonne.

« Fais voir ? J'ai le même porte-clefs...

— Il doit y en avoir un bon paquet, ici, qui ont le même, dis-je. Agnès en avait commandé cinq cents !

— Moi, répond-il avec un sourire plein de sous-entendus, c'est Josy qui me l'a donné. »

Je n'aime pas trop ces demi-confidences. Elles me mettent mal à l'aise pour des tas de raisons, dont la première me paraît évidente : le cul n'est pas mon truc. Pour couper court, je me lève.

« Il rêve, Markus, aujourd'hui ? Je vais lui demander une bière. Tu prends autre chose ?

— Non, petit père. Je me casse. J'ai un rancard à quatre heures, là-haut... »

Quand je reviens du bar avec ma chope, Mario a disparu. Mes clefs aussi ! C'est à cet instant précis que ma vie bascule.

II

D'abord, j'ai interrogé Jenny : « Il est où, Mario ? » D'un geste vague, elle m'a montré la gare, derrière nous, la vaste machine de ferraille grondante que je m'efforce d'oublier à longueur de journée, de mois, d'année, la grande usine sinistre à laquelle ma navette tourne toujours le cul, obstinément, quand j'attends devant l'Edelweiss. J'ai fixé la surface lisse du guéridon, incrédule, j'ai reculé les chaises, regardé par terre, scruté les coins. « Il avait des clefs à la main ?... » Jenny fait une moue vague. Elle ne sait pas, et elle s'en fout. « Tu sais où il allait ? — Montfrais peut-être ? » propose-t-elle sans conviction. Merde de merde ! Cet enfoiré a empoché machinalement mon trousseau et je suis proprement à la porte de chez moi ce soir... La contrariété m'empêche de réfléchir, me fait piaffer comme un cheval agacé. Jenny circule entre les tables avec une éponge languide. Je redis à voix haute : « Merde de merde ! » en me ruant vers la route. « Ta bière ! » crie-t-elle dans mon dos. Je m'en tape, de ma bière. Je cours coudes au corps vers l'entrée du monstre. Le carrefour à traverser, l'accès pavé en pente douce vers une grosse bouche béante. « *Lasciate ogni speranza, voi ch'entrate.* » On descend des marches en treillis métallique, à travers lesquelles on voit le sol, beaucoup plus bas. La structure ajourée en est étudiée pour laisser passer la neige des godillots. Des cons se sont plaints que ça blesse les pattes des chiens. Moi, ça me fout déjà la gerbe du vertige, rien que de sentir ces mailles de fer qui résonnent sous les pieds comme un gong tragique, rien que de mesurer la hauteur qui les sépare des fondations... L'Esplanade, toujours en treillis. Pauvres clébards ! Ce qu'ils doivent souffrir, ça me bouleverse. Devant moi, d'immenses portes vitrées à ouverture automatique. La salle des guichets, des informations, du tourisme, des rendez-vous des moniteurs, des organisateurs, et de toute une faune bigarrée, de tout poil, sexes, âges et dégaines. On négocie des forfaits, on réclame des dépliants, on placarde des affiches, le photomaton vrombit, la machine à café ronronne, une troupe d'Italiens glapit... Dans le coin là-bas, les tresses africaines de Nathan, très brunes sur sa combinaison rouge... Je le hèle, hors d'haleine :

« Nathan ! T'as vu Mario ?

— Oui, ce matin.

— Non, là, à l'instant ?

— J'arrive, j'étais avec Hélène. On l'a pas vu. Mais il doit être à Montfrais, René vient le chercher avec la motoneige, ils vont faire la bringue ensemble à Oz, ce soir.

— Oh ! Merde de merde ! »

Devant ma désespérance, Nathan lève des sourcils interrogatifs. J'explique :

« Il a mes clefs.

— Appelle-le ce soir, propose Nathan. Va le rejoindre à Oz.

— Mais où ? Tu le connais, il dit Oz, et puis

ce sera peut-être l'Alpe ou le Bourg, ou... Et puis, j'ai pas la voiture, Agnès l'a prise pour quinze jours.

— Monte à Montfrais, il doit y être encore, le René est toujours à la bourre ! »

J'écarte les bras sur ma tenue, jean et chemise de ville.

« Comme ça ?

— Ecoute, j'ai fini, moi je rentre à Grenoble. Prends ma combine, mes pompes. Tu laisseras tout au local des pompiers. J'ai des fringues de rechange ici.

— Et la navette ?

— Demande à Lucien, ou au Tave, tu trouveras bien ! »

Avant de chercher frénétiquement un remplaçant pour assurer la navette pendant mon absence, je me propulse par acquit de conscience vers le bocal d'où Simone vérifie les forfaits et surveille l'accès aux bulles. Sa tête de poisson-lune ne manifeste jamais aucune émotion, pas plus aujourd'hui que d'habitude. « T'as vu passer Mario, là, tout de suite ? » Elle arrondit autant qu'elle peut encore ses yeux globuleux, sa bouche pisciforme, tente une mimique qui s'applique à singer la réflexion. « Ouais », finit-elle par lâcher, avec cette syntaxe finement ciselée qui fait son charme. La migraine commence à me serrer les tempes devant l'inexorable nécessité de la corvée qui m'attend. Choper le Tave qui doit boire des canons à la Meije ou à l'Eterlou, le convaincre avec deux claques dans le dos de me relayer une demi-heure à la patache, ce n'est rien. Me changer à toute vitesse dans le cagibi où stationnent les civières, les attelles et tout le matériel de secours de la station, rien encore, même si les chaussures de Nathan, comme toutes les chaussures de ski que j'ai pu furtivement essayer dans ma vie, me semblent des brodequins de torture. Mais remonter avec vers la surface métallique qui crie à chacun de mes pas d'ours, me diriger une seconde fois vers l'aquarium du poisson-lune, et regarder enfin en face, la gorge sèche et la poitrine écrasée d'angoisse, le ballet de ces bulles jaunes qui s'enfournent à toute vitesse dans le hangar, ralentissent au-dessus du filet (un filet, mon Dieu ! ça rime à quoi ?) et entament, au long de leur rail suspendu, un lent tour de piste... Elles se balancent au bout de leur dérisoire tige comme des grosses courges trop lourdes ; après le virage, dans un claquement qui me donne la chair de poule, leur porte s'ouvre, il faut monter en marche, attendre, le cœur battant, que la porte se referme... et si elle ne se refermait pas ?

« Bof, m'avait dit un jour Mario, elles ne servent à rien, ces portes. Juste à éviter les courants d'air. » J'avais pensé : « Et le vertige... » J'imaginais l'ascension dans une bulle ouverte, avec le vent qui s'engouffrerait dans l'habitacle, et la vue directe de la pente affreusement déroulée sous mes pieds. J'avais frémi. « De toute façon, avait continué Mario, c'est impossible qu'elles ne se referment pas. Regarde ! » Il m'avait montré le système, pendu au rail. La cabine passe, elle actionne en passant un ressort qui ferme la porte. Impossible : ... Bien sûr ! Qui aurait dit, il y a dix ans, qu'il était possible que le téléphérique tombe ?

Je stationne depuis plusieurs minutes déjà devant les cabines sans me décider, et la sueur trempe mes mains. Je sens sur ma nuque l'œil ahuri du poisson-lune, à qui mon travestissement de moniteur pose problème. Elle doit se demander ce qui me prend, aujourd'hui, à moi qu'on n'a (presque) jamais vu dans un de ces engins du diable, et dont la pétoche des altitudes est devenue légendaire. Elle n'a même pas osé me réclamer de justificatif, dire si ma présence, de rouge vêtu, en ces lieux l'interloque ! Je me retourne tout à trac et lui lâche l'explication que tout son visage bouffi d'étonnement quémande : « Je monte voir Mario, il a mes clefs. Je redescends tout de suite ! » De derrière sa vitrine, elle m'aboie, à sa façon rogue et inarticulée : « Pêche-toi, alors, y a la tempête qu'arrive ! » La tempête ? Depuis cette gare sombre, on ne voit pas le ciel. Mais en tendant l'oreille, au-delà du grondement ininterrompu du treuil, du chuintement des ralentisseurs à l'arrivée des cabines, du claquement sec des ressorts à l'ouverture et à la fermeture des portes, c'est vrai qu'on perçoit un étrange mugissement, discontinu, très inquiétant. Le front mouillé, j'observe l'envol des dix ou douze bulles que j'ai laissées défiler devant moi sans me résoudre. Elles tanguent au bout de leur queue de cerise avec un déhanchement qui m'horrifie. Tombera, tombera pas ? Dans l'aquarium, la Simone gueule encore : « Pêche-toi ! » Alors, follement, emporté par un élan de panique suicidaire, je me rue dans l'œuf dont la portière bée devant moi, mes godillots d'une tonne faisant trembler le treillis du sol métallique. L'arrivée dans l'infernal cockpit serait burlesque si je pouvais rire. J'atterris de travers, la tête contre la vitre et les fesses approximativement tombées au hasard de la banquette lisse qui cherche à se dérober sous l'étoffe glissante de ma salopette. J'agrippe le dossier commun qui sépare les deux assises, trois places de chaque côté, dos à dos, je note au passage ma main saignante, écorchée sûrement dans ma ridicule précipitation. Mon cœur badaboume comme un malade, et une nausée me soulève au moment où, après le sourd battement de la porte qui se referme, mon abominable prison s'élance d'un bond au-dessus du filet et décolle dans un grand coup d'échine vertical. Nom de Dieu ! C'est parti ! Je crispe les paupières pour ne pas voir sous moi la fuite rapide des champs lépreux où la neige a commencé à fondre par plaques. Un bourdonnement m'assourdit, mon sang dans mes tympans bouillonne épouvantablement, j'ai l'impression qu'il va jaillir de mes oreilles en geysers de vapeur rouge. Les mouvements de la cabine, irréguliers, contradictoires, me chancetiquent les entrailles, l'inexorable envol vers les quelque deux mille mètres de la gare de Montfrais me colle les tripes au fond du ventre, et le roulis saccadé du vent qui siffle par intermittence autour de mon engin me remonte l'estomac dans le gosier. Et en plus, comme un con, dans ma ruée imbécile de tout à l'heure, j'ai choisi le mauvais côté, celui qui regarde l'à-pic et non le flanc de la montagne. Réflexe à la noix de qui refuse l'obstacle et ne se résigne à l'affronter qu'à reculons. C'est malin ! Si j'ouvre les yeux, je suis foutu ! La vision des centaines de mètres abrupts au-dessous de moi va me liquéfier, ils ne trouveront de moi, à Montfrais, qu'une flaque poisseuse sur le sol de mon cercueil volant... Un choc effroyable, soudain, assorti d'un vacarme assourdissant, me coule dans la moelle une tringle glacée. Les épaules aux oreilles, les ongles dans les paumes, tétanisé par l'attente de la catastrophe, j'amorce une prière effilochée, mais rien ne se passe et le voyage affreux reprend son cours, ballotté au gré des bourrasques. Au deuxième choc, deuxième vacarme, pour avoir héroïquement disjoint les cils de l'œil gauche, je réalise qu'il s'agit du passage des pylônes... Je commence à respirer, à peine, suffisamment pour éviter la totale asphyxie, il faut dire que depuis le début du périple (trois ou quatre cents ans), j'étais en totale apnée. Je commence aussi à réfléchir, du moins à aligner deux ou trois idées sur mon futur immédiat, et ma cogitation rudimentaire donne ceci : hors de question, si jamais j'arrive entier là-haut, totalement hors de question que je redescende par le même moyen, je vais en claquer, c'est absolument sûr. Tant pis, j'ai les grolles de Nathan, je redescends à pied, par la piste. Ça prendra le temps que ça prendra, je m'en fiche, c'est une question de vie ou de mort... Pour tenir le coup pendant le reste du trajet, jalonné, je le sais, d'encore une bonne douzaine de pylônes, je me répète le scénario envisagé : j'arrive, je me propulse hors de la gare, je fonce au restaurant d'altitude, c'est là que je vais trouver Mario, c'est son Q.G. Je récupère mes clefs. Même s'il est déjà parti avec René, impossible qu'il ne se soit pas aperçu qu'il avait emporté mes clefs ! Il les aura laissées au chalet ou à la gare ou... n'importe où... Je les récupère, donc. Et je file aussitôt par la piste de La Fare. J'en ai pour deux heures de marche. On va vouloir me prêter des skis, c'est couru. Bande de cons ! Si je skiais, je n'aurais pas le vertige. Si je n'avais pas le vertige, je ne serais pas à l'agonie en ce moment parce que ce putain de panier à salade me secoue les boyaux dans tous les sens. Et je ne courrais pas non plus après mes clefs. Si je skiais, si j'avais pu apprendre vraiment, un jour, je serais devenu comme eux tous, Nathan,

René, Antoine, Mario, Hélène, et toute la bande, moniteur ou pisteur ou guide, et pas conducteur de navette. Et je me foutrais des permanences au bureau de tabac et je ne me ferais pas chier, mes jours de repos, à vendre des timbres et à faire des paquets cadeau de merde pour emballer des souvenirs de merde à des touristes de merde...

J'ai peut-être déjà passé six ou sept pylônes, avec chaque fois une révolte brûlante de toute ma carcasse qui gueule à la terreur, et je continue à m'accrocher à ma salutaire hargne comme à un gilet de sauvetage dans la grande tempête de ma frousse. Tout y passe, dans mon esprit malade, la connerie des sportifs, des touristes, du conseil municipal, du maire lui-même, de mes anciens profs, de mes vieux potes, des ingénieurs et des ouvriers qui ont contribué à saccager mon pays, tous des cons, irrémédiablement, dramatiquement cons. Une rafale plus véhémente que les autres m'oblige à ouvrir une nouvelle fois l'œil. Autour de moi, tout est devenu presque noir, seule une lueur d'un jaune irréel étame le ciel vers l'ouest, au-dessus des Sept-Laux. C'est la grêle, ça, à n'en pas douter. Sous moi, la grisaille s'est accumulée, une sorte de brouillard sale, mais opaque et rassurant puisqu'il me cache la réelle altitude de ma position, et une neige dense, aux flocons énormes, tourbillonne sa valse serrée autour de mes vitres. Dernier pylône, dernier sursaut, je desserre mes mâchoires et mes dents craquent, le calvaire est bientôt fini, j'entre à reculons dans la gare de Montfrais, me voilà au-dessus du filet, ouf ! Sauvé ! Attention, il va falloir sortir de là fissa, je me ramasse déjà, prêt à jaillir sur mes jambes en coton, la porte s'ouvre... Sur le quai, le gros Gérard Pilon se tient là, un portable à la main, il me barre la route, me repousse fermement dans l'habitacle. « Non, tu descends pas, personne descend, on évacue, on va fermer, tout fermer, les pistes et les machines, y a la tempête !... »

J'ai pas le temps de lui parler de mes clefs ni de rien d'autre, je me retrouve scotché à la banquette par sa poigne vigoureuse, et le manège lentement m'entraîne, la cabine amorce son tour de piste, au virage en U des silhouettes apparaissent, des skieurs encapuchonnés, agglutinés, transis, qui piaffent dans leurs grosses bottes... J'aurais encore l'occase de m'échapper, si je m'y prenais bien, si je filais à toute vitesse, mais la cabine se balance, me déséquilibre, paralyse mon courage d'une écœurante oscillation, j'hésite une demi-seconde, trop tard, un maton pousse un gars dans ma cage vitrée, il en attrape d'autres qui résistent, qui parlent tous à la fois, ils veulent descendre ensemble dans la même cabine, la suivante, et moi, je reste là, comme un couillon, à entendre la porte se refermer avec au ventre un désespoir inerte de condamné à mort. Mon compagnon me tourne le dos, par le jeu du demi-tour de la bulle, j'avance toujours en marche arrière, mais cette fois face à la montagne et non plus au vide. Je vois les passagers grimper à six ou sept dans la bulle qui suit la mienne, le quai s'éloigne, je sens l'élan de mon corbillard vitré qui se jette dans le vide, son coup de collier de monstre ailé m'emporte au-dessus du filet, puis au-dessus de l'abîme... Un soupir tremblé, derrière moi, parvient à traverser le zonzonnement pathologique de mes trompes d'Eustache. Tiens, il a peur aussi, le petit gars ? Si ça se trouve, on va crever ensemble, sans s'être seulement regardés ni même vus. Premier pylône, le fracas me crispe tout entier, je suis une boule dure de nerfs à vif, avec, chevillée à l'âme, une envie de gueuler qui me broie la gorge. Et c'est le gosse qui crie. Un bref cri d'effroi, qui ressemble à un sanglot. Je dis le gosse car il m'a semblé qu'il était plutôt petit dans sa combinaison noire, plutôt petit et plutôt frêle. Pas un costaud non plus, pas un dur ; d'ailleurs il n'avait pas de skis, autant qu'il m'en souvienne, car je n'ai fait qu'enregistrer sa brutale irruption dans ma bulle, poussé par le garde-chiourme de service, sa rapidité docile, sa légèreté aussi, qui n'a pas fait tanguer la cabine plus qu'elle ne le faisait déjà en roulant sur son rail. Il s'est glissé très vite derrière moi, n'a plus bougé, et voilà, au deuxième pylône, que je sens sa main, une petite main nerveuse qui s'agrippe à notre dossier commun, et le merdeux pousse un second cri tremblé, parce que la cabine vient de s'arrêter tout net, après une embardée latérale à coucher un éléphant. Pendant quelques instants, notre nacelle se dandine, à presque heurter le pylône, puis son ballant perd de l'ampleur, mais elle reste là, accrochée par sa fragile tige comme une note à sa portée, et c'est une note grave, très grave, celle de la voix du vent qui mugit maintenant et nous enveloppe d'une longue complainte lugubre. La neige n'a pas cessé, au contraire, des maelströms de grosses mouches grises se déchaînent autour de nous et giflent les parois du vaisseau, on n'aperçoit même plus la cabine suivante ; la précédente, je ne sais pas, il faudrait que je me torde le cou par-dessus mon épaule et l'appui par lequel les deux banquettes sont siamoises, et ça, jamais, ce serait au-dessus de mes forces, déjà baisser les yeux vers la vertigineuse déclivité, où affleurent d'horribles rocs comme les dents d'une herse, me chamboule jusqu'au malaise... Pas un sapin sous nos pieds, pas un buisson, pas une branche. Rien qu'un toboggan mortel, hérissé de caillasses où la fragile coquille de notre œuf éclaterait comme du verre. Un calme relatif est revenu, les moteurs vont repartir, il faut que je me prépare à la secousse. Je respire à fond, j'avale une salive compacte sans parvenir à déboucher mes oreilles. Ah ! Quelque chose a remué, j'ai perçu dans toute ma chair l'onde redoutée, le recul du sang qui reflue dans mes veines tandis que notre vaisseau réamorce sa descente. On file ainsi vingt secondes, et puis une grande claque du vent retentit sur la joue de la cabine et, dans un tintamarre de chaînes furibardes, on s'arrête encore, ballottés de gauche à droite par un roulis affreux qui, c'est sûr, va nous décrocher de notre illusoire support et nous précipiter comme une vulgaire balle de tennis à travers la tourmente... Et, soudain, un bruit terrible, abominable, parvient jusqu'à mes tympans douloureux, surmenés par la friture de ma haute tension personnelle : un tac-tac-tac de machine à l'agonie, de poulie en pleine démission, de moteur qui capote, de bielle qui clabote. Tac-tac-tac... Quelque part une machine à coudre infernale s'occupe de notre linceul, coud à petits points pressés notre ultime costume, tac-tac-tac, c'est le câble qui casse dans un suspense interminable, ou le support qui cède centimètre par centimètre, ou... Tac... Tac... Tac... Tac... Tac... Les crans d'une roue dentée qui l'un après l'autre sautent, et bientôt, tac-tac-tac, le grand plongeon va nous précipiter à la rencontre des rochers acerbes, on va finir dessus comme de dérisoires brochettes, empalés, sanglants, dégoulinants de toute notre bouillie visqueuse, tac-tac-tac-tac... *Madonna ! Madonna ! Aiuto !*

Un réflexe humain, fraternel, me retourne vers le gosse, me pousse à chercher son regard. Qu'au moins je ne sois pas seul pour le grand départ, que je lise dans d'autres yeux une terreur égale à la mienne, une détresse jumelle, qu'on soit ensemble, associés, unis dans la mort, sans se connaître, qu'importe ! Qu'il me donne, ce petit-là, invisible sous son harnachement d'Inuit, au moins la lumière de ses prunelles complices, et peut-être le courage de trépasser dignement sans hurler ! Au-dessus du dossier, son visage est braqué sur moi, son visage ou ce qu'il en reste, qui émerge du bonnet noir et des larges lunettes : un petit nez pâle, piqueté de taches de rousseur, une bouche torturée d'angoisse, un minuscule menton tremblant spasmodiquement... Il me faut quelques secondes pour réaliser que le terrible cliquetis de machine enrayée, ce hoquet régulier et sinistre de mitraillette qui m'a fait dresser les cheveux sur la tête vient de là, de ce menton convulsif, qui palpite irrépressiblement sur un rythme effréné : le gosse claque des mâchoires avec frénésie, emplit l'habitacle du martèlement sans fin de ses dents, tandis que l'effroi tétanise maintenant ses petites pattes démentes sur mon bras, où ses ongles s'enfoncent à travers l'épaisseur de ma manche ouatinée.

« Je suis trop peur ! » finit-il par articuler dans un sanglot, et il se met à renifler en vrai môme, je vois de grosses larmes rouler sous le large bandeau bleu métallisé de ses lunettes impénétrables, et une double chandelle qu'il ne songe pas à essuyer coule pathétiquement de ses narines. Une bourrasque répond à ma place, fustige notre pitoyable embarcation, qui danse sur elle-même un effarant ballet. Le gosse, au bord de la crise de nerfs, entreprend de se dresser, tambourine contre la porte. « Je veux parter ! Je veux sauter ! Je saute ! Je suis trop peur ! Je reste pas dedans là ! *Help ! Help !* » Sa révolte ajoute au chahut des éléments, la cabine balance fort, ce con-là va hâter notre perte, ce sont ses gesticulations imbéciles qui vont décrocher le spoutnik, j'essaie de lui attraper le bras, par-dessus le dossier, de crier à mon tour : « Du calme ! Du calme ! » rien à faire, il se tord en gémissant, ses mâchoires ont repris leur insupportable crépitement, il hurle dans une langue que je ne connais pas, répète *« Help ! Help ! »* en tambourinant sur les vitres comme un noyé, et, soudain, sourd en moi l'envie inattendue de lui foutre mon poing en pleine gueule pour le réduire au silence. Moi aussi je vais craquer, je n'en peux plus de ses cris de goret, de ses contorsions de pantin hystérique, la nacelle virevolte comme un ballon de fête foraine. Nom de Dieu ! On va mariner combien de temps là-dedans ? Un craquement funeste vient encore d'aggraver les affres de mon compagnon d'épouvante, une plainte sèche et métallique qui semble émaner du toit de notre satellite. Bizarrement, je ne cherche plus à comprendre ni à imaginer la possible rupture du système de sécurité, la chute imminente. Mes yeux, mon esprit demeurent préoccupés par le gosse qui frôle la syncope, très raide, d'un seul coup, les deux mains croisées sur son cœur, la mâchoire déchaînée sur son chapelet grelottant. Je n'ai plus la même peur, la peur de l'arrachement, du vide, de l'écrasement. J'ai peur de sa peur, peur de la violence qui le malmène et le possède, peur du démon furieux qui s'agite en lui et lui fait aboyer de brefs et déchirants sanglots... Alors, sans y penser, sans le vouloir vraiment, je me lève, très lentement, très lentement je pose un genou sur la banquette, j'enjambe le dossier qui nous sépare, je retombe près du gosse, tout près, face au vide à présent, mais je ne regarde pas, je ne regarde que ce pauvre minois bouleversé, livide sous les larmes et la morve, je passe mon bras autour de ses épaules, de ce dos, de cette taille, de tout ce petit corps tremblant qui ne refuse pas l'étreinte, mais, au contraire, s'y blottit dans un élan de reconnaissance éperdue et touchante. Contre moi, contre la salopette de Nathan, le gosse écrase sa frimousse trempée, se frotte, se mouche, se lamente encore : « Je suis peur ! Je suis peur ! », et voilà que je me fouille à la recherche d'un mouchoir, ma main hagarde, qui ne sait plus où elle en est, visite une poche inconnue, dans la combinaison usurpée, trouve un paquet de kleenex. J'écarte le gosse, doucement, je l'essuie, je le tamponne, mon Dieu, toute cette eau pour un si petit visage ! Je relève ses lunettes sur son front dans un geste approximatif parce que la nacelle continue sa gigue... Sous son pare-brise bleu acier, le gosse a des yeux barbouillés, de vilains coquards noirs lui cernent les paupières, et de nouvelles larmes, intarissables, viennent diluer encore un reste de rimmel... Doucement, je lui enlève son bonnet, d'où jaillit un flot de cheveux blonds. Ce môme est une môme, qui gémit sous son mouchoir et s'accroche à mon cou. Dans un glapissement, notre habitacle s'ébranle tout à trac, après une ruade, plonge de dix mètres, s'arrête encore, repart, gigote dangereusement. Tandis que je la tiens bien serrée contre moi, pour éviter un nouvel accès de convulsions, la gosse me bredouille à l'oreille une litanie hachée : « Je peux plus, je veux plus, je suis trop peur, je suis mouille ! » Ça, pour être mouille, elle est mouille ! Je déplie de ma main libre, celle qui ne la ceinture pas, un nouveau kleenex, j'éponge ses larmes qui ruissellent toujours. « Non, non, se lamente-t-elle dans mon cou, je suis mouille, je pissai sur moi, et maintenant je vomirai... » Le rictus de la nausée la défigure, je vois sa bouche s'entrouvrir sur une langue révulsée, et un spasme la courbe en avant, en lui arrachant un cri de gorge significatif. Mon mouchoir, qui réfléchit plus vite que moi, la bâillonne. « Non, non ! Arrête ! Respire ! Respire à fond, fais comme moi ! » Je la maintiens aux épaules, fermement, je la secoue, l'oblige à me considérer, à répéter après moi une inspiration profonde, puis deux, puis trois, je l'encourage avec des « Voilà ! c'est bien » de maître nageur, et lorsque notre engin fait mine de reprendre sa course cahoteuse et que la môme crie derechef, je change de tactique : « Le petit chien ? Tu connais la respiration du petit chien ? » Elle secoue la tête négativement, les maxillaires verrouillés, les lèvres pincées sur un nouveau haut-le-cœur. Je revois Agnès en proie aux douleurs de l'accouchement et la sage-femme qui m'exhortait : « Faites-la respirer, faites-lui faire le petit chien ! » J'ai essayé à cette époque-là, je n'y suis pas arrivé. La sage-femme s'est escagassée à me montrer, elle haletait comiquement sur un rythme impossible, et ses larges épaules battaient la mesure de ce ridicule exercice ; je m'attendais presque à lui voir tirer la langue comme un clébard assoiffé, je m'appliquais cinq secondes, et puis je devais me trouver très con, très inutile dans ma grotesque parodie, j'arrêtais tout de suite, et Agnès se tordait à côté de moi, impuissant et vaguement agacé.

Là, bizarrement, je n'éprouve aucune difficulté

à respirer très vite, superficiellement, régulièrement, comme il aurait fallu que je le fasse avec Agnès. Je saisis les petites pattes glacées de la pauvre gosse dans une seule de mes mains, plonge tout ce que mon regard peut exprimer de conviction dans son regard chaviré, et je l'invite à me suivre : « Allez ! Avec moi ! » D'une narine concentrée, je donne la cadence, le thorax monté sur ressorts, les clavicules tressautantes. La môme s'applique avec une bonne volonté qui galvanise mon autorité. « Allez ! Encore ! Et tu ne regardes pas en bas, tu me regardes moi ! » Quelle fermeté ! Je me demande où je vais chercher tant d'aplomb, d'apparente tranquillité. Comme pour se rire de mon héroïsme, une trombe furieuse smashe un grand coup dans notre frêle ballon, nous déséquilibre, nous rudoie d'un revers encore plus violent. Bien sûr, le truc s'arrête. Bien sûr, ma désespérée interrompt ses halètements pour une parfaite apnée, vire au verdâtre, et, cherchant à dégager ses mains affolées de mon poing, hurle : « Nous tomberons ! Cette fois, nous tomberons ! » Suit un chapelet de borborygmes étrangers totalement incompréhensibles et dont pourtant le sens me paraît clair. Je m'entends lui répondre, nettement, en articulant chaque syllabe, en scandant d'une poigne fervente autour de ses mains frémissantes : « Non, nous ne tomberons pas ! C'est impossible, absolument impossible que nous tombions ! » Alors, en moi l'ébahissement est tel, si grande l'émotion de cet optimisme feint à la perfection que, absurdement, je me mets à bander avec emphase...

Notre odyssée n'a rien eu à envier à celle d'Ulysse. Dix ans sur la mer vineuse !... je crois que je les eusse préférés à cette heure d'interminable épouvante où, ballottés, travaillés d'espoirs sans cesse déçus et d'alarmes inépuisables, peu à peu transis, nous avons dû lutter, chacun à sa façon, pour ne pas mourir de frousse. La machine s'est arrêtée, est repartie cinquante fois. À chaque accalmie, nous avons cru voir la fin du calvaire, à chaque bourrasque, la sécurité a fonctionné, bloquant notre lente progression pour d'éternelles et chaotiques minutes.

À la gare de Valdoré, c'est un petit paquet tout mou que j'extirpe de la cabine. La pauvre môme, trempée, exténuée, a renoncé à ses convulsions depuis un bon quart d'heure, et sa prostration m'inquiète au point de me faire oublier ma propre faiblesse. Mes jambes flageolantes ont du mal à retrouver ce qu'il est convenu d'appeler le plancher des vaches, et qui n'est pas même celui des chiens, avec ces gaufrages tranchants, et pourtant, je porte presque ma rescapée que son visage livide et ses lèvres bleues griment sinistrement en petite morte. Un crépuscule d'orage enveloppe la station d'une lueur inquiétante, ce qu'il restait de neige s'est transformé en une boue jaune, collante, aqueuse, il a dû pleuvoir, peut-être grêler ; les skieurs ont déserté les lieux, les dernières voitures s'en vont, leurs feux antibrouillard trouant cette fausse nuit de fin d'après-midi malade. Ma navette, sur le terre-plein, a disparu. À la terrasse de l'Edelweiss, une débandade de chaises renversées, de verres abandonnés, atteste la brutalité de la tempête qui a sévi. Le vent pousse encore par intermittence son long mugissement de corne de brume derrière nous, à travers la cyclopéenne installation des remontées. Une grille bat, un filin vibre sur une note métallique. La môme, au creux de mon bras, se laisse hisser sur le chemin pavé qui mène des enfers à la route. Elle gémit tout bas, je dois pencher mon oreille à sa bouche pour l'entendre : « Je suis glace... Complète... Je peux pas marcher. » C'est vrai qu'elle est toute raide dans sa mollesse. Avec un frisson fulgurant qui, spasmodiquement, l'électrocute pour la laisser plus engourdie chaque fois. « Viens ! Encore un effort, on arrive ! » Mes putains de chaussures ripent dans la gadoue, écrasent des monticules spongieux qui giclent en éclaboussures chuintantes autour de mes pas incertains et la gosse, comme un zombie, abandonnée à mon bon vouloir, ne cherche ni à résister ni à aider. Tant bien que mal, nous voilà à l'Edelweiss, elle montre d'un bras lourd l'entrée de l'hôtel, entre le bar et le restaurant. « Deuxième ! » dit-elle. Si j'avais l'idée de l'abandonner ici, au pied des escaliers, il me faut y renoncer. Agrippée à moi d'une patte impérieuse, c'est elle à présent qui me tire et m'entraîne en suppliant : « Viens ! Ne laisse pas ! Viens ! »

Devant la porte de sa chambre, elle s'est assise par terre. « Oh ! La clef ! En bas ! » J'ai regardé le numéro sur la porte, je suis redescendu dans le hall. Markus rangeait des bouteilles dans un placard. Il a levé les yeux vers moi, m'a reconnu dans la salopette rouge des moniteurs de la station, m'a vu tendre la main vers le tableau des clefs. « Je prends la 21. » Il a fait oui de la tête, très vite, a replongé dans son placard, plus embarrassé que moi.

« Heureusement ! Heureusement tu fus avec moi ! Je mourirais sans toi ! Quand je fus petite, je fus malade par la peur, je pris la jaunasse ! Alors maintenant quand je suis trop peur, je perds mon contrôle, je peux évanouir... »

Depuis qu'on est dans la chambre, elle n'arrête pas de babiller. Un torrent de phrases rapides à la syntaxe trébuchante, mais, il faut lui rendre cette grâce, son jargon ne cherche pas le recours de sa langue d'origine (d'ailleurs, laquelle, je n'en sais rien, je demeure incapable d'analyser son accent, pas vraiment britannique, un tantinet slave, avec des roucoulements presque latins, une mélodie charmante, quoiqu'un peu syncopée). Et tout en babillant, elle a entrepris de se déshabiller, en plein milieu de la pièce. J'ai essayé de reculer vers la porte, de proposer : « Je te laisse, maintenant. » Elle a lancé vers moi deux mains jointes dans un élan enfantin : « Oh ! non ! pas tout de suite ! Reste encore ! Je suis mal, je suis comme dans le bateau. » C'est vrai qu'elle tangue comme une femme soûle, et ses gestes désordonnés cherchent alentour d'improbables appuis, au hasard de ses étourdissements. Je l'ai assise, lui ai ôté ses chaussures. « Je te fais couler un bain chaud, tu veux ? » La proposition a eu l'air de l'enchanter, et j'en ai profité pour fuir vers la salle de bains, parce que sa salopette tombée jusqu'à la taille, elle faisait passer par-dessus sa tête son unique pull... Le spectacle de ses deux seins ronds bondissant dans l'envol du tricot, libres de toute lingerie, a commencé de violenter mon sens des convenances. Une fille du Nord, sans doute, elles sont, paraît-il, d'une totale décontraction et d'une impudeur innée. Assis au bord de la baignoire, j'actionne les robinets. Le bruit de l'eau m'isole un moment, me protège, tisse autour de moi un paravent sonore qui me dispense d'entendre, à côté, les menus bruissements d'un strip-tease que je n'ai pas sollicité et que, niaisement, je ne peux m'empêcher de suivre par la pensée. Là, elle a dû sortir de sa combinaison. Elle avait peut-être bien quand même un slip là-dessous, elle ne va pas tarder à s'en débarrasser, peut-être qu'elle va s'envelopper dans un peignoir, une chemise, quelque chose... La réponse m'advient vite : mon impudique fait irruption dans la salle de bains, désespérément nue, tenant d'un poing haut et dégoûté la dépouille sans gloire de sa salopette compissée. « Je suis vraiment honte et absolument désolée », avoue-t-elle en laissant choir l'objet de sa modeste confusion, et en amenant vers moi, qui reste assis très bêtement sur une fesse, le triangle d'or, bouclé ras et dru, de son pubis. Comme elle lève une jambe pour gagner la baignoire, je bondis tel un diable : « Je m'en vais ! » Ma brusque détente la fait sursauter, vaciller. Son regard traqué, ses mains sur sa bouche me la rendent telle que je l'ai rencontrée naguère, émouvante dans son anxiété de jolie bête aux abois. Car elle est jolie, ma foi, cette nymphette pâle à la frimousse régulière, à la chevelure en cascade, à la silhouette mince et charnue ensemble, charnue où il faut, où mes yeux n'osent pas se poser, piégés malgré eux par la suavité des courbes que la salopette noire avait dérobées. Mes prunelles timides, trop bien élevées, ne savent où se poser, dérapent sur la pomme lisse de ses seins, effleurent le vallonnement de sa taille, glissent à l'arrondi d'une hanche, louchent à force d'affolement sur le carrefour soyeux où se rejoignent ses cuisses parfaites, son ventre à peine bombé de jeune fille... Un effort sur moi-même m'autorise enfin à planter un regard que j'espère ferme dans ses iris verts, d'un vert indécis qui hésite entre le brun très clair, le jaune doré, un vert où s'endort mon courage, et se noie ma résolution. « Je m'en vais », parviens-je encore à articuler, décontenancé, parce que ma nudiste s'est accrochée à mon cou, câline et désarmante de naturel. « Quelqu'un t'attend, sûrement ? Tu as marre de moi, tu veux rentrer chez toi et te changer et te faire le bain chaud aussi ? Tu fus gentil, très, de t'occuper pour moi. Tu pensas sûrement que je suis très idiote ? Je te remerciai pas, désolée, merci beaucoup. Merci beaucoup pour tout. »

J'ai noué mes bras à sa taille mignonne, conquis par cette douceur naïve, sans arrière-pensée, cette gratitude si simplement exprimée. Cette gosse me donne envie d'être très simple aussi, très sincère. Pour la première fois, j'oublie qu'elle est toute nue, je pose des lèvres paternelles sur ses mèches blondes, et je m'apprête à lui dire adieu. Elle restera, dans ma mémoire, un étrange et beau souvenir.

« Personne ne m'attend, ma belle, et je ne sais pas où je vais pouvoir me changer, vu que j'ai égaré les clefs de chez moi, que mes affaires de rechange sont dans le local des pompiers, cadenassé à l'heure qu'il est, et que le samedi soir il est difficile de trouver les copains chez eux... Mais je vais partir... Non, pas parce que j'en ai marre de toi, pas du tout. Je ne t'ai pas trouvée idiote du tout. Tu sais, moi aussi, j'ai eu peur... »

Je parle dans ses cheveux avec une facilité qui m'étonne. Elle écoute, sans bouger, ma bouche souffler mes mots comme autant de baisers gentils dans le miel de sa blondeur, sa joue est posée sur mon cœur. Quelle rencontre inouïe, aujourd'hui, quelle histoire ! L'attendrissement me pousse à resserrer l'étreinte, cette gosse me rend tout pénétré d'ineffable tendresse. Dernier baiser sur ses cheveux, dernière phrase bête avant le retour à mon banal ordinaire. « Je vais partir parce que c'est mieux. »

Alors, elle verrouille dans mon dos le petit loquet dur de ses doigts croisés, et, ses yeux écarquillés levés vers moi, demande : « Pourquoi, c'est mieux ? »

III

Je n'aurais pas dû lui raconter tout ça, le coup des clefs disparues, des fringues claquemurées, des copains éparpillés en diverses bringuailles. Elle a dû penser que c'était pervers (ça l'était peut-être, ça l'était sûrement). Elle s'est sentie encouragée à insister, à démontrer : « C'est bête que tu pars sans savoir où, moi j'ai la chambre, le bain chaud, j'ai le grand lit... » Elle écartait un bras qui m'invitait, qui m'accueillait partout avec la même placidité dans la baignoire et dans les draps. Elle a encore proposé : « Je téléphone à faire monter de la bière et des sandwiches. Je te le dois, ça, en merci. » Une sorte de panique m'a fait bredouiller : « Non, non, je connais tout le monde ici, la fille qui va apporter le plateau, je la connais aussi. » Elle a ri : « C'est grave, ça ? Les moniteurs c'est toujours comme ça, avec les filles, à cache-cache, non ? » Elle me prêtait des histoires donjuanesques, flatteuses au fond. Je n'ai pas répondu. « Quand elle vient, tu te caches dans la salle de bains... »

Pendant qu'elle prenait son bain, j'ai quitté mes chaussures, ma salopette. Enfin, les chaussures et la salopette de Nathan. Restaient mon slip, mon tee-shirt et mes chaussettes, avec moi à l'intérieur, un pauvre moi ahuri de se retrouver presque à poil dans cette chambre inconnue. La sensation était incongrue. L'hôtel de l'Edelweiss, j'étais né à deux pas. Je l'avais toujours vu. D'abord modeste et gentil petit chalet de quelque dix piaules à balcon de bois, avec une terrasse de l'autre côté de la route, tout en planches, et ombragé d'un seul magnifique grand arbre. On y dominait les champs encore voués à leur vocation première, l'agriculture de montagne, verts au printemps, blonds et ras l'été, peuplés de meules de paille dressées comme des soldats enjuponnés. La cascade, face à cette bucolique estrade, crachait à la belle saison son impétueuse et sempiternelle chanson. Et puis, il y a eu les grands travaux. Dix ans de poussière et d'outrages. Le plus grand barrage pompage d'Europe, avec ses deux lacs, le Vernay, en bas, la gigantesque retenue de Grand-Maison, mille mètres plus haut. Valdoré, à mi-distance, entre les deux, offrait des sites sur le parcours des conduites, des équipes pouvaient travailler à la rencontre les unes des autres. Dix ans de routes bétonnées, condamnées, reconstruites, de maisons bâties (il fallait bien loger les ouvriers), démolies, dix ans de galère, de ciment, de charrois de cailloux, de grondements d'engins. Et, pour finir, la métamorphose. Valdoré enrichi par les largesses de l'E.D.F., exploitante du barrage, acheteuse des terrains, compensatrice des nuisances, Valdoré défiguré par l'envergure de l'entreprise, d'abord, par l'ambition ensuite. Comment un petit bled du trou du cul de l'Oisans se met dans la tête de devenir une station...

L'Edelweiss a suivi l'évolution. Changement de look, d'abord. La nouvelle route passait sur l'emplacement de la terrasse de bois. Il a bien fallu démolir. Terrasse neuve, donc, plus grande, dallée, bouleversante de banalité, à ras des murs. Restructuration des locaux, plus de bureau de tabac, il serait là-haut, dans la galerie marchande ; une annexe à l'hôtel, quinze chambres de plus, le restaurant agrandi, une véranda là où il y avait le bar, le bar à la place du hall, les cuisines sur l'ancien bar... Et, bien sûr, les propriétaires qui se retirent, qui laissent l'hôtel en gérance, et les équipes de gestionnaires se succèdent, les Anglais, les Allemands, les Belges. S'il n'y avait encore le François, le Tave, le Julien, accrochés quotidiennement aux lambris du comptoir, l'Edelweiss n'aurait plus rien d'authentique.

C'est à tout ça que je pense, en slip, dans cette chambre que j'ai vu construire en même temps que l'annexe, dont la fenêtre plein sud, pleine montagne, m'est familière depuis tant d'années, et qu'en fait, je ne connaissais pas, puisque je n'y avais jamais pénétré.

De la salle de bains, me parvient une plainte qui me met debout. Moins étonnée que moi-même par ma promptitude à voler à son secours, ma naïade, toujours nue, tourne vers moi une figure lasse. « C'est trop lourd ! » gémit-elle, courbée sur sa salopette immergée qu'elle tente vainement de sortir de l'eau. Tout naturellement, j'ai pris la relève, débondant d'abord la baignoire, entreprenant ensuite méthodiquement d'essorer, manche après manche, jambe après jambe, le vêtement rincé. La gosse, sans chercher à contrarier mon intempestive vocation de lavandière, se drape dans une serviette et déclare : « Moi, pendant, j'appelle la bière et le bouffe. » En tordant la lessive de la môme, je me surprends à sourire ; de quoi ai-je eu peur, au juste, devant son aisance à se dévêtir, son acharnement à me retenir ? De quoi ? De qui ? La réminiscence de ma brève et farouche érection, dans la bulle voltigeuse, ne me trouble plus. De toute évidence, ce n'est pas cette mominette au bord de la syncope, défigurée d'effroi, qui m'a fait bander. C'est moi, tel que pour un instant j'étais devenu, magnifique dans mon assurance, grandi par mon rôle de Superman en tenue rouge, une sorte de Mario, ou de Nathan, dont j'avais, avec le vêtement, endossé l'âme virile, la foi avisée, l'expérience de montagnard aguerri. J'ai crié : « C'est absolument impossible que nous tombions » avec une vigueur telle que j'ai vu faiblir l'épouvante dans le regard de la gosse ; ses mains, enserrées dans mon poing, ont cessé de se débattre... Je revis ce moment indicible où je la sens se calmer soudain, se rendre à ma raison, s'en remettre à mon pronostic, m'adouber d'un souffle plus égal, d'un œil rasséréné, m'élever au rang de chevalier, de sauveur, de héros. C'est là, juste là, que je me mets à triquer.

Or, depuis qu'elle déambule autour de moi en costume de ver de terre, depuis que j'évite de la contempler et que pourtant mes yeux charmés malgré moi ne cessent de me trahir, et de la chercher, aucune émotion trouble, je veux dire triviale, je veux dire sexuelle, ne m'a seulement effleuré. Avec cette combinaison mouillée que j'égoutte consciencieusement, que je roule dans une serviette pour l'éponger au maximum, j'écoute vibrer en moi un sentiment, une sensation d'autre nature. Une tendresse de grand frère, de papa me coule dans le cœur, m'ondoie de suave mansuétude. C'est comme si j'avais redonné un souffle vital à cette gamine, là-haut, dans la tourmente, comme si, dans cet œuf turbulent où nous nous sommes rencontrés, avait germé mon désir de choisir la vie, de la protéger, de la glorifier au mépris de tous mes vieux spectres. Grandiloquence hurluberlue d'un type en slip qui étend avec des précautions de nourrice une grenouillère sur un radiateur. Inquiétude inattendue : ce truc matelassé ne sera jamais sec demain, que va mettre la môme sur son joli derrière pour affronter les pistes ? Petite, toute petite fille, si perdue, si ravagée de terreur... Quel âge peut-elle avoir ? Je voudrais, puisque j'ai l'impression d'avoir grandi d'un coup, et mûri, et gagné à son contact un émoi, une fierté qui jamais ne m'éblouirent, pas même à la naissance de mon propre fils, je voudrais qu'elle fût très, très jeune, et orpheline.

« Je suis vingt-cinq », me dit-elle entre deux bouchées. Nous sommes assis par terre, côte à côte, elle en veste de pyjama, moi en tee-shirt, le lit nous sert de dossier. Une lampe de chevet, derrière nous, souligne nos contours d'un contre-jour irréel. Ma compagne, vue de profil, a de longs cils mobiles qui palpitent au rythme de ses confidences. « Vingt-cinq ? Vingt-cinq ans ? » Mon incrédulité l'amuse. « Oui, répond-elle en riant. Oui, vingt-cinq ans, pas vingt-cinq mois ! » Je lui en aurais donné dix de moins. Quelque part en moi une déception confuse ternit je ne sais quel rêve. Vingt-cinq ans ! Que peut-elle attendre de moi ? Passé l'éphémère secours, que miraculeusement je sus lui prodiguer, que ferais-je encore de beau, de grandiose, d'inédit pour elle ? Et d'ailleurs, qu'aurais-je fait si elle m'avait avoué les quinze ou seize ans que je lui souhaitais ? Sans s'attarder à ma surprise, elle poursuit :

« Je m'appelle Ellie. Je naissais en Nouvelle-Zélande, mais je vivais partout, surtout en France, je fus jeune fille à la paire. Mon père, il était hollandais. Et ma mère polonaise. Je les ai plus. »

Elle marque une petite pause, mord dans son sandwich. Je cherche dans son profil le signe d'une émotion, un tressaillement au coin de sa jolie bouche, un battement plus nerveux de ses longs cils. Rien. Je tiens mon orpheline, mais, tant pis, elle n'a rien d'éploré.

« Enfin, corrige-t-elle, je crois je les ai plus. »

À ma question terre à terre : elle croit, comment ça ? elle répond d'un haussement d'épaules, d'une moue vague :

« J'ai parti depuis longtemps, j'ai fâché avec eux. Je sus des nouvelles une fois ou deux. Mon père, sûr, il mourut. Ma mère s'est allée à la Pologne, la dernière fois j'ai entendu à son sujet, elle était très malade. Et toi, tu t'appelles ?

— Romain.

— Roman ?

— Pas Roman, Romain. Ma mère était italienne. Mon père a consenti à donner un prénom italien à leur premier fils, mon frère aîné s'appelle Mario. Quand elle m'attendait, elle souhaitait une fille. Elle n'avait pas cherché de prénom masculin. À la maternité, il a fallu qu'elle se décide vite. Mon père n'a plus voulu entendre parler de Aldo, Giovanni, Claudio, et tous les autres prénoms de la tribu maternelle. Alors elle a pensé à Romain. Un clin d'œil, quoi ! »

Ma mignonne Néo-Zélandaise lève sa chope à la hauteur de son sourire, comme si nous venions d'être présentés.

« C'est joli, Roman », dit-elle.

Il doit être dix-huit heures trente. Il fait nuit

depuis longtemps. Du rez-de-chaussée monte une rumeur à laquelle je n'ai pas prêté attention jusqu'ici. Les nouveaux arrivants se sont installés, je les imagine à présent réunis au salon et dans la véranda, devant leur bière, leurs cartes, leurs journaux. Au bar, il doit y avoir la fine équipe, le François, le Tave, le Julien, peut-être Jacques Rostand et le Gaston. Juchés d'une fesse sur leurs tabourets, ils sirotent le petit blanc de l'apéro en émettant de temps à autre un raclement de gorge entendu : « Rrouais... », et ils zieutent alentour le nouveau contingent de femelles fraîchement débarqué, avec des plissements d'yeux connaisseurs, et des commentaires muets du menton. Un coup vers la brune là-bas, traduire : « T'as vu celle-là ? » Deux coups mesurés : « Va savoir... » Une mâchoire lentement ascensionnelle : « M'étonnerait... » Le dépit leur fait torcher sèchement le fond de leur verre. Ils hèlent Markus : « Mets-en une autre ! » De tournée en tournée, ils vont boire jusqu'à oublier l'heure du repas, jusqu'à tanguer sur leur perchoir, jusqu'à rire grassement des grossières allusions proférées à tour de rôle qui les émoustillent et les rendent méchants. Un touriste chatouilleux va peut-être s'échauffer, ou simplement l'un des leurs, aigri plus vite que les autres par le blanc acide du comptoir. Il y aura du rififi, des coups de gueule, une empoignade, Markus s'interposera, torchon à l'épaule, mains élargies. Il porte encore à l'œil gauche les stigmates de ses dernières négociations, un cerne bleuâtre qui n'en finit plus de se délaver... Je déteste cette ambiance de samedi soir, pour y avoir quelquefois traîné mes oisives guêtres, quand Agnès n'était pas là. Je ne me sens jamais d'aucun bord, ni vacancier, bien sûr, ni animateur, ni même, c'est le plus bizarre, autochtone. Les gloussements des filles tourneboulées par le kir m'agacent désagréablement les tympans, les gauloises allusions des Valdorins qui les dévisagent ne m'amusent pas.

Pourtant, à la fin de ma bière, je me tourne vers Ellie, sans grande conviction :

« Je vais peut-être y aller, maintenant ?

— Où ? demande-t-elle à juste titre.

— Je ne sais pas, je trouverai bien quelqu'un qui pourra me loger... »

Rien que l'idée de redescendre en tenue de moniteur, avec mes gros godillots de ski, d'apparaître ainsi, comme tombé de Mars, aux yeux ébahis des habitués, de raconter mon aventure, d'essuyer leurs quolibets, leurs éclats imbéciles, de quémander une hospitalité, m'endeuille l'âme. Si je savais, je téléphonerais d'ici à Josy... Je murmure :

« Ma belle-sœur, peut-être ? »

Et puis je renonce tout de suite : Josy, ce n'est pas possible ; à supposer qu'elle soit chez elle, elle va râler comme un pou, éclater en remarques, en questions, en reproches, sans réel débordement, mais chacun de ses mots, chacun de ses points d'exclamation et d'interrogation me traitera de con, et quand dans un soupir démesuré elle se résignera à monter me chercher (« de Bourg-d'Oisans, avec la queue des bagnoles qui rentrent de l'Alpe, je te raconte pas ! »), elle va me demander où elle doit me prendre, et d'où j'appelle, et alors, qu'est-ce que je vais dire ?

« Reste ! ordonne Ellie en posant sur mon bras une main pressante.

— Mais pourquoi ? Tu n'as plus besoin de moi, maintenant. Tu prends une aspirine, tu te couches, un gros dodo, et demain, tout est oublié.

— Si, j'ai besoin. Si je dors toute seule, je cauchemare, je le sais. Je hurle encore par la trouille. Et toi aussi, tu as besoin de moi, où tu vas aller, maintenant, tout le monde s'en fout de toi... Demain, tôt, tu te lèves, tu vas chercher ton fringue, tu manèges pour retrouver tes clefs, tu dis rien que tu dormis ici, moi non plus, je dis rien, à personne. Personne le sait. »

Si, Markus le sait. Mais Markus, ça ne compte pas. C'est un type vraiment bien. Je finis par capituler, d'un hochement de tête qui admet.

« Mais je te préviens, poursuit-elle, et sa main sur mon bras devient plus autoritaire, je te préviens, je fais pas l'amour avec toi ! Je suis sûre tu n'as pas la capote, et sans la capote, je le fais pas. »

Je dois afficher un air très bête et très confus, à rouler des yeux qui protestent, à lever des paumes qui promettent : « Non, non, bien sûr, bien sûr que non !... »

Elle ajoute en me prenant par le cou :

« D'ailleurs, je crois tu ne voulais pas non plus. Tu l'aurais déjà essayé !... »

Ce ne sont pas ses gémissements qui m'ont réveillé. Elle se plaint doucement depuis quelques minutes, remue un peu, un méchant rêve a dû la ramener là-haut, dans l'embarcation suspendue où la bise s'amuse à dribbler. Moi, les yeux ouverts dans le noir, je m'appliquais de toutes mes forces à rester loin d'elle, le plus loin possible, très concentre au bord extrême du lit, les bras le long du corps et le ventre noué. J'avais d'abord dormi, succombant à un sommeil lourd et précoce — il était sans doute à peine vingt heures — que je devais autant à mes émotions qu'à la quantité de bière ingurgitée, pas loin d'un litre... Et puis, j'avais rêvé aussi, un rêve fumeux et voluptueux dans lequel j'étreignais une sorte de bonhomme de neige, mais un bonhomme de neige tiède et moelleux, étrangement noir. Mon corps s'enfonçait dans le caoutchouc dodu de son flanc, mes bras et mes jambes y nouaient une étreinte élastique, mon sexe y trouvait un asile torride, excitant, au hasard de ses courbes malléables. Au bord du plaisir, j'avais émergé du songe : je la tenais dans mes bras, la bouche perdue dans ses cheveux, tout mon ventre collé à ses fesses offertes, car elle dormait en chien de fusil en me tournant le dos, et je bandais avec un bonheur intense...

J'ai lutté de toutes mes forces pour m'arracher à elle. Sa chair abandonnée irradiait une chaleur enchanteresse, à travers l'étoffe de sa veste, je la sentais vivre et palpiter, son cœur battait régulièrement, son haleine soulevait rythmiquement sa poitrine, ses épaules, gonflait son ventre, et sous mes paupières soudain s'est mis à repasser tout le film, dix fois, vingt fois : la séquence où son pull s'était envolé sur ses seins parfaits, un peu tremblants, la séquence où, toute nue, elle s'apprêtait à entrer dans le bain, où j'avais détourné les yeux, quel con ! où j'avais arrêté son geste... Mon imagination n'en finissait pas d'inventer ce que ma mémoire avait renoncé à enregistrer, un délire infernal, obsédant : sa petite fente entrebâillée, affolante dans l'essor de la cuisse qui franchit le bord de la baignoire, une petite bouche rose, compliquée, dans l'or des poils qui ombragent son ventre... Même loin d'elle, même au bord du bord du lit, sa douceur, sa tiédeur m'atteignent encore, me pénètrent, me labourent, dans mon slip, j'ai un bâton dur et douloureux, un sale truc qui rêve à ma place, maintenant, qui me lancine de pulsations fiévreuses comme un abcès. Je ne bouge plus, j'ose à peine respirer car le poids des couvertures, leur friction au rythme de son souffle aggrave la tumeur en l'exaspérant. J'essaie, doucement, de me retourner. À plat ventre, c'est pire. Mon corps tout entier appuie sur ma bite, la torture d'une pression insupportable. Je résiste à la tentation fruste de baiser le matelas, très vite, en deux ou trois coups de cul libérateur. Qu'est-ce qui m'arrive ? Le contact de cette môme et, peut-être, la grande trouille de cet après-midi m'ont ramené des années en arrière, me revoilà adolescent, fébrile et bouleversé, affolé d'un désir brutal, animal, avilissant. Manœuvre inverse, je me remets sur le dos, toujours précautionneusement, toujours appréhendant de la déranger, de la réveiller, de l'obliger à me découvrir ainsi, avec ma gaule de salopard traître à sa parole, de goujat vulgairement inflammable. Dans mon retour au plat dos, je sens mes couilles bouger aussi, changer de forme, revendiquer une importance cuisante. C'est malin, je ne peux plus les oublier maintenant, lourdes et denses au fond de moi, à me brûler, à me tirailler, à m'infliger des visions obscènes et explosives.

La petite a cessé de s'agiter. J'écoute son sommeil, la cadence apaisée de sa respiration, le froissement imperceptible de ses cheveux sur l'oreiller, je crève d'envie de rouler vers elle, de la prendre dans mes bras, de plonger dans sa suavité, dans son innocente tiédeur, de m'ensevelir dans ses parfums au creux des vagues souples de son corps adorable, dans ses mystères, dans ses moiteurs.

Ma bite, au comble de la tension, soulève l'élastique de mon slip. Je vais me lever, à pas de loup, passer dans la salle de bains, boire, pisser un coup, attendre un peu, je ne peux plus rester là, comme ça, mon cœur va finir par ameuter l'hôtel tout entier, avec ses coups de grosse caisse folle. Comme j'amorce mon évasion en repoussant lentement les draps, la main d'Ellie se pose sur mon tourment.

« Moi aussi, j'ai envie », dit-elle.

Je n'ai pas eu le courage ni le temps de répondre. Presque immédiatement, elle a été sur moi, après deux ou trois tortillements rapides. J'ai d'abord senti une aile rasante qui me frôlait la joue : le pan de sa veste qu'elle venait d'arracher et qu'elle jetait à travers la pièce, et puis le fabuleux poids de son corps de femme, allongé sur le mien, plus qu'allongé, collé, moulant comme un vêtement sur mesure, un édredon magique sous lequel déjà mon soulèvement s'émerveille et s'affole. Dans mon cou, sa bouche bavarde sans mots, à petits baisers précipités et tendres qui me chatouillent, son museau fouineur débusque sur moi des lieux stratégiques insoupçonnés, le dessous de l'oreille, le creux de la clavicule, l'angle de la mâchoire. Sous ce grignotage effréné, je perds la tête, ferme sur elle des bras avides, monte à la rencontre de son ventre ondoyant. À se démener comme ça, cette môme joue avec le feu, attise insupportablement mon foyer, bientôt je vais m'embraser tout entier, exploser, cracher comme un lance-flammes contre son pubis turbulent... Je relève une nuque ankylosée de vertige, cherche de la bouche la douceur de ses seins, agrippe à ses fesses des mains qui s'étonnent d'y trouver encore le nylon de son slip...

« Attends ! dit-elle. Attends ! Tu l'as, la capote ? »

Je trouve à mon tour son oreille, embroussaillée de mèches soyeuses.

« Non, je l'ai pas.

— Alors, attention, hein, souffle-t-elle, on le fait dehors ! »

Dehors ? Qu'est-ce qu'elle veut dire par là ? Mon scepticisme superficiel, vite oublié, vite renseigné, ne semble pas la troubler. « Enlève ! » ordonne-t-elle, et elle tire sur mon slip avec de petites griffes délicieuses et précises. Je sens ma queue ivre soudain de sa liberté qui entame une série de pompes sur mon ventre, tandis que mon slip fuit sur mes jambes, très loin là-bas, aux mains d'une luronne farouchement décidée. « Le tee-shirt aussi ! » Docile, je m'assois, je m'exécute comme un gosse, les bras en l'air pendant qu'elle œuvre. Il me semble que c'est la première fois qu'un truc pareil m'advient, me faire déshabiller par une femme, la laisser prendre la direction des opérations. J'ai l'impression de rêver, comme tout à l'heure, un rêve fou et délectable. Toujours à cheval sur moi, elle se penche dans une recherche mystérieuse, je sens sa menotte tâtonner au chevet du lit, et soudain, clac ! la lumière jaillit, et, mon Dieu, ce n'est pas ça qui m'éblouit, c'est la superbe créature qui me chevauche, toute en crinière d'or, en satin rose, en boucles, en courbes, en déliés, en finesse, en rondeurs, en perfection... Qu'elle est belle, qu'elle est désirable, irréelle, hallucinante de charmes offerts, de trésors prodigués ! Je n'aurai pas assez de mains pour tout prendre, tout caresser, pas assez de bras pour l'étreindre, de bouches pour la boire et la manger, pas assez de queues pour la prendre, la combler, la baiser comme j'aurais envie, une vaste, formidable envie, un appétit géant à saliver comme un ogre, à baver sur mon ventre qui bout, à dresser vers elle, dix fois, vingt fois, la tête fascinée de mon serpent envoûté... Elle est nue, toute nue, plus nue que lorsque sa combinaison est tombée, plus nue qu'avant le bain, ses cuisses s'ouvrent autour de son triangle mordoré, sa nudité est là, telle que je l'ai inventée cette nuit, telle que je l'ai regrettée, appelée, une fleur d'un corail vif, qui s'irise autour d'un cœur plus pâle, je vois jusqu'à ce cœur, ce petit cratère ovale de nacre humide, dans l'écrin de sa chair, délicatement feuilletée, charnue comme une pivoine. Je ferme les yeux sous la fulgurance de la vision : ma déesse tranquillement écartelée et dont l'intimité béante m'est un spectacle si torride que je vais me rendre tout de suite, c'est sûr, je sens dans mon périnée le courant électrique redouté, si je ne me retire pas derrière le store de mes paupières brûlées, si je ne me mords pas la langue jusqu'au sang, si je n'essaie pas de respirer profond avec le fond du fond de mes tripes, je vais partir en geysers anarchiques comme un collégien devant son premier porno, je vais crever de honte et de dépit, je vais mourir d'un plaisir stupide, solitaire et gâché. Qu'est-ce qui m'arrive ? Qu'est-ce qui me prend ? Qu'est-ce que j'ai ce soir ? Dans ma torture, je sens les mains fraîches de la gosse sur ma poitrine.

« Tu veux pas voir ? » demande-t-elle.

J'entrouvre un œil malade, j'avoue, dans un souffle :

« Je vais partir tout de suite...

— Partir ? s'étonne-t-elle. Tout de suite ? Où ? »

La méprise m'arrache un rire douloureux.

« Là ! dis-je en lui montrant mon bagage, prêt au décollage.

— Ah ! comprend-elle. Venir ? »

Ma bite approuve à petits saluts répétés. Je joins mes hochements de tête aux siens.

« J'essaie de venir avec toi ! dit ma délurée. Regarde pas, si tu veux, mais laisse faire !... »

Avec sa permission, je garde les yeux serrés, et tout mon corps, réceptif à hurler, se met à frissonner parce que le double coussin de soie de sa gorge vient de se poser sur mon thorax ; entre nos deux ventres, une de ses mains s'occupe à une besogne mystérieuse et soudain je sens, autour de ma colonne, une sorte de baiser humide et chaud, une douce succion qui m'emprisonne d'abord la base de la bite puis remonte tout doucement jusqu'au col, le franchit, encapuchonne le gland de sa caresse énigmatique, repart en sens inverse, en tirant sur la cagoule, en me décalottant plus furieusement encore que je ne l'étais déjà. C'est le glissement régulier et fabuleux d'une limace vorace, amoureuse, verrouillée autour de moi et diaboliquement consciencieuse. Une petite halte à la racine, où mes couilles s'exaspèrent d'échapper au massage, et la limace repart dans l'autre sens, me remonte, me dévore, m'oint d'une liqueur gluante à laquelle je ne vais pas tarder à mélanger la mienne. La curiosité le dispute en moi à la volupté, et j'essaie de relever la tête, de comprendre comment elle s'y prend pour me sucer alors que sa bouche halète dans mon cou. Sa main à mon front me repousse, ramène ma tête sur l'oreiller.

« Regarde pas, regarde quand je le dis, je veux venir avec toi.

— Viens vite, alors !

— C'est presque, presque... »

Ses cuisses, miracles d'onctuosité, voyagent aussi contre les miennes, de chaque côté, avancent, reculent. Sur ma bite aux abois, le manège continue, en haut, en bas, le souffle d'Ellie dans mon cou se précipite, et soudain, elle se soulève, s'arcboute des deux mains à mes épaules, crie : « Regarde, maintenant ! » en plantant ses yeux fous dans les miens, puis en baissant la tête, en indiquant la direction de notre étrange accouplement, et mon regard suit le sien, le rejoint entre nos pubis où sa fleur savamment déployée enserre en ses pétales ma tige, et y coulisse avec une application que ne trahit pas l'approche de son plaisir. Seuls ses ongles cruels à mes épaules, ses prunelles fixes et sa voix rauque m'annoncent la fin du délicieux calvaire et son apothéose, tandis qu'elle continue sa lente odyssée au long de mon bâton de dynamite. « Regarde, je le branle avec ma chatte, je le suce complet, j'écrase ma clito dessus, regarde, regarde bien, je vais venir bientôt, tout de suite, je voudrais l'avoir dedans, je rêve de ça, l'avoir dedans, en plein, et le rêve, ça me fait venir, tu sens, tu sens ? »

Si je sens ? Et comment ! La déflagration me part du creux des reins, m'électrocute le scrotum, me bombarde le ventre, m'explose la queue. J'ai un bazooka dément entre les cuisses, qui va tirer à boulets rouges. Hagard, je fixe le canon frénétique de mon engin où la lave s'élance et je vois la main de la gosse qui m'attrape à l'ultime seconde, me recalotte, m'encapuchonne serré, me tient fermement ligoté tandis que ma bite scande convulsivement ses salves, un jet, deux, trois, quatre, partis où ? disparus, engloutis, jugulés par les doigts avisés de la belle qui continue à se frotter à moi, et à gémir sa joie...

Après, un bon moment après, alors qu'elle a couché sa joue rougie sur le tam-tam de mon cœur, et qu'elle a desserré autour des miennes ses cuisses de pur surah, elle ouvre ses mains, où s'endorment les milliers de fourmis qui viennent de m'électriser la queue. Sa paume gluante joue à me barbouiller le nombril. J'effleure ses cheveux fins, sa frimousse apaisée.

« Tu as peur de quoi ? d'un enfant ou d'un virus ?

— L'enfant, j'ai pas peur, pas du tout, dit-elle. Je le voudrais bien, au contraire. »

Elle soupire. Je resserre mon étreinte, parce qu'il me semble qu'elle est triste, soudain. J'ai déjà l'habitude et le besoin de la protéger.

« Roman ? »

Elle a éteint la lampe et sa voix dans la nuit entre en moi comme une eau fraîche.

« Oui ?

— Tu n'as pas cru que je le fais exprès, de te garder dans ma chambre, exprès pour le sexe ? »

Elle doit m'entendre sourire.

« Non, pas du tout.

— Parce que vous, les moniteurs, tous bronzés et superbes dans l'uniforme rouge, vous claquez les doigts et toutes les filles se couchent, non ?

— Ellie, jc ne sais pas, je ne suis pas moniteur ! »

Je perçois son étonnement à sa main qui me

caressait la poitrine, d'une grande caresse simple, irréfléchie, et qui vient de s'immobiliser.

« On m'avait prêté l'équipement pour monter à Montfrais, je courais après mes clefs... C'est un pur hasard si on s'est trouvés dans la même cabine. Tu y es montée alors que je n'avais même pas pu en sortir.

— Parce que la tempête ? Et moi je pensais ils mettaient un moniteur ou quelqu'un comme ça dans chaque cabine pour éviter la panique.

— Si tu savais, Ellie, comme j'avais la frousse déjà en montant !

— Non ? Ça, je te crois pas.

— Si ! J'étais terrorisé.

— Pas autant que moi qui pissais, quelle honte !

— Ellie, je te le jure, si j'étais resté tout seul à la descente dans cette damnée machine, j'étais capable de pire que toi ! »

Elle rit contre moi, ses mèches me chatouillent.

« Tu exagères, c'est pour m'enlever la honte, me rendre à l'aise, je devine. J'ai bien vu que tu es fort et courage, tu as passé dessus le siège, jamais je peux faire une chose pareille quand ça bouge tellement.

— Moi non plus, j'étais le premier surpris. En fait, j'ai le vertige. Pour de bon, un vrai vertige, depuis tout petit. Jamais pu vraiment skier, jamais me balader en haute montagne, tu vois, je te parle pas d'escalade, même un peu de varappe. Impossible... Et alors depuis dix ans, c'est devenu terrible.

— Qu'est-ce qu'il y eut, il y a dix ans ?

— Le téléphérique est tombé. »

Ça y est ! Je l'ai dit. J'ai prononcé le mot interdit. Je le sentais venir, il fallait que ça arrive, avec elle, avec cette fille. C'est comme ça. Des années que je m'efforce de ne pas le regarder, cet engin de mort, de ne plus le voir, de ne pas en parler, de nier son existence... Des années que je manœuvre devant lui en réussissant l'exploit de l'effacer de mon champ de vision, des années que je lui tourne le dos, que je lui fais la gueule, que je l'ai gommé, totalement, de mon paysage, de mes conversations, de mes idées, de mes souvenirs, et presque de mes rêves. Et voilà que je viens de dire : « Le téléphérique est tombé. » Et voilà qu'elle va me poser des questions, et que je vais répondre et que, peu à peu, mot après mot, phrase après phrase, il va reprendre sa place dans ma tête, son épouvantable place sanglante et tragique... C'était écrit, c'était pour aujourd'hui, je l'ai su dès que Josy a posé devant moi ce trousseau de clefs accroché à une grosse médaille carrée : l'image en relief et en perspective du grand téléphérique de Valdoré...

« Et alors, demande Ellie, tu étais dedans quand il tombait ? »

L'idée m'arrache un spasme d'effroi rétrospectif.

« Non. J'aurais dû y être. Et alors je ne serais plus là pour t'en parler. Tous ceux qui s'y trouvaient sont morts. Sur le coup. »

Je revois avec une précision poignante l'amas déchiqueté des tôles dans le grand silence du crépuscule sidéré. Les arbres, couchés, cassés, d'autres dont les branches pendent tels des membres sectionnés, je revois ceux qui s'approchent, qui enjambent la ferraille tordue, qui se penchent sur le reste de la cabine éventrée, explosée comme l'enveloppe d'un pétard de 14 Juillet. J'entends encore le commentaire de ce

Belge, enhardi par sa morbide curiosité, et qui se retourne vers moi, resté loin en arrière : « Mon Dieu, là-dedans, c'est tout un spaghetti ! »

Dans le noir, la nausée de ce jour-là me revient, avec l'horreur et le chagrin. J'expire un souffle tremblant. Ellie resserre ses bras autour de ma poitrine ; tout contre elle, contre son sein nu qui s'écrase à mes côtes, elle doit sentir le battement de mon cœur détraqué qui s'emballe au souvenir... J'aurais pu y être. J'aurais dû. Christian m'a dit : « Monte pas aujourd'hui. Aujourd'hui, c'est pas la peine. Y a plus rien à faire avant dimanche, tout est fini là-haut. On va juste charrier des sacs par acquit de conscience. J'envoie personne. » Et quand l'avant-dernière benne est partie vers quatre heures, j'ai vu, de l'Edelweiss où je buvais un coup avec le François, plusieurs silhouettes à bord. J'ai dit : « Tiens ? Ils sont partis quand même ? Christian m'a pas fait appeler... » Je faisais partie de l'équipe des trafics. Je chargeais, je déchargeais, je montais et je descendais dans le grand catafalque volant, à cette époque-là, je pouvais encore, je n'avais qu'à fermer les yeux, à me cramponner très fort, assis sur les sacs de sable qui simulaient la charge des quelque cent soixante personnes que la benne transporterait bientôt à chaque fournée. Après le plus grand barrage pompage d'Europe, le plus gigantesque téléphérique ! L'orgueil nous a perdus. Le François avait l'air au courant du changement de programme : « Le père Jacquemard, il a piqué sa crise. Il a gueulé sur Christian, il lui a dit : “Tu me rassembles tous tes hommes et tu me les envoies. Je ne fais pas le dernier voyage tout seul !” Christian a eu beau lui dire qu'y avait plus rien à prendre là-haut, que des papiers, l'autre a été ric et rac : “Je veux tes gars.

Le chantier est pas fini, y a pas de raison !" » D'après François, à la dernière minute, Christian s'était jeté dans la cabine. « Je viens aussi ! » Moi, personne ne m'avait cherché...

Quand, une heure après, la dernière benne a pris son vol, j'étais toujours au comptoir, je l'ai suivie machinalement des yeux, au long de l'immense câble qui l'emmenait à l'Alpette. Au même moment, l'équipe devait se préparer là-haut à prendre la benne descendante, celle qui faisait contrepoids et qui croiserait la première à la moitié du trajet. Avec François, le verre à la main, on attendait le croisement, machinalement, encore estomaqués malgré nous, chaque fois, par ce miracle de la technologie, et ce spectacle qui, quelques années auparavant, serait passé pour de la science-fiction : au-dessus de l'impressionnante combe qui sépare les coteaux de Valdoré des contreforts des Rousses, les deux cabines, paisiblement, sans esbroufe, avalaient les mètres à la rencontre l'une de l'autre, sur le ronronnement régulier de l'énorme moteur qui désormais, l'hiver, peuplerait les échos à la place de la cascade gelée. Le croisement venait d'avoir lieu ; de loin, les deux parallélépipèdes de métal bicolores ressemblaient à des jouets, des trucs téléguidés par des mains de gosse. Au-delà de leur lent ballet, je fixais un point vague de mon avenir dans le gris pesant de ce jour de janvier. C'était un vendredi, un vendredi 13. Je le savais, je m'étais fait la réflexion le matin même, puisque Agnès m'avait averti : « Il faut qu'on arrête une date, pour le mariage. » J'avais pensé : « Pas aujourd'hui, pas un vendredi 13 ! » Je tenais les yeux élargis sur ce mariage prochain, sur le ventre d'Agnès qui allait grossir vite, sans plus rien voir d'autre dans le ciel qui s'assombrissait. Et soudain, j'ai entendu un cri. Au salon, des gens se sont levés, la bouche ouverte, le regard horrifié, tendu au-delà de la grande baie vitrée, vers les montagnes. La cabine venait d'interrompre sa descente, elle se balançait sinistrement, anormalement, penchant d'un côté comme un oiseau blessé à l'aile. Au moment où cette aile malade a encore plongé, d'un petit coup sec, un nouveau cri a retenti dans le bar pour se transformer en clameur d'effroi : la benne venait de se décrocher, elle piquait à l'aplomb du ravin, lourde et verticale. Une femme a hurlé : « Elle tombe ! Elle tombe ! » Tout le monde s'est rué aux vitres, on ne voyait plus rien, les rares sapins du fourré en dessous et la nuit qui montait déjà de la combe avaient englouti, digéré cette machine de plusieurs tonnes comme s'il s'était agi d'une petite bille de plomb... La stupeur m'a planté un épieu en plein ventre... Et ce soir, par la plaie rouverte au sabre affreux du souvenir, je sens mes tripes se convulser encore, comme si l'abomination venait de se produire...

Je n'ai pas raconté tout ça à Ellie. Les mots n'auraient pas franchi ma gorge. Je n'aurais pas su décrire ma révolte hagarde, cette terreur démente qui m'a fait remonter en courant la route de l'Enversin à Valdoré, sourd aux questions des automobilistes qui descendaient aux renseignements, freinaient à ma hauteur, me hélaient. J'ai galopé jusqu'à la maison, je me suis rué dans ma chambre, j'ai fermé ma porte à double tour et je suis resté assis dans un coin de la pièce, en boule, la tête dans mes bras croisés, le nez entre mes genoux pliés, à trembler sans pouvoir m'arrêter, interminablement, à trembler toute la nuit.

« Tu trembles ? » demande Ellie.

Elle a le ton navré de qui vient, par mégarde, de vous faire très mal. Sa main éhontée court sur moi à la recherche d'une possible consolation.

« Je te caresse, si tu veux ? »

J'arrête son geste voué à l'échec.

« Non, ça va.

— Oublie la téléphérique, Roman ! Reviens ici, avec moi. Je te caresse, je te fais bander, après tu jouis fort, laisse-moi faire !

— Je banderai pas, Ellie. Je me connais.

— Même si je te montre la dedans de ma chatte ? »

Sans me donner le temps de décliner l'offre, ni même de la réaliser vraiment, elle bondit du lit, actionne une nouvelle fois l'interrupteur de la lampe dont le halo rose me la livre trottinant à travers la chambre, gracieuse dans sa nudité, et très à l'aise. Elle contourne un large fauteuil bas, y plaque des paumes volontaires, entreprend de le pousser jusqu'au lit. Devant moi, à hauteur de mes yeux, elle place le meuble à quelques centimètres du bord du sommier, s'y installe d'une fesse allègre et enjoint :

« Regarde ! »

Elle a une cuisse sur chaque accoudoir et, dans la clarté chaude de l'abat-jour rose, le panorama devient torride. Je reste allongé sur le flanc, un bras replié sous la tête, à la contempler, admiratif malgré moi. Quelle aisance dans l'obscénité est la sienne ! Où a-t-elle appris ce tranquille mépris de la pudeur, cette capacité à s'exhiber, à ériger le spectacle en œuvre d'art ? Et les a-t-elle appris ? N'est-elle pas au contraire très naturelle, dans ses discours et ses manœuvres que peut-être n'entrava ni ne frelata aucune règle de conduite, aucune morale artificielle et prude, aucun jugement ?

« Regarde ! » dit-elle encore et, de deux index divergents, elle sépare ses grandes lèvres, d'abord doucement, puis d'un mouvement plus tonique, jusqu'à écarteler complètement la chair de cet oursin tendre qu'elle s'applique à m'offrir. Dardé au cœur des pétales, son clitoris brille, petit bouton juteux et arrogant. Plus bas, ses doigts élargissent maintenant son con grenat, dont les bords renflés s'étirent pour ouvrir un gouffre troublant. « Tu vois le trou ? s'inquiète l'indécente. Tu veux voir l'autre ? » Elle remonte ses genoux grands ouverts, bascule un peu en arrière, amène à ma vue le cratère enfoui, terriblement inconvenant, qui palpite, dans un sillon qu'elle évase à pleines mains. Machinalement, je me suis assis au bord du lit, jambes pendantes dans la ruelle de vingt centimètres qu'elle m'a autorisée. Sur mon ventre, mon zob entame une lente et sûre éclosion, je sens mes couilles durcir sous mes fesses, m'obligeant à leur concéder, entre mes jambes disjointes, la place nécessaire à leur métamorphose. Cette sorcière lubrique m'ébahit d'inventions incroyables. J'ignore si toutes les filles qui fréquentent la station sont capables de ce genre de numéro, mais je comprends mieux que l'École de ski français ait parfois, au matin, les yeux battus... Pour l'instant, c'est ma queue qui bat, et raide, sur les poils de mon pubis.

« Ça te plaît ? Dis que ça te plaît ! »

Un sourire triomphal, encore que dénué de forfanterie, éclaire ses yeux d'or, tout son joli minois enfantin, petit nez grêlé, joues rondes, bouche bien dessinée, un peu épaisse... Ses doigts jouent toujours, au plus tendre d'elle-même, j'allais dire au plus secret. Mais il n'y a plus de secret, plus du tout. Ma bacchante, ivre de sa propre audace, a baissé les yeux vers l'ensorcelante vision, sa vulve écarquillée, ses fesses étonnamment ouvertes par ses phalanges consciencieuses jusqu'à la cruauté, ses deux trous dilatés, l'un d'un bordeaux humide que pâlit la traction latérale à laquelle il est soumis, l'autre cerné de violet sombre, plus pâle en son milieu, qu'une nacre mauve boursoufle.

Ma queue, fascinée, rêve de s'élancer vers elle, de la trouver, de l'enfiler au petit bonheur, devant, derrière, partout si elle veut...

Je parviens à souffler : « Ellie, ne bouge plus, reste comme ça, je vais te prendre ! », et je tombe à genoux devant le fauteuil où elle se vautre dans la démonstration la plus caniculaire que j'aie jamais vue, même si je n'en ai pas vu beaucoup. Mon zob magnétisé pointe un mufle baveux à la hauteur de son cul magnifique, je n'ai qu'à pousser un peu, un coup de reins, un han ! de bûcheron et je m'engagerai dans l'étroitesse élastique de ce trou qu'elle s'amuse à crisper et à détendre comme on cligne de l'œil. Mais avant l'abordage, ma petite salope m'échappe, referme les genoux, me repousse :

« Non ! pas dedans ! »

Je supplie :

« Je ferai attention, promis, je me retire, laisse-moi entrer, juste un peu... »

Elle pose sur ma poitrine un pied nu qui me renvoie au sommier.

« Non, trop dangereux, je veux pas, je te caresse. »

C'est elle qui est à genoux, à présent, devant moi ; elle a saisi à la base le sceptre dont j'espérais l'honorer, elle entreprend de le faire voyager dans son fourreau, son geste est sûr, consciencieux, tonique et doux à la fois, ma bite émerge de sa peau comme une grosse banane à chaque descente de sa main, disparaît lorsque la main remonte. Cette fille est une branleuse formidable, je crois que je ne ferais pas mieux moi-même, et je commence à percevoir au fond de moi, dans le noyau dur que sont devenues mes couilles, les alarmes d'une proche explosion, lorsque Ellie me déclare soudain, en interrompant ses diligentes frictions :

« Écoute, c'est mieux tu le fais toi-même, et moi aussi, en même temps, et nous nous regardons. Comme ça, tu me vois plus du tout. J'aime quand tu me vois ! »

Elle a lâché mon brandon que la montée du plaisir a porté au rouge, elle regagne son fauteuil, s'y cale commodément, comme tout à l'heure, cuisses béantes, genoux haut sur les accoudoirs, et elle exige : « Allez ! Vas-y ! Astique-toi ! Ça nous excitera beaucoup ! » Cette gosse me tue. Je me suis jamais branlé devant personne, même pas à l'internat de Vizille quand les concours de vitesse et de longueur de jets étaient de mise. La pudeur me paralyse, ainsi qu'une peur idiote de régresser, d'être ridicule dans ma branlette de collégien, la peur de me voir à l'œuvre, moi qui me suis toujours masturbé dans le noir, la peur de voir cette fille me zieuter, poser sur mon rituel un œil curieux, ironique peut-être, la peur de l'admettre dans mon intimité plus sûrement que si je l'avais tringlée très banalement. Je dois avoir l'air embarrassé et presque malheureux. Je sens la réticence me froncer le sourcil, me flapir l'enthousiasme. Sans se démonter, Ellie propose :

« Je commence ! Regarde ! Je me le fais aux

deux trous à la fois, d'abord je mouille le doigt à ma jute, après je barbouille l'autre, pour le graisser bien, tu vois ? Après j'entre dans le petit, c'est absolument délice, et des fois, il en veut plus, des fois je mets deux ou trois doigts... »

Mon ensorceleuse a bien sûr joint l'acte à son commentaire faramineux. Époustouflé, je vois son index, naviguant de son con à son cul, butiner ici ce qu'il offre là, revenir à la source plusieurs fois, oindre soigneusement le petit cratère violet qui finit par le gober, puis par réclamer, d'un appel perceptible autour de la phalange disparue, un renfort qu'on lui octroie. Ellie a planté deux doigts de sa main droite entre ses fesses, et sa main gauche lyrique accompagne la scène d'une partition à la mandoline, trémulante, sur son bouton dardé. « Ça, la clito, c'est bon aussi ! souligne Ellie, avec une gourmandise de connaisseuse dans sa prunelle que la volupté égare, c'est dur de résister encore ! » Son doigt musicien, le majeur, délaisse le bourgeon sensible pour plonger dans la bouche affolée qui palpite en dessous. « J'aimerais ta queue, à la place. Bien grosse, elle est, plus grosse que je peux me le faire... » Ce n'est pourtant pas la bonne volonté qui lui manque : ma libertine, enfiévrée, toute rose et gonflée de soupirs, vient d'enfourner dans son con affamé deux autres doigts, et de sa main gauche ne subsistent plus à ma vue que le pouce et l'auriculaire, frénétiques tous deux en des places diverses, le pouce entre les lèvres où il masse encore, d'une caresse rude, le petit démarreur exaspéré, l'auriculaire au bord du trou du cul où il tâche de rejoindre le contingent de l'autre main.

J'ai du mal à définir ce qui brûle le plus en moi, de mes yeux éblouis par la délectable obscénité de la scène, de mes oreilles effarées et ravies par la trivialité tranquille d'une didascalie encore jamais entendue, de mon sexe qui rue et se cabre et piaffe de foncer au hasard, de s'engouffrer, de cavaler tout droit jusqu'à l'apocalypse libératrice... Pourtant mes mains moites sont restées crispées, mes poings fermés comme ceux d'un boxeur sur la défense.

« Toi aussi, m'exhorte Ellie. Toi aussi, fais-toi venir. Laisse aller ! »

Ma main honteuse s'exécute à contrecœur, se referme sans conviction sur un barreau qui, loin des finesses et des complications de mon âme trop fière, manifeste une joie animale, frissonne un spasme joyeux de bestiole en fête. J'amorce la manœuvre, un va-et-vient retenu d'abord, que je voudrais sobre, élégant, pas agressif, pas trivial, un polissage de gentilhomme, courtois et maître de lui. Mais la diablesse tend vers moi une petite gueule hagarde : « Branle ! hurle-t-elle. Ensemble ! » La grande vague qui l'inonde la soulève du fauteuil, arque son bassin, tend ses jambes et, tandis que ses mains effrénées dansent avec passion entre ses cuisses, je vois un de ses pieds monter tout droit aux étoiles, comme un étendard victorieux. C'est ce pied menu, cambré, pointé au ciel, tétanisé par l'orgasme de sa propriétaire, qui a raison de moi et de mon imbécile réserve. Je capitule d'un coup, embarqué dans sa démence, déchaîné aussitôt que rendu : ma bite se met à claquer dans ma paume emballée, mes doigts en bracelet autour de son col la malmènent à une allure bientôt rédhibitoire, lui font franchir allégrement le point de non-retour, la déshabillent et la rhabillent cent fois par seconde sans que j'aie plus rien à penser, à organiser, à décider... Tout m'échappe, mon poignet connaît par cœur la dernière ligne droite, cette frénétique course au bonheur, cravachée de main de maître, c'est le galop final avant l'éblouissement, tout bande en moi, tout branle, tout grelotte, le terrible, le merveilleux plaisir vient de m'empoigner aux reins, de me mordre aux couilles, ma queue me fascine, énorme, apoplectique, consentante jusqu'à la folie, gorgée d'un plomb fondu qui va fuser bientôt, maintenant, là, tout de suite...

De larges gouttes tièdes pleuvent un peu partout, sur mes jambes, sur mon ventre, en m'arrachant des râles douloureux, dans une extase qui s'attarde et me déchire, n'en finit plus de me combler, de me navrer, dénaturée par le regret : un si gigantesque panard, tout seul, sans la prendre dans mes bras, sans m'enfouir entre ses seins, sans mordre sa chair !... Dire que j'aurais pu jouir planté au chaud de sa chatte, avec ses jambes pour collier... Qu'est-ce que ça aurait donc été !

Elle a renversé la tête sur le dossier du fauteuil. Son pied est retombé, ses mains sont encore en elle, innocentes, apaisées. Elle ramène sur moi un regard qui revient de très loin :

« C'était bien, non ? »

J'approuve muettement, du menton. Ses sensibles antennes m'entendent penser.

« La prochaine fois, dit-elle, tu apportes la capote. »

IV

Il n'y aura pas de prochaine fois. C'est ce que je viens de décider, en m'enfuyant comme un voleur de la chambre 21, mes grolles à la main ; il est encore très tôt, trop tôt pour rencontrer qui que ce soit dans l'escalier où j'étouffe mes pas. Me voilà dans le minuscule hall, carrefour de quatre directions : à ma droite, le bar, désert, je l'espère ; à ma gauche, la salle de restaurant où j'entends des bruits de vaisselle. Derrière moi, parallèle à la montée aux étages, le petit couloir qui mène aux cuisines, occupées et bruissantes d'échos divers. Et devant moi, à deux pas, la liberté, la porte vitrée qui donne sur la terrasse. La tête dans les épaules, j'actionne la poignée le plus doucement possible. J'arrive en chaussettes sur le carrelage extérieur dont la neige tombée cette nuit a épargné les soixante-dix centimètres protégés par l'avant-toit. C'est dans cette surface à peu près sèche que je dois enfiler mes pompes, sous peine de me tremper les pieds. Seulement je suis en vitrine, ici, et visible du bar et de toutes les baies de la véranda qui le prolongent. La hâte me rend maladroit, je m'énerve sur les crans de fermeture, cassé en deux dans la ridicule position de l'œuf ; si on m'aperçoit des cuisines, c'est-à-dire de dos, ou plutôt de fesses, sûr qu'on ne peut pas me reconnaître. Du bar, en revanche, on risque de me voir de profil. Une voix joyeuse me fait sursauter, venant de là où je n'attendais pas le danger. « Oh ! Déjà prêt pour les pistes ! C'est du sérieux, alors, hein ? » Un type bedonnant dans un anorak qui le costume en Bibendum s'est planté devant moi. Il a des jumelles autour du cou, un bonnet à pompon et un accent belge dont la jovialité sans malice me crispe. Ce con va attirer l'attention sur moi, c'est couru. Je fais « oui », très vite, de la tête, et je décanille avec mes croquenots mal ficelés avant qu'il ne me demande quand ouvre la gare, et pourquoi je suis à pied d'œuvre deux heures à l'avance...

Sûr qu'il n'y aura pas de prochaine fois. C'est trop compliqué, c'est trop chiant de se planquer quand on connaît tout le monde. J'expliquerai ça à la môme. D'ailleurs, non, je n'aurai rien à lui expliquer du tout. Je vais m'employer à ne pas la revoir, à ne plus la rencontrer, point final. Ce qui est arrivé cette nuit, disons que c'était...

C'était géant, oui. Absolument géant. Grandiose, titanesque. Pourquoi me nier l'importance du choc ? Une amplitude maximale sur mon échelle de Richter personnelle, un séisme dantesque, un raz de marée incommensurable. J'attaque, perdu dans mes pensées, la route qui mène aux logements, dans le haut de la station. Je ne sais pas trop ce que je vais y faire, mais il faut bien que j'aille quelque part, que je marche pour ne pas geler, il fait un froid de loup. Valdoré est encore dans la grande ombre bleu acier des Rousses, et le soleil n'apparaîtra pas avant un couple d'heures. La neige a sucré les jardins inégalement, comme des gaufres. Il n'a pas dû en tomber beaucoup, la route dégagée sonne sous mes pas, et les congères amassées par le chasse-neige n'excèdent pas vingt centimètres de haut. Encore un truc qui m'a échappé, cette nuit, le chasse-neige. Il a dû tourner pourtant, et Dieu sait qu'il fait du bruit ! Mais cette gosse experte en l'art de montrer son cul m'a littéralement obnubilé. Et gentille avec ça. Une adorable salope, comme jamais je n'aurais imaginé qu'il en pût exister. Je reconnais que je n'ai pas vu grand-chose, et que je ne suis guère sorti de mon trou. Mais je raconterais à Nathan ou à Mario sa façon de s'écarquiller, et ses commentaires *live,* ils croiraient que j'ai pété un plomb, ou que j'en rajoute. Même à eux, je gage qu'un truc pareil n'est jamais arrivé...

J'ai presque dépassé l'entrée de la gare, en contrebas de la route, sur ma droite. La grille est fermée. Je repense à hier, je cherche sur les escaliers en ferraille mon fantôme rouge et son précieux, son incongru fardeau, une petite silhouette noire qui se laisse emporter en tremblant. Belle aventure, tout de même ! Il vaut mieux oublier. Bien sûr, si j'étais libre... Je me plais un instant à rêver à ce qui se produirait si j'étais célibataire, sans comptes à rendre à personne. On passerait une semaine d'enfer : la môme doit être là pour huit jours. Je ne sais même pas si elle est arrivée en groupe. Certainement. En tout cas, pas acoquinée, puisqu'elle était seule dans sa chambre. Une sacrée délurée, j'aurais pas mal de choses à apprendre avec elle, je le sens. Ne serait-ce qu'à mettre une capote. D'ailleurs, où veut-elle que je trouve des capotes, ici à Valdoré ? D'accord, le village est méconnaissable, mais il n'a pas encore de pharmacie. Et puis, je me vois entrer acheter des préservatifs ! Quoique, à présent, ils mettent des distributeurs dehors, très pratiques. Remarque, c'est pareil : dehors, tu parles d'une discrétion ! Une seule solution : aller au Bourg, carrément. Mais au Bourg, je ne peux pas y descendre tout seul ; encore faut-il trouver à me faire emmener, larguer celui qui m'accompagnera... Trop compliqué, tout ça, trop compliqué...

J'arrive au croisement entre le grand virage sur la gauche, celui qui monte aux commerces et immeubles neufs, à Valdoré le nouveau, quoi ! et que je prends trente fois le jour au volant de ma navette, et la route de La Villette qui continue tout droit, jusqu'au dernier hameau en cul-de-sac de toute la côte de Valdoré. Si je prends le virage, j'arrive dans cinq minutes sur l'esplanade. Il est sept heures. Je vais errer là-haut comme une âme en peine, les troquets ne seront pas encore ouverts. Si je continuais vers La Villette, je pourrais bifurquer au Rocher, gagner les hauts de Valdoré par un détour de deux kilomètres. Mieux vaut marcher que poireauter par une température pareille ! Agnès me verrait crapahuter aux aurores avec ces godasses à réveiller les morts qu'elle n'y croirait pas. Et cette nuit ! Si elle m'avait vu cette nuit ! Moi-même j'avais du mal à y croire. Ellie ! Ellie de Nouvelle-Zélande, avec sa frimousse de Barbie, ses seins ronds, son petit cul mignon, et sa foufoune claustrophobe, ouverte aux quatre vents ! Du porno en direct, j'ai vécu. Un vrai programme de Canal +, un de ceux que les copains de jeunesse m'ont quelquefois obligé à regarder, le samedi soir. Sauf que le texte était meilleur. Et que j'ai joué dedans. J'en ris tout seul. Soudain, une idée se fait jour en moi, me fige sur le bitume, tout droit au milieu de la route vide. Si ça se trouve, c'est son job, le porno ! À tous les coups, même ! Comment n'y avoir pas pensé plus tôt ? Une telle désinvolture, un tel aplomb dans les gestes osés, les mots prononcés... Elle m'a fait une petite séance individualisée pour me remercier de mes bons soins, voilà ! L'idée me blesse. Je n'aurai pas compté pour elle, pas plus qu'un de ses innombrables partenaires, alors que pour moi elle restera une espèce de phare dans la terne succession de mes jours. Je n'arrive quand même pas tout à fait à gober ça. Une professionnelle n'aurait pas eu ces élans qui l'ont jetée vers moi, câline et emplie d'une tendre commisération. Je me souviens de ses bras à mon cou, de sa bouche douce à mon oreille, j'entends son accent délectable : « Oublie la téléphérique, Roman ! » Par le sortilège de sa magnifique audace, j'ai oublié... Qui l'eût dit ? Cette gamine est une sorte de magicienne. Donnez-lui un Romain froussard, acrophobe, dédaigneux des choses du sexe par timidité, par ignorance. Un coup de baguette magique, hop ! *Ecce Roman,* le preux, le valeureux, le vainqueur du vertige, le dompteur des tempêtes, Roman prosterné à ses genoux ouverts pour un hommage incandescent ; Roman le fou de son corps, de son cul, de ses mots... Roman, le mépriseur de téléphérique... Et, soudain, une impulsion fantastique me retourne. À trois cents mètres derrière moi, face à l'Edelweiss, installée de toute sa carrure énorme sur un bord de la combe et la dominant de son impressionnant ponton, la cabine est là, immobile dans sa cage comme un monstre qui dort. Mon cœur cogne fort, mais je ne baisse pas les yeux. Au contraire, j'ai l'impression que l'exorcisme est devenu nécessaire ; avec ma métamorphose de cette nuit, la volonté impérieuse de rattraper dix ans de lâcheté m'oblige à garder les paupières ouvertes sur l'affreuse installation, dressée sur ses jambes de métal tel un mirador démesuré. Par mimétisme, j'écarte les jambes, je me campe solidement, poings aux hanches. Que je voie bien tout, la colossale roue ceinturée d'un filin à remorquer un paquebot, les formidables bras qui portent l'ensemble de la structure, les ponts-levis, les treuils, les embarcadères, les barrières mobiles, les piles, les tabliers, les tours, les remparts, les guérites, les abris où grognent de mystérieuses et menaçantes machines, les dédales et les entrelacs de cette ville futuriste de fer, d'acier, de vitre, qui, avant le lever du soleil, brille déjà d'un feu glacé comme une armure à la lumière implacable du petit matin. Que je voie bien tout sans frissonner, ce jour est un nouveau jour, une renaissance fabuleuse ! Je pose sur la cabine le regard d'un gladiateur. La bête en son arène chromée ressemble comme une jumelle à celle qui éclata sous son propre poids, dans la combe de l'Enversin. Tôle et verre, avec le nom de Valdoré écrit en lettres orgueilleuses sous son large ventre gris. On ne peut le lire qu'en levant la tête, quand le mastodonte s'envole au-dessus du ravin, de son vol lourd et immuable.

Immuable... Sauf ce jour sinistre où il trahit la confiance de ses créateurs, dévia de sa trajectoire, et mélangea à ses entrailles de fer celles des hommes microscopiques qu'il avait broyés dans sa chute. Il fallut, pour reconstituer d'abominables puzzles, explorer à quatre pattes les restes torturés du Goliath qu'on saluait d'une nuque renversée, comme une étoile. Exprès, je me titille la mémoire, je me turlupine le souvenir. Une grosse boule dans ma gorge me blesse comme un noyau et, inévitablement, la peine me prend, me submerge dans sa tourbe, j'étouffe d'une envie de sangloter presque aussi poignante qu'au jour maudit, avec un prénom qui tourne dans ma tête comme un arbre arraché par un fleuve en colère. Christian... Je ne peux plus réfléchir, plus aligner de phrases même embryonnaires. À l'orée de ma conscience, en un lieu dépourvu de syntaxe et de grands mots, une voix balbutie : « C'était mon ami, mon seul ami », et cette épitaphe à peine formulée, plus sentie que réellement pensée, va, je le sais d'expérience, bercer ma peine, alimenter son courant glauque pendant des heures. Devant mes yeux brouillés, la cité d'argent tremble comme un miroir. Pour retenir mes larmes, je serre les paupières. Le gladiateur est vaincu. Je me retourne, plus lourd dans mes chaussures plombées, résigné à l'assaut douloureux des réminiscences.

Dès les premières années de notre scolarité commune, Christian fut mon contraire et mon indispensable complément. À courir partout, à poursuivre les filles, à embêter les grands, quand je restais dans mon coin, béat et vaguement inquiet, à dessiner des rosaces sans compas, quand je gribouillais laborieusement les plus simples figures, à compter plus vite que la maîtresse quand j'agitais clandestinement mes doigts sous la table pour les plus élémentaires additions, il m'emplissait d'une admiration complexée que ne ternissait pas la conscience de mes propres talents. Moi je lisais bien, mieux que lui. J'inventais des histoires. J'étais « bon en rédaction ». Mon père haussait les épaules : « Ça va servir à quoi ? » Je me souviens d'un poème de fête des Mères, rédigé en secret. Seul Christian l'avait vu. Il m'avait dit : « Il est bien, montre-le à la maîtresse. » Je n'avais pas osé.

J'avais peur qu'elle le lise aux autres, je le trouvais cucul. Même à ma mère, je ne l'ai jamais donné. Mon père aurait fait « pff ! » en remontant ses épaules de paysan. Ma mère aurait peut-être pleuré, elle a toujours eu l'attendrissement facile, elle passait d'ailleurs des larmes au rire et du rire aux larmes avec une facilité toute latine. Christian l'aimait bien. Il venait goûter chez nous. Elle l'embrassait en faisant claquer les baisers sur ses joues, elle disait : « Ah ! voilà Chlistian ! » Ça le changeait de chez lui, de l'austérité, des coups de gueule de son père. Christian et ses deux sœurs, Agnès et Josy, marchaient bien droit et filaient doux, comme leur mère. Tout le village le savait, le père Jacquemard ne rigolait pas. Quand il avait dit : « C'est comme ça », c'était pas autrement. Et valait mieux être d'accord tout de suite... Mon père à moi rouspétait souvent, sans méchanceté, par habitude. Je redoutais quand même ses grognements, ses jugements à l'emporte-pièce. Quand l'école nous a proposé la première sortie de ski de notre vie, j'ai beaucoup appréhendé. Ma mère a failli céder, me dispenser. Elle disait : « Il est enlhumé. » Mon père a bougonné qu'elle allait faire de moi une femmelette. J'y suis allé, désespéré par l'aisance de Christian à se mouvoir d'instinct sur ces diaboliques planches qu'on nous imposait. Je me sentais pataud et ridicule, je tombais sans arrêt. La maîtresse s'était mis dans la tête de nous faire prendre un petit tire-fesses, après seulement quelques exercices d'échauffement dans une minuscule pente. Là, j'ai senti ma limite. J'étais dans l'incapacité absolue de me lancer dans la descente, pourtant modeste, qui m'attendait, après une ascension pénible et humiliante, car le perchiste avait dû venir à mon secours deux fois sur le parcours. Lâchement, je me suis volontairement jeté à terre dès les premiers mètres, et je me suis tordu d'une douleur factice en me massant la cheville. J'ai passé le reste de la journée à regarder les autres qui, fiérots sur leurs skis, multipliaient les descentes, en me traitant de chochotte. Christian, lui, ne s'est pas moqué. Il ne se moquait jamais de moi.

Au retour, j'ai boité consciencieusement pendant quelques jours. Ma mère a dit : « Il a l'entolse » en hochant la tête d'un air entendu qui signifiait : « C'était couru », et mon père a, une fois de plus, haussé les épaules. Mario ricanait : « Quelle andouille ! » Lui, depuis longtemps, il avait appris l'art de la glisse et excellait à ses périlleuses figures. Il avait deux ans de plus que moi, beaucoup moins d'indulgence que Christian et un monde nous séparait déjà. Quant à moi, par la suite, chaque fois qu'il a été question d'une sortie de ski, je me suis remis à boiter. « Il a mal à l'entolse », plaidait ma mère. Mon père tordait la grimace du vieux singe à qui on n'en remontre pas, m'imposait parfois, pour ne pas déplaire à la maîtresse, l'effort inhumain de participer. J'arrivais à l'école la mine sombre, torturé d'angoisse. Dans le car qui nous montait aux Deux-Alpes (à l'époque Valdoré n'offrait même pas les toutes petites installations familiales qui précédèrent le grand essor de 88-89), j'étais malade à crever. Christian me passait des sacs en plastique, en me recommandant « Tu feras gaffe à ton entorse !... » Mises bout à bout, mes courses à skis n'ont pas dû excéder soixante mètres.

Plus tard, adolescent, j'ai renoncé définitivement au martyre. D'ailleurs, au collège de Vizille, nous avions peu l'occasion de confronter nos capacités de sportifs, et précisément de skieurs. À cette époque-là déjà, j'avais conquis, avec mon indépendance, ma réputation d'intello, de poète dans sa tour d'ivoire. Le problème, c'était l'orientation. Christian a envisagé une branche scientifique, moi, nul en langues, mauvais en maths, je n'ai pas été sauvé par la grandiloquence de mes compositions françaises, ni par mon érudition anarchique de lecteur fervent mais sans méthode... Après le brevet, j'ai entamé un parcours dénué d'enthousiasme et de gloire, ratant un B.E.P. qui ne me motivait pas, vivotant de petits boulots ici et là. Christian était déjà ingénieur, comme son père, quand j'étais encore à éplucher les annonces et à courir les boîtes d'intérim de Grenoble.

Je ne rencontrais plus Christian qu'aux bals du samedi. Il s'amusait de me voir parfois inviter gauchement une fille, poser sur elle des mains timorées et godiches. Il passait près du couple très raide que je formais avec ma cavalière et, dans un clin d'œil, me glissait : « Attention à l'entorse, hein ? » Christian... Son sourire à pleins yeux, sa complicité muette, précieuse, son aisance et sa modestie dans la réussite. C'était lui mon frangin, le vrai...

Je suis parvenu au virage du Rocher. Mon pas a ralenti, comme si je traînais, dans mes grotesques chaussures de scaphandre, l'épave écrasante de mes vieilles douleurs. Un deuil presque intact, à peine rouillé par dix ans d'amertume résignée. Christian me manque, manque à mon univers sans homme. Je ne fréquente plus personne, je fuis mon frère, Guillaume est trop petit, mon père est trop vieux... Bizarre, la vie. C'est moi qui avais peur du vide, c'est Christian qui est tombé. « Oublie la téléphérique, Roman ! »

Un autre sourire, un autre prénom, comme un antidote. Ellie. Cette gosse va me hanter un certain temps, avec ses trémoussements de sorcière. À revoir ses pratiques infernales, une chaleur me monte aux joues, me mouille le dos. Quarante ans et des émois de puceau... Oui, mais quarante ans de quoi ? Quarante ans de sens interdit, de vitesse réduite, de balises respectées. J'ai conduit ma vie comme ma navette, toujours pareil, sans excès, avec la peur de verser, de toucher, de risquer... La peur de péter les freins ou de griller le moteur. Ça risquait pas. Pauvre moteur routinier, sans surprise et sans élan...

J'arrive à la hauteur du local technique qui sert de garage aux véhicules de la station. La grande porte est basculée, le Tave est là dans sa veste bleue trop petite pour enfermer sa bedaine où se détendent les mailles d'un pull tricoté main. Il fait « Tiens ! » en m'apercevant, comme si je le surprenais, alors qu'il doit m'écouter arriver depuis le virage. Sa grosse joue rouge se boursoufle sur la chique d'un quignon qu'il finit de mastiquer.

« Où qu't'es passé hier ? chuinte-t-il en postillonnant une bouillie de pain mâché. À peine que tu m'as demandé, pour la navette, je m'installe et qu'est-ce que je vois sur le tableau de bord ? Un trousseau de clefs. C'est pas ça que tu cherchais ?

— Des clefs comment ?

— Des clefs. Avec un téléphérique. »

Je réalise ce qui a pu se passer. Mario a quitté l'Edelweiss avec mes clefs, peut-être machinalement empochées. Il s'en est rendu compte sur le chemin de la gare. Il a eu la flemme de me les rapporter, il les a posées sur le tableau de la navette, pensant que je les verrais. Très décontract, Mario. Pas bileux pour deux ronds. Je devrais m'agacer, penser « quel enfoiré ! ». Mais une espèce de joie malicieuse, revancharde, me file comme un air de guinguette dans le mental. Le Tave est venu à bout de son quignon. Il me voit sourire niaisement dans mon habit de spationaute. Sa grosse truffe subodore une farce pas ordinaire. « Qu'est-ce t'as fait, alors ? » questionne-t-il, la prunelle allumée sous son arborescent sourcil.

J'élude, d'un moulinet du bras blasé. « Houlà ! Toute une histoire... », et comme il s'approche, aguiché, curieux, et penche vers moi son profil patatoïde tout prêt à recueillir la confidence, je demande : « Dis donc, t'irais pas au Bourg, avant ce soir ? »

J'arrive à l'appartement pour décrocher le téléphone. Josy, voix aigrelette et ton soupçonneux : « Tu dormais ? Dix fois que j'appelle. » Un coup d'œil à ma montre me rassure : il n'est que sept heures dix. Si, comme elle l'a proposé, elle a tenté le premier coup de fil à sept heures, ça fait un par minute. Josy, c'est la fille obstinée par définition, et difficile à embrouiller. Curieuse jusqu'à l'indiscrétion. Fouille-merde pour tout dire. Elle a définitivement pris en main le bonheur d'Agnès, qui n'a qu'un an de moins qu'elle, comme si elle était son aînée d'au moins une décennie.

« J'étais sous la douche !

— Réveil difficile, hein ? Paraît que tu as fait la java, hier soir ? »

Là, méfiance. Josy est tout à fait capable de prêcher le faux pour savoir le vrai.

« La java ? Pourquoi ?

— Agnès a essayé de t'appeler plusieurs fois dans la soirée, elle n'a pas pu te joindre.

— Je suis allé boire un verre, par là... »

Elle ponctue mon explication plutôt vague d'un « Ouais » sec et incrédule. On ne la lui fait pas. « En tout cas, ajoute-t-elle, pense au tabac : sept heures et demie ! »

Elle m'emmerde. J'ai eu tort tout à l'heure, en passant au magasin, de ne pas écouter mon impulsion première. Je voulais changer l'avis sur la porte, annoncer l'ouverture pour huit heures et demie ou neuf heures. Le temps de dormir un peu, je ne reprends la navette qu'à midi. Mais j'ai eu des scrupules. Et maintenant, je le regrette, non pas que j'aie sommeil, car malgré ma nuit courte l'agacement vient de me doper d'un coup. Je regrette parce que Josy commence à me gonfler, et qu'il y avait là une occasion de révolution.

D'ailleurs, à sept heures et demie, je n'y serai peut-être pas. Prendre une douche, un café, redescendre au garage pour confier les fringues de Nathan au Tave qui navette ce matin... J'ai choisi une chemise rouge, du même rouge que mon anorak. Au jean près, on ne remarque pas tout de suite que j'ai changé de costume. Ellie, dans la navette, me verra seulement à partir de la taille. C'est important qu'elle me retrouve comme hier, qu'elle me reconnaisse. Déjà comprendre que mon boulot consiste à piloter cet engin supersonique va lui filer un choc. Je lui ai dit que je n'étais pas moniteur, mais elle n'a demandé aucune autre précision... Va savoir ce qu'elle imagine. Et d'ailleurs, qui me dit qu'elle imagine quoi que ce soit ? Petite tête sans cervelle, je le crains, vite émue, vite oublieuse. Je ne trouve du Tave que ses deux brodequins dépassant de l'arrière du véhicule. Je m'accroupis, le regarde bidouiller quelque chose, les bras en l'air, la patate qui lui sert de nez plissée par la concentration. « Oh ! Tave ! » Il tourne vers moi son faciès qu'anoblit l'inquiétude. Quelque chose d'un Muppet aux abois. « Je crois que le pot en a un coup. » Il entame une reptation dorsale, à coups de cul et de coude, émerge lentement. On dirait que la navette accouche d'un gros fœtus déjà emmailloté. Debout, il se brosse vaguement le séant, se donne deux claques croisées sur les omoplates. « Toute façon, objecte-t-il à une remarque que personne n'a formulée, pour le service, je mets la tenue. » Comprendre que pour conduire notre somptueux vaisseau, il abandonne sa veste bleue et endosse une sorte de parka jaune, gris et rouge, rembourrée comme un édredon. Belle trouvaille de la station : aucun des conducteurs, pour l'instant, n'a consenti à se perdre dans ce capitonnage emphatique ; j'ai essayé, je ressemble à un grizzly tombé dans la peinture. Seul le Tave, conscient de la dignité et de l'autorité que confère l'uniforme, s'oblige à suer dans l'étonnante chose dont le col dressé relève les lobes de ses oreilles rubicondes avec une grâce qui met la touche finale à sa physionomie de cartoon.

Je lui refile le gros sac en plastique qui contient la salopette et les chaussures de Nathan. « Tu mettras ça chez les pompiers, quand tu descendras ? N'oublie pas, hein ? Nathan en a besoin. » Le Tave fronce la fougère de son sourcil droit. Les idées se sont mises en route sous son dôme déplumé. « Au fait, dit-il sans parvenir à voiler la lumière qui brille sous la fougère, pourquoi tu veux descendre au Bourg ? » Je regarde le pot d'échappement d'en haut, le teste d'un petit coup de pied :

« Une course...

— T'as pensé qu'on était dimanche ?

— Oui.

— Si je descends dans l'après-midi, ça te va ?

— Non, je suis de service jusqu'à cinq heures et demie.

— Moi, à six heures, je me mets à table, dit-il, sans préciser qu'il s'agit d'une des tables de l'Eterlou d'abord, puis du Chamois, petites mises en jambes avant la dernière étape : le comptoir de l'Edelweiss. Mais, continue-t-il, je peux te la faire, ta course.

— Non, c'est personnel.

— Ah ! »

Nouveau mouvement de fougère, les deux bouquets, cette fois, qui s'envolent ensemble et font reculer les plis du front chauve. Le Tave hésite à décider s'il est vexé ou intrigué. Il opte pour la rigolade.

« Tu veux des capotes ou quoi ? »

J'aurais pu ouvrir la boutique à sept heures et demie. Par principe, je suis d'abord allé boire un jus à l'Eterlou. Ici, c'est plutôt le Q.G. de l'Antoine. Et le dimanche, l'Antoine ne travaille pas. Il est aussi, bien sûr, employé communal. Une sorte de cantonnier, délégué selon les jours au ramassage des poubelles, au nettoyage des fossés et des rues du village ; l'été, il arrose les fleurs et entretient les chemins muletiers. Tout à pied, il ne conduit pas. Je ne sais même pas s'il a un jour essayé d'avoir son permis. Il y a des choses qui ne sont jamais rentrées sous son béret, en surplomb sur un caillou ovoïde plutôt compact. Encore une belle tronche accidentée, l'Antoine.

Lui, c'est pas un Muppet, c'est plutôt un Néandertal. Même démarche de primate, balancement cadencé sur des pattes arquées qui défient la caricature. Quand il était jeune, le grand jeu était de lui pousser une fille dans les bras — et les jambes — le samedi soir au bal. Chacune s'y collait à son tour et, en rouspétant beaucoup, faisait sa B.A. Alors, pendant de longues minutes, l'Antoine lui envoyait ses genoux dans les cuisses, à droite, à gauche, toujours sur le même rythme de bourrée forcenée quel que soit le tempo de la musique. Mario riait comme un fou à voir les filles écarter progressivement les jambes dans l'espoir inconscient d'échapper au martèlement des rotules de l'Antoine. Il était moins imposant, à cette époque, mais déjà bizarre. Les touristes ou même les gens de la ville descendant de paysans valdorins, qui revenaient à leurs sources l'été, il les traitait de « saleté », avec l'accent traînant et rocailleux de l'Oisans : « Eh ! Saâl'té ! » On le croyait « basu », on passait sans répondre. Aujourd'hui, il a enrichi son répertoire. Il jauge les filles, toutes les filles, les Anglaises, les Belges, les Allemandes et les autres d'un œil torve, il les apostrophe : « Alors, pingouin ? Comment tu vas, canard ? » Sur l'Esplanade, à l'heure de pointe, quand les terrasses sont pleines, les commerçants d'ici ne savent plus où se mettre. Ils disent, en riant jaune : « C'est l'Antoine ! » Comprendre qu'il n'y a rien à faire, qu'il faut l'excuser, qu'il est « calu ». Pas si calu que ça, va. Il ne s'en prend jamais aux hommes. Or la lâcheté n'est pas marque de crétinisme, au contraire. Il faut avoir conscience du danger pour le fuir. En même temps, je crois que sa hargne et son insolence vis-à-vis des jeunes femmes procèdent d'une rancune humiliée. Comme le François, il est resté célibataire. Oh ! pas volontairement, contrairement à ce que sa misogynie systématique pourrait laisser croire. Les filles à marier étaient rarissimes à Valdoré, il y a vingt ou trente ans. Toutes parties aux études, ou placées à Vizille, à Grenoble, et rendues difficiles au contact de la ville et de ses sophistications. L'Antoine était un paysan, il est devenu un rustre. De vogue en vogue, il a vu les « biquettes » s'éloigner, puis le bouder, enfin le fuir. Il a vieilli, comme ça, avec sa grosse force inutile d'homme des champs, travailleur et simple, qui ne porterait jamais de marmaille sur son dos large. Il a aigri. « Saâl'té ! » Saleté de vie, de misère, de solitude. Saletés de gens propres qui mangent des légumes qu'ils n'ont pas arrachés eux-mêmes à la terre, saletés de jolies filles parfumées qui gloussent aux odeurs de bouse, saletés de promeneurs du dimanche, de leurs femmes en décolleté, de leurs gosses en socquettes blanches. Au fil des années, la rancune a grandi, et sa force est devenue de plus en plus vaine. Maintenant, il ne bêche plus, ne trime plus derrière le mulet qui tirait l'araire, ne fait plus la feuille ni les foins. Il n'a plus affaire qu'aux papiers gras, aux bouteilles vides. Et les skieurs fatigués de leur journée, ça picole, le soir. Saâal'té ! Les skieuses aussi. Il les regarde, le matin, fraîches, pimpantes, dans leurs tenues colorées. Elles sont avec des jeunes cons qui se pommadent la gueule et portent à l'épaule, d'un air blasé, un surf fluorescent. Elles passeraient sans un coup d'œil pour lui s'il ne les hélait pas : « Saâal'té ! » Le soir, il les revoit, beaucoup moins pimpantes, elles rient fort, se renversent sur leur tabouret, au bar, tombent parfois. Il triomphe alors, les écrase de son mépris : « Saâal'té ! » Mais à cette heure-là, il n'offusque plus personne. Alors, en balançant son gros corps préhistorique, il va baiser la Claudette.

Ce matin, l'Antoine promène à l'Eterlou une fatigue rogue et sa baube des plus mauvais jours. C'est vrai qu'on est dimanche ; il se relève à peine d'une sale nuit de biture et de frustration. Le samedi soir, avec le nouveau contingent des minettes fraîchement débarquées, son œil s'allume d'impossibles convoitises. S'ensuit une série de « Sâal'té ! » toute neuve, stimulée par la surprise et la perplexité de celles à qui il s'adresse, et qui ne le connaissent pas encore. À la fin de la semaine, elles n'y feront plus attention, et le plaisir de l'injure sera usé. Mais pour l'instant, l'Antoine jouit pleinement de son effet et savoure sa hargne. Le problème, c'est que le samedi soir, justement, après une rude journée de ménage et de charroi de bagages, la Claudette, exténuée, se claquemure et se couche comme les poules. L'Antoine reste avec sa rancœur bandée en lui, douloureuse comme une fluxion... Il boit du blanc, et sa bile fermente. D'où, le dimanche matin, cette physionomie de Cro-Magnon hépatique, les yeux gonflés et le hâle permanent de sa vie au grand air repeint en moutarde défraîchi.

J'ai décliné les coups qu'il voulait m'offrir, et essuyé sa réprobation inarticulée : raclements de gosier, exclamations confuses, ricanements pleins de défi, puis de dépit. Il cherchait un frère de ripaille, avec qui entamer et poursuivre une longue bordée de canons dominicaux. Il aurait tué la matinée, et peut-être l'après-midi par une sieste abasourdie. Par ma faute, il boit seul. Il me regarde plus dur que la Claudette. Moi, je n'ai pas d'excuse pour refuser la fête...

Devant la porte du tabac, les paquets de journaux m'attendent, ficelés, entassés par origine. Encore quelque chose qu'on n'aurait pas imaginé, cette presse internationale, dans un patelin où *Le Dauphiné libéré* se risquait à peine ! D'abord, les placer sur les présentoirs. Ensuite, m'installer derrière ma caisse. Huit heures ! Les premiers chalands arrivent ; ceux du début de la matinée ne sont pas pénibles : ils s'approvisionnent en quotidiens, ou en cigarettes. Plus tard, vers les dix ou onze heures, j'aurai la vague des mamies à cartes postales, des gratteuses de Millionnaire, des accros de Morpion, des gosses avides de bonbonnailles. Ça, c'est la plaie. Malgré le pense-bête plastifié que m'a concocté Agnès, je me perds dans le prix des carambars, fraises tagada, malabars et autres bonnes fortunes de la dentisterie infantile... Par chance, j'échappe, le dimanche, aux acheteurs de souvenirs. Eux font plutôt dans la dernière minute, viennent le vendredi soir ou le samedi matin choisir le pot à crayons en forme de chalet ou la lauze peinte à usage de dessous-de-plat. Le tout estampillé « Valdoré » à l'aide d'une décalcomanie du plus bel effet...

Mon tiroir-caisse n'arrête pas de sonner depuis une demi-heure. On dirait qu'ils se lèvent tous en même temps dans cette cité à prétention alpestre. C'est aussi le coup de feu à la boulangerie et à l'épicerie. Répartition des tâches : les gosses vont au pain, les mères au lait, les pères viennent au journal... Ils défilent devant moi, pas encore harnachés, en survêt, assorti parfois de mules ! Je ne les regarde même plus, ne leur parle pas : ils baragouinent au mieux trois mots de français, rigoureusement inutiles : « bonjour », « merci », « au revoir », quand ils sont courtois et bien réveillés. Sinon, ils me tendent le journal choisi ou me désignent les cigarettes convoitées. J'annonce le prix, compte leurs sous offerts sur leur paume, leur rends la monnaie. Ah ! Une main qui ne tient pas un journal ! Entre un pouce et un index délicats, aux ongles soignés, se balance la chaîne du porte-clefs valdorin par excellence, vendu déjà à plusieurs centaines d'exemplaires. Tandis que je m'empare de la médaille pour la glisser dans un sachet, une jolie voix chante en moi : « Oublie la téléphérique, Roman... » Étrange, ce processus des associations. Je ne voulais plus penser au téléphérique de Valdoré car il m'évoquait la mort. À présent, comme en surimpression, par-dessus le malaise et le reléguant à l'arrière-plan de mes émotions, surgit, avec l'image haïe de la sinistre cabine, une autre image, une autre émotion... Vais-je la revoir ? Pense-t-elle à moi aujourd'hui comme je pense à elle, avec ce petit choc délicieux de honte incrédule, ah ! ce qu'on a fait ! Ce qu'on a dit (ce qu'elle a dit) cette nuit ! Me cherchera-t-elle un peu ? Me reconnaîtra-t-elle seulement au volant de ma bétaillère ? Daignera-t-elle se souvenir, me parler, m'honorer d'une petite allusion, m'illuminer d'un nouveau rendez-vous ?

Je tape mon ticket, j'annonce le prix de l'objet à haute voix : « Quarante francs. » Devant moi, la jolie main s'est emparée du petit paquet et reste là, comme suspendue, sans songer à fouiller un porte-monnaie. Je lève les yeux pour répéter distinctement la somme : elle est devant moi, son adorable frimousse figée par une attente ostensible, quelque peu ironique. « Hello ! dit-elle. C'est ici que tu travailles ? C'est toujours que tu fais ce tête ? C'est jamais que tu regardes les personnes ? » La joie le dispute en moi à la confusion, chic ! chic ! elle se souvient, elle m'a parlé, elle m'a dit : « tu ». Tu ! Heureusement, personne en vue, personne que je connaisse, un coup à se faire griller ! Qu'elle est belle ! Plus belle que dans ma mémoire, plus blonde, plus troublante ! Ces yeux d'or pétillants, cette bouche qu'enfle un semblant de dépit, ces joues de poupée, ma douceur, ma merveille ! Non, bien sûr que je ne travaille pas là, qu'est-ce qu'elle va croire, qu'elle a couché avec un marchand de timbres et de porte-clefs, je préfère qu'elle me découvre au volant de mon fardier, je bredouille : « Non, non, je rends service. » Elle doit me prendre pour un ahuri qui répond crétinement à une question déjà oubliée, elle me sourit quand même, ma princesse. Ses lèvres frémissent, tremblent un peu, s'arrondissent comme pour un baiser que finalement elle retient... On vient d'entrer dans la boutique, c'est l'Antoine qui trébuche et tangue vers moi. Ellie recule pour éviter l'écrasement du pachyderme qui ne s'excuse pas. D'au-delà de l'Antoine, en contournant le rempart épais de son gros corps hostile, elle me tend quatre pièces de dix francs. « Voilà, monsieur ! À bientôt ! » Nous la suivons des yeux, l'Antoine et moi, tandis qu'elle gagne la sortie. Elle n'a pas mis sa salopette noire. Pardi ! Pas encore sèche, je l'avais prédit. Elle porte un pull multicolore, lumineux, sur un jean délectablement moulant. La réminiscence de son cul offert m'électrise le périnée. Comme s'il lisait dans mon slip, l'Antoine commente : « Eh ! Saâal'té ! »

Je l'ai guettée une partie de l'après-midi, pendant mes attentes devant l'Edelweiss. J'avais calculé : « Elle va monter aux pistes en fin de matinée, skier aux meilleures heures, redescendre peut-être vers trois ou quatre heures. » Je n'ai pas lu une ligne, les yeux rivés sur les groupes de plus en plus nombreux que lâchait la grande grille, au bas du passage dallé. Vers quatre heures et demie, je me suis résigné. Elle avait dû revenir pendant un de mes voyages, regagner l'hôtel. Elle était peut-être au bar — étonnant quand même, puisqu'il faisait beau et que la terrasse commençait à se garnir. Ou bien elle était dans sa chambre. Sa chambre 21. Le nombre dansait dans ma tête, tournait rythmiquement : 21, 21, 21. Je le voyais écrit, je revoyais la petite plaque d'émail blanc, avec son 21 noir, au tableau des clefs du hall de l'Edelweiss. Pour être fixé, il suffisait d'aller regarder. Ma bière quotidienne m'a fourni le prétexte. De la terrasse, j'ai gagné le hall par lequel il faut passer pour accéder aux toilettes. Coup d'œil à l'aller, mine de rien. Zut, Markus est là, au téléphone. Je m'éternise au pissoir dans l'espoir de l'entendre raccrocher. La conversation dure et la navette doit être bondée... Retour nonchalant ; je traîne les pieds. Markus, le combiné coincé entre le menton et l'épaule, consulte un agenda, en jactant un drôle d'idiome. Il me voit, opère un demi-tour sur lui-même, me présentant son dos et dégageant du même coup le tableau des clefs. Je suis sûr que son geste est délibéré. 21 ! Les clefs sont pendues ! Elle est encore sur les pistes ! Une mordue, alors, une pure et dure !

Je réintègre ma navette, effectivement bien bourrée. J'ai la conviction que je vais la rater. Dans une demi-heure, il n'y aura plus personne là-haut... Où, comment la retrouver ? Surtout que les deux derniers trajets de ma journée s'allongent jusqu'à La Villette, via le Rocher à l'aller, la route du bas au retour. Vingt minutes d'absence chaque fois. Les dieux sont contre moi. Je ramène à La Villette une famille entière de rouquins, père, mère et quatre ou cinq rejetons, brûlés vifs au soleil de Montfrais. Ils observent, dans mon tombereau, un silence accablé. Arrêt dans un nuage noir. Ouverture des portes. Descente des Peaux-Rouges, en file indienne, comme il se doit. Récupération des skis. Fermeture des portes. Demi-tour. Je fonce autant que possible sur la route qui me ramène à Valdoré. D'abord une petite côte, où les ahanements poussifs de ma bécane achèvent de m'exaspérer. Un virage dans une combe. Amorce de la descente. Là, ça va fiarder... Non ! ça ne fiarde pas ! Ça ralentit, même, brutalement, ça hurle, ça crisse, ça chuinte, ça crache, ça grince, ça freine, ça pile, dans un grand cri de ressorts indignés : sur le bas-côté de la route, un joli petit cul se balance, moulé de jean, sous les rayures turquoise, fuchsia et bouton-d'or d'un pull que je reconnaîtrais entre mille, qui m'est entré dans l'œil ce matin et m'a collé sur la rétine un éblouissement multicolore. Je l'ai à peine dépassée. J'ouvre la porte centrale qui se rabat dans une claque sourde, je me penche pour la voir arriver à ma hauteur. Elle lève le nez, étonnée, prête à décliner mon invitation, elle fait : « Non » de la main, elle sourit, elle crie : « Merci ! Je promène ! » et soudain ses yeux, sa bouche s'arrondissent, tout son minois n'est qu'un « Oh ! » stupéfait, joyeux, incrédule. « C'est encore toi, Roman ? Tu es partout alors ? L'homme qui fait tout à la station de Valdoré ? Le secours de la montagne, les journals, les transports... » Elle est montée à mon bord, s'est assise sur le siège le plus près du mien, elle rit gentiment.

« C'est mon travail, Ellie, cette navette.

— Navêt ? Je croyais c'est le nom d'un légume. Navet ?

— Ce car, si tu préfères. J'emmène les skieurs de la gare aux hôtels, ou aux logements, et je les ramène.

— Ah ! Et le magasin ? »

Je suis sur le point d'expliquer : « Il est à Agnès. » Un scrupule douteux me retient, je préfère répondre à sa question par une autre question :

« Tu ne skies pas ?

— Pas beaucoup. J'aime mieux marcher. »

Cette putain de route descend trop vite, et ma patache s'emballe. De toutes mes forces, je la retiens, rétrograde en première. On est déjà au croisement du Rocher. Je ne m'étais jamais rendu compte à quel point les distances sont dérisoires entre mes différents arrêts.

« Avant la journée d'hier, je ne t'avais jamais vue ici...

— Normal. J'arrivai hier.

— En groupe ? Séjour organisé ?

— Non, toute seule.

— Toute seule ? Sans skier ? Ça doit pas être drôle ! »

Ma surprise l'amuse.

« Je viens pas pour la drôlise. Je viens... professionnellement. »

Elle a du mal à prononcer l'adverbe, s'applique à articuler chaque syllabe. Elle est à croquer. Hélas ! Les miradors sont en vue, j'ai eu beau ralentir, faire ronfler le moteur et brider les chevaux qui se cabrent sous son capot, on arrive au carrefour. J'opère mon demi-tour, la mort dans l'âme.

« Après, tu repars encore ? demande ma jolie marcheuse.

— Oui, dernier voyage, les logements, les commerces, le Rocher, La Villette, et retour au garage.

— Je peux venir ? »

Et comment ! Tandis que mon ultime cargaison se hisse à bord et s'entasse copieusement, je l'observe du coin de l'œil, très sage sur son siège, les bras croisés. Une gentille petite fille, douce et innocente, perdue dans ses songes. Sa prunelle d'or m'ignore, elle fredonne à bouche fermée un air presque inaudible. Quand je pense... Il vaut mieux ne pas penser...

On a posé les derniers à La Grange, une des plus belles maisons de La Villette, toute retapée comme la plupart des maisons ici, et louée, bien sûr, aux touristes. Ellie considère la façade en pierre de taille, les objets agricoles qui y sont accrochés en manière de décoration : un fléau, une pioche, une roue de charrette ; elle déchiffre l'écriteau : une planche de bois au bord pyrogravé, où courent des lettres en corde.

« La Grundge ?

— Grange. C'est l'endroit de la maison où on met la paille.

— Jamais vu.

— Je t'en montrerai une. »

À peine formulée, ma promesse me semble audacieuse. Comment va-t-elle prendre ce futur ? Se rend-elle compte de ce qu'il implique, de mon désir, involontaire, incontrôlé, incalculé, de la revoir, de vivre avec elle des moments hors du temps ? Pour qui, avec qui ai-je jamais fait des projets personnels, spontanés, même aussi simples que celui-ci ?

Elle ne bronche pas, toujours douce et souriante. Une idée me traverse, m'illumine :

« Qu'est-ce que tu fais là ? Qu'est-ce que tu vas faire ? Tu as un moment ? »

Elle me chamboule d'un de ses regards dorés, pétillants, limpides, un regard champagne.

« Là, je vais faire rien. J'ai fini pour aujourd'hui.

— Moi aussi, j'ai fini pour aujourd'hui. Je t'emmène au Pré des Prés ?

— Auprès des qui ? »

Je suis monté aussi loin que j'ai pu sur la petite route d'au-delà de La Villette. Le chasse-neige avait dégagé jusqu'au premier grand lacet de la piste qui gravit le versant sud du Sabot. Après, une énorme congère nous a barré le chemin. J'ai manœuvré, amené le bus face au cirque majestueux des Rousses. « C'était ça, en bas, cette cuvette, qu'on appelait le Pré des Prés, quand j'étais petit. Maintenant, c'est un centre d'activités l'été. Tennis, parapente, vélocross, tir à l'arc... Le Centre estival du Colet.

— Collé ? » demande-t-elle en venant s'asseoir sur mes genoux. Elle passe ses bras à mon cou, se presse contre moi.

« Colet. E.T.

— E.T. ? »

Elle plaisante, sa joue sur ma joue, m'agace la tempe d'un battement de cils taquin. Sa bouche sent la framboise. « Vraiment, E.T. ? » Elle prononce I.T.I. Elle lève un doigt : « Téléphone... Maison. »

Mes mains, que j'avais croisées à sa taille, se

séparent, s'égarent, courent sur elle à des repères déjà familiers, sa cuisse parfaite, sa hanche ronde. Des lèvres, je cherche sa nuque, sous les mèches blondes. Je murmure dans son cou :

« C'est toi, mon E.T.

— Oh ! proteste-t-elle, c'est pas une compliment, il est pas joli du tout...

— Tu es mon extraterrestre ! Tombée de quelle planète, Ellie ? D'où viens-tu ? Que fais-tu ici, à Valdoré, si ce n'est pas du ski, ni des vacances ? Hein ? "Professionnellement" ? Qu'est-ce que ça veut dire ? »

Elle a pris ma main, l'a glissée sous son pullover. Sa peau tiède et souple me bouleverse d'une émotion qui se souvient. C'était... cette nuit seulement. Il me semble que des semaines ont passé depuis que je me suis arraché à la chaleur de son corps... Mes doigts se sont insinués sous la coque de dentelle d'un bonnet de soutien-gorge. Tiens ! Elle n'en avait pas hier. Dans ma paume extasiée, son sein arrondi, un fruit vivant, ferme et fondant sous la caresse. Je bande douloureusement. Un désir plein de regret me met debout, brutalement, elle pousse un petit cri d'effroi, je ne la lâche pas, la rattrape, la plaque contre moi avec une violence désespérée, j'avoue tout bas :

« Ellie, je n'ai pas de capotes ! Je n'ai pas pu...

— Alors, dit-elle, on le fait toujours pas. »

Elle se dégage de mon étreinte, m'échappe ; en deux pas, elle est contre la grande porte centrale, le front à la vitre, elle me tourne le dos. Je la rejoins.

« Tu es fâchée ? »

Son petit rire frais...

« Non, pas du tout ! »

Elle a lancé ses mains derrière elle, m'a attiré,

disposé. Elle s'appuie à moi de tout son corps charmant, sa tête m'arrive un peu plus haut que l'épaule, ses omoplates se caressent à ma poitrine, elle a pris mes mains, les a nouées autour d'elle, elle les tient sur son ventre, sa voix se fait douce et songeuse, pleine d'une mélancolie poignante :

« C'est beau ici, Roman ! Tu as de la chance d'être de là, de cette pays, d'une pays. D'être grandi dans ces paysages. D'être parti jamais. Moi, j'ai rien, pas de pays que je peux dire c'est ma pays. J'ai pas la racine, tu comprends ? Je sens rien à la mer et rien à la montagne, et rien à aucune endroit plus qu'ailleurs, rien qui me dit : "C'est ici !" Je trouve que là, ou là, c'est beau, et c'est tout. Je le trouve beau qu'avec mes yeux, tu vois, pas avec mon cœur. Sens-tu ta chance, Roman ? »

Je resserre autour d'elle le berceau de mes bras. Mon orpheline blessée... Elle a raison : c'est beau ici, et j'ai de la chance. Malgré toutes les trahisons, les compromissions, les verrues ici et là, et partout, des pylônes, les entrelacs des remonte-pentes, les trouées artificielles des pistes, les taches des filets rouges en bordure des ravins, malgré l'acier des gares et les ombres ovoïdes étranges qui courent sur la neige quand les bulles passent là-haut, dans d'incessants et vrombissants manèges... Malgré tout. Ce soir, le bruit des moteurs a cessé. Les bulles sont garées. La montagne reprend son grand souffle paisible, glacé, et les Rousses, là-haut, s'illuminent d'un feu rose qui leur vaut leur nom. C'est très beau.

Je pointe le doigt vers le point culminant, l'endroit où les Alpes déchirent le ciel indigo d'un rostre de vermeil.

« Le pic de l'Étendard ! »

Ses mains lâchent les miennes, se livrent sur moi, dans son dos, à une enquête malicieuse.

« Oh ! Oui ! Le pic de l'Étendage ! Je vois !

— Dard ! de l'Étendard ! Un étendard, c'est un drapeau... »

Je parle dans ses cheveux en feignant d'ignorer le travail de ses phalanges, habiles à débusquer, à délivrer la preuve de mon émoi.

« Un drapeau ! » répète-t-elle, en m'attrapant par la hampe avec une ferveur de suffragette. Pas le temps de protester, de tenter une parole, une contre-attaque. La diablesse soudain se retourne, fiévreuse : « Oh ! Roman, écoute ! Viens là, là, comme ça ! » Elle m'a poussé à sa place, contre la vitre de la porte. La voilà derrière moi, occupée à des trémoussements qui m'échappent. Que va-t-elle encore inventer, ma belle démone ? Je sens ses mains à la taille de mon jean ; elles agrippent le tissu, tirent dessus, le pantalon cède du terrain, emmène dans sa fuite mon caleçon... Je suis cul nu, la bite en avant, devant le panorama grandiose du crépuscule des cimes. Sur mes fesses, un merveilleux coussin de plume chaude vient de se poser, entreprend de me masser, circulairement. Elle frotte son ventre dénudé sur mes reins, je sens le moelleux de sa chair épouser mes contours recueillis, le mohair de son pubis me chatouiller un peu plus bas, je m'applique à en percevoir le frôlement laineux, enchanté de la trouvaille et pourtant, malgré l'ivresse, un peu gêné par l'incongruité de la situation. Si l'on me voyait dans cette voiture suspendue en plein ciel, debout, le pantalon aux chevilles, en train de me faire peloter par une gamine qui a baissé sa culotte ! Le soir, peu à peu, vire au bleu sombre, nous enveloppe de sa magnifique solitude. Qui pourrait me voir ? Conquis par la grâce du moment, rompu à toutes les fantaisies de mon imprévisible compagne, je renonce à l'alarme et m'offre du mieux que je peux, en écartant les pieds autant que l'entrave de mes vêtements me le permet, aux investigations éhontées de la luronne. Laquelle, profitant de la brèche ménagée, coule entre mes cuisses des mains de cueilleuse de cerises précises à damner un saint, tout en poursuivant ses ondulations suaves sur le bas de mon dos.

« *Body-body*, commente-t-elle derrière moi. Pas total, il fait trop froid. Mais *body-body* quand même. Tu connais ? »

Non, Ellie. Je ne connais rien. Rien de rien. À se demander si j'ai jamais fait l'amour avant de te rencontrer. Pour moi, le plaisir des femmes et du sexe, jusqu'ici, se résumait à bander, entrer sans délai, fourrer à l'aveuglette mon zob dans un trou chaud, frotter vite et fort, éclater tout de suite. Ça a été comme ça lors des quelques pauvres aventures que j'ai eues avant mon mariage. Comme ça avec Agnès, tout le temps. Un coup de sirocco dans la moiteur du lit conjugal, une ou deux fois par semaine, vite conjuré. En comptant aussi parfois l'adjuvant d'une secousse solitaire, quand Agnès était loin, ou indisponible. Alors tes déhanchements de sirène, ton ventre inventif, les géométries que tu improvises sur moi à coups de pubis tahitien ; alors tes doigts accrochés à mes couilles et qui s'entêtent à les traire avec une obstination délicate, alors ta main qui me trombone la pine comme si elle jouait à tue-tête une symphonie héroïque... Alors tes mots... Tes mots étincelants, abominables, le trésor effarant de tes mots obscènes, ma Shéhérazade... Tu ne vas donc rien dire aujourd'hui ? Tu vas me branler muettement, me polir, m'astiquer sans une parole, m'arracher à moi-même dans le silence à tout jamais frustrant, et que tu sus si magnifiquement profaner... ?

Comme si elle m'entendait penser, Ellie s'élève sur la pointe des pieds, trouve mon oreille.

« Regarde bien dehors, Roman. Regarde avec tous tes deux yeux ! Tu vas baiser avec la paysage ! Tu regardes et tu me racontes. »

Je soupire, la nuque renversée vers elle, offert comme une femme.

« Non, toi ! Toi, parle-moi !

— Nous parlons nous deux, alors ! Commence !

J'ai l'impression de ne plus savoir articuler. La peur de ma propre voix m'étrangle, dessèche ma bouche, blesse ma gorge comme un caillou pointu.

« À gauche, le col du Couard.

— Comment, le col ?

— C'est un passage entre deux montagnes, plus ou moins large. Le col du Couard, là, tu le vois, est assez évasé.

— Ah ! dit-elle. Un col... comme ça ? Évasé comme ça ? »

Elle a lâché ma queue. Du tranchant de la main, elle voyage entre mes fesses, approfondit un chemin régulier, navigue de la naissance du sillon, au creux des reins, jusqu'à la base du scrotum.

« Comme ça, le col, Roman ! Large comme ça et ici ? La chemin étroit ? »

Tout mon corps se révolte. C'est la première fois qu'on me touche là, la première fois de ma vie qu'un doigt insolent, indiscret, frappe à cette porte honteuse que je n'ai jamais ouverte que dans un seul sens.

« Tu as peur, Roman ? Tu te rends plus serré que la montagne, alors, on le passe pas ton col ? »

Je sens la pression insistante de ses phalanges et me crispe davantage. Diplomates, les phalanges reculent.

« Fais-moi visiter autre chose, Roman.

— De ce côté, le dôme de la Cochette. Un dôme c'est...

— Oui, je sais, un toit bien lisse et rond, comme le bout de ton trique. Le voilà le dôme... »

Sa main m'a repris, me décalotte à fond, joue à m'exorbiter, consciencieusement, presque cruellement. Dans le jour faiblissant, mon gland déshabillé, exaspéré, ouvre une bouche rose et luisante. Ellie n'en finit plus de me retrousser, de me brandir, obscène et nu, et de ma bite affolée, hagarde, suinte une rosée translucide.

« Il pleut sur ton dôme, dit ma bourrelle, qui ne me voit pas mais promène dans ma crevasse baveuse un ongle perspicace. Dôme de la Clochette ? La Clochette sera mouillée... »

D'une paume diligente, elle recueille le sirop qu'elle a fait sourdre, me presse encore comme une banane, comme un tube qu'on veut vider, me comprime, me travaille, me lamine, m'extirpe des larmes gluantes. Et lorsque sa vendange lui paraît suffisante, elle repart à mes couilles un instant oubliées. « Toute mouillée », reprend-elle, en peaufinant ses onctions. Sous la patine enveloppante et fraîche de ses doigts humides, mes bourses ont durci d'un coup, ma bite charmée vient de se cabrer, taraudée d'une urgence brûlante.

« Encore, la visite guidée, Roman ? »

J'ai du mal à respirer. Cette géniale branleuse me coupe le souffle, dans tous les sens du terme.

« Là, en face, les Aiguillettes et plus bas, Montfrais, où on s'est rencontrés hier.

— On se rencontre encore, Roman ? »

J'avais posé mes mains à plat sur les vitres, comme un prisonnier qu'on fouille. La menotte sans vergogne de ma dévergondée m'attrape un poignet, m'amène au rendez-vous.

« C'est bon de toucher ta main là, et de sentir qu'elle te touche aussi. »

Cette gosse a le chic pour exprimer simplement les choses que j'aurais crues indicibles, pour faire aussi l'infaisable, et même l'impensable.

Entre mes jambes, mes doigts d'abord timorés n'osent guère inventer de figures. Je les referme en bracelet autour de mon pieu, où, instantanément, ils entament leur coulissage familier. Ellie m'arrête.

« Non, tu branles pas ! Tu viendras trop vite ! On balade aujourd'hui, on a le temps. Balade avec moi partout. Viens ! Viens au col, aux clochettes, dis-moi que c'est beau... »

Dehors, la nuit a jeté sur les neiges un filtre d'un bleu boréal. Le ciel, encore incendié du côté du pic Blanc, étend partout ailleurs son lac limpide, piqueté d'argent. L'air a la transparence du cristal. De derrière mes vitres, j'ai l'impression d'être ce pauvre Merlin pris dans son cercueil de glace par la diablerie d'une fée rouée et impitoyable, ce pauvre Merlin impuissant... Impuissant ! Je sens mon dard gorgé, prêt à exploser tandis que ma fée Morgane m'entraîne au pays des sortilèges. « Dis que c'est beau, Roman, tes couilles, ton cul, dis que tu aimes les toucher... » Mes pauvres phalanges effarouchées trébuchent au seuil du tabou. « Dis que tu aimes ! »

J'aime ! J'aime ! Ce que j'aime, Ellie, Morgane,

mon tourment, ma volupté, ce sont tes mains à toi, tes doigts, tes ongles rencontrés au secret, au profond, au caché, au plissé, au moite, au torride, au gluant de ma chair. C'est leur rôle de cicérones indécents qui m'entraîne... oh ! non ! pas là ! au bord, alors, un peu, rien qu'un peu, pas mes poils, pas mon cul, pas le trou alors, pas le dedans, pas le défendu, pas le cuisant, le douloureux, salope ! elle l'a fait, elle m'a poussé, obligé, elle m'a forcé, elle m'a blessé, outragé, ébloui, envoûté, ma Circé, ma sorcière, trais-moi encore, tire mes couilles avec moi, élargis mon cul, prends-moi, ravis-moi, emporte-moi, le col ! oui le col, c'est grandiose ! oui, force-moi, suis-moi, suis mes mains à présent délivrées, à présent souveraines, sens, pose ta main sur la mienne, cavale avec elle, sens que je me branle pour toi, que je vais m'arracher du fond du fond des reins tout l'amour que je n'ai jamais donné à personne, même pas à ce pays, oui, il est beau, oui à crever, à crever pour lui, c'est la première fois, la toute première fois que je me mélange à lui, que je me fonds à sa neige, à son blanc, à son bleu, à sa nuit, à son ciel, à ses étoiles, Morgane, mon enchanteresse, je vais balancer la Voie lactée dans les grands champs glacés, fuser comme une comète, ne lâche pas ma queue, je vole, je m'envole, je suis là-haut, à trois mille quatre cents mètres, en haut de l'Étendard, tout au haut, tiens la hampe, hisse le drapeau, j'arrive ! et c'est toi, c'est toi qui m'y envoies, mon tremplin ! mon ressort ! mon essor !!!... Mon trésor...

Elle n'avait pas songé à se rajuster, s'était laissée choir sur un siège, gonflée d'un soupir satisfait, comme si elle venait de jouir elle-même. À genoux devant elle, j'ai voulu lui offrir ma bouche vierge. J'aurais inventé pour elle le baiser que je n'avais jamais donné. Elle a dit : « Non, Roman, ça aussi, c'est danger. » J'ai essayé de la convaincre :

« Je suis sûr, absolument sûr de moi, tu sais !

— Tu couches avec les filles sans capote et tu es sûr ?

— Je ne couche pas avec les filles.

— Tu couches avec personne ? Avec les garçons, peut-être ? »

J'ai ri.

« Non, pas les garçons. Avec une seule partenaire. »

Pourquoi ai-je utilisé ce mot de « partenaire » ? Pourquoi n'ai-je pas dit : « Je suis marié, je ne couche qu'avec ma femme » ?

« Mais ta partenaire, où elle est maintenant ?

— En vacances.

— Et en vacances, tu crois toi qu'elle reste seule et tranquille ? »

J'ai encore ri.

« Oui, j'en suis sûr. Elle est à Nice chez sa mère, elle fait du shopping, un peu de plage s'il fait beau, le soir, télé.

— Ce que tu me dis de ta partenaire, ça m'explique beaucoup de choses sur toi.

— Ah ! lesquelles ? »

Elle a un geste gracieux, palpitant comme si elle chassait un insecte, je ne saurai rien de plus.

« Et moi, Ellie ? Qu'est-ce qui peut m'expliquer des choses sur toi ?

— Je ne sais pas. Tu observes. Tu déductes. »

Je couche ma tête sur ses cuisses. Pour ce que

je vais lui avouer, il vaut mieux qu'elle ne me regarde pas.

« Tu sais ce que j'ai imaginé, ce matin, en te quittant ? Je me suis demandé si tu n'étais pas une actrice.

— Une *actress* ? Tu veux dire quoi ? Menteuse ? Simuleuse ?

— Non, non, une actrice pour de bon, de cinéma. Mais... de cinéma porno, tu vois. »

J'attends avec appréhension sa réaction. Va-t-elle s'indigner, se récrier ? Elle rit :

« Oh ! ça se pourrait que c'est possible !...

— Oui, mais je me suis dit que c'était inconcevable, une actrice de porno sans préservatif...

— En vacances, objecte-t-elle, on n'emporte pas les outils du travail !

— Il me semble aussi qu'en vacances, on laisse tomber le boulot...

— Tu le crois, ça, Roman, que les cuisiniers, ils font pas du tout le repas pendant leurs vacances ? »

Son opiniâtreté dans l'argumentation me trouble.

« Alors, c'est ça ? Tu es dans le porno ? Tu m'as dit que tu étais là professionnellement... Ça veut dire quoi ?

— Je suis venue pour des repérages.

— Des repérages ? »

Avec son accent, je ne suis pas sûr d'avoir vraiment compris, ni d'ailleurs qu'elle ait employé le terme approprié.

« Oui, repérages.

— Vous allez tourner un film à Valdoré ! »

Ma stupéfaction naïve lui arrache un nouvel éclat de rire, très allègre, cette fois. Amusé moi-même par la loufoquerie de l'idée, je souris.

« Alors, explique-moi !
— Et si, dit-elle, tu me ferais plutôt des caresses ? »

Son sexe est un prodige troublant, une fleur velue aux charmes vénéneux dehors, une merveille de velours tendre dedans... Elle écarte les genoux et se laisse aller contre le dossier du siège en fermant les yeux. La nuit de clair de neige me la livre pâle et délicate, dans ses cheveux blonds, comme absente. Ma Belle au bois dormant ! Saurais-je te réveiller sans le baiser que tu refuses ? Son attente semble dénuée d'impatience, pourtant elle murmure bientôt : « Avec tes mains et tes doigts, Roman. Invente tout, cette fois, je fais rien du tout ! »

Mes mains, mes doigts ! Je tremble d'amorcer la première caresse, hésite superstitieusement à poser une phalange sur l'écrin compliqué qu'elle m'offre, sur les joyaux qu'il recèle. Suis-je donc si bête, si ignorant, inexpert à ce point ? N'ai-je jamais tenté, dans ma vie de piètre amoureux, d'amant médiocre, les gestes qui amadouent, qui persuadent, ceux qui séduisent, qui enfièvrent ? Un copain de lycée, notre aîné d'au moins trois ans et beaucoup plus expérimenté que la plupart d'entre nous, aimait à tenir des conférences qui nous dilataient la prunelle de songes sans poésie. À genoux devant ma princesse, je crois l'entendre encore : « Les préliminaires ! elles sont dingues des préliminaires ! Ça consiste à leur farfouiller dans la chatte jusqu'à ce qu'elles mouillent bien. Pas oublier le bouton, à branlicoter, et le doigt dans le con. Si ça entre large, elles sont mûres. » Avec Agnès, je ne farfouille jamais longtemps. Ça lui fait très vite mal... Avec les autres... Aucun souvenir... Pas de préliminaires, je crois. Embarqué tout de suite dans le galop final, à ne même pas savoir si j'avais franchi la ligne d'arrivée seul ou accompagné de ma monture...

C'est fou comme je peux penser à des trucs cons, à des trucs vulgaires alors que, pour la circonstance présente, j'aimerais trouver une inspiration magnifique, à la hauteur de la confiance et de l'abandon de ma délicieuse libertine, un souffle digne de sa sensualité... Son entrebâillement me captive l'œil et me paralyse la main. Je voudrais pouvoir le dessiner, pouvoir reproduire les ombres et les reflets de cette faille étrange et fascinante qu'elle entrouvre pour moi. Rendre là, autour, la berge broussailleuse renflée, crayonner finement chaque racine de chaque poil... Du bout de l'ongle, je suis le subtil sentier, net et régulier comme une rangée de saules, qui partage, sur ses grandes lèvres, le versant herbé du versant nu et irisé. Mon timide attouchement lui arrache un gémissement heureux. Sur la piste émouvante, mon ongle progresse, attentif à ne pas s'appesantir, à ne rien oublier, à ne rien bousculer. Parvenu au sommet de l'ogive, où se rejoignent les deux rives, il redescend le long de l'autre chemin de crête, toujours prudent et consciencieux. Tout en bas, le voyage le mène au cœur du mystère, tapi en un fourré profond qu'il se garde de profaner. Pourtant, tout autour, une onde a couru, la chair de ma déesse a paru tressaillir, ses genoux ont sursauté, ses cuisses se tendent davantage, son ventre se bombe sous le pull-over qu'elle a relevé, je jurerais qu'elle a décollé les reins du dossier, qu'elle a gagné l'extrême bord du siège. Sa fissure soudain luit plus rose, c'est maintenant une large coupure fraîche dans le chaume clair de son pelage, je pourrais peindre chaque méandre, chaque ourlet, chaque volute de cette blessure béante qui frémit de la seule douleur de l'attente... Je la touche amoureusement partout où mon pinceau rêverait de s'inspirer, aux ailes de nacre du papillon pourpre qui palpite en elle, au petit pois si sensible, ma princesse, qu'elle se tord si j'y reviens... et j'y reviens, doucement, obstinément... Le voilà, le ressort magique, le bouton enchanté ! Étrange détonateur irritable et masochiste, qui monte à ma rencontre, se frotte à mon doigt, le lèche, le fête, le parcourt de sa minuscule tête dure, tandis qu'Ellie se trémousse en haletant, chante mes louanges à longs soupirs ravis, me tire les cheveux d'une menotte convulsée, et me sacre prince des branleurs à coups de bassin frénétiques.

Ivre de mon pouvoir, je multiplie les chorégraphies dans son oursin trempé, en tiraille subtilement la coquille tendre, en peigne le byssus, en malaxe la chair gorgée, en débusque la source... La récompense m'advient comme un ouragan. Ma sirène ouvre des yeux fous, et crie : « Oh, Roman ! Enlève mon chaussure, rapide ! rapide ! Je veux écarter encore... »

J'ai attrapé sa botte qui a bondi à travers l'estafette. Son pied droit libéré a pu glisser hors du jean et de la culotte qui lui enserraient les chevilles comme la chaîne de Salammbô. Une jambe vêtue et l'autre nue, avec le chiffon de son pantalon même pas quitté et roulé en boule sous ses fesses, elle s'est rejetée sur la banquette, frénétique, ses genoux se sont envolés, elle a saisi mes poignets : « Maintenant ! Roman ! Avec les deux mains. Plante-moi dans le trou, baise-moi le trou ! »

Je suis droitier, mais pour certaines choses, plus habile de la main gauche. C'est celle-ci que j'ai gardée pour peaufiner ma partition et taquiner le bendhir du bonheur. De la dextre, j'ai délégué deux doigts délivrés de complexes dans la caverne d'Ali Baba. Avec émerveillement, je m'enfonce dans un puits de miel tiède où l'on m'accueille, on m'acclame et me célèbre... Ma sultane vient d'entamer une danse du ventre hallucinée, elle referme sur mon avant-bras sa main démente : « Va ! va ! Roman ! Bouge en long et en rondelle ! Bouge partout ! » J'oublie de m'amuser aux fantaisies de son vocabulaire, talonné par l'envie forcenée de lui plaire : je la baratte et la lime et l'arrondis, l'élargis, l'envahis, impétueux, de la main droite, autoritaire, inexorable, et, de la gauche, courtois, raffiné, mignard, facétieux... Reître et farfadet à la fois, bûcheron et sylphe, double style, double prestation, qui eût dit cela, mon Dieu, seulement avant-hier, qui l'eût dit, que sous le travail de mes seuls doigts cette adorable poupée s'écartèlerait, battrait des pieds, des mains et pousserait au ciel cette magnifique bestiale clameur de pure extase ? Et qui l'eût dit, mon Dieu, mon Dieu, que ça me reprendrait, que ça me reviendrait ? Ça me reprend ! Ça me revient ! Je bande comme un fou soudain, tout soudain, je rêve de la niquer, de la fourrer, de me planter au torride de ce con de reine incandescent et vorace, je rêve d'y foutre ma queue, de me la faire gober, de me la faire mâcher comme elle me mâche les doigts, de me baigner au jus de son abricot, d'éclater en lui, mon Dieu, dis oui ! dis oui ! laisse-toi faire, laisse-toi prendre, laisse-moi entrer !...

Je me dresse, débraillé, hagard, sans doute effrayant, je la tire aux hanches, je cramponne ses cuisses : « Dis oui ! dis oui ! » Elle lutte contre moi, elle résiste, elle m'excite, son odeur de cramouille en folie me monte à la tête, je vais la réduire, la forcer, la forer, la fendre, j'ai des bras d'acier et une queue de plomb. Elle crie : « Non ! Roman ! Non ! » Elle se tortille, elle s'épuise, elle est plus faible que moi, plus petite, cette petite pute, cette petite salope, elle sanglote : « Roman, si tu le fais, tu me perdes pour toujours »... et je vais peut-être, peut-être m'arrêter, peut-être, mais c'est dur, c'est impossible, c'est inéluctable, c'est... évité. J'ai hésité une demi-seconde, et trop tard, tant pis, tant mieux, merci mon Dieu ! J'ai explosé dehors, j'ai juté au hasard, droit devant moi, j'ai juté triste, désolé, abominablement malheureux. Mon foutre de salopard a mouillé mon ventre. Et sur ma joue, une goutte tiède est tombée. C'était Ellie qui pleurait. Ç'aurait pu être moi.

V

Ce que j'ai fait ! Je ne me reconnais pas, je deviens fou. Non, je deviens autre. Je ne suis plus le Romain frileux, peureux, indifférent par horreur des histoires compliquées, des efforts à fournir, des astuces à gérer. Plus le Romain train-train, conducteur de navette, en haut, en bas, en haut, à se demander si c'est elle qui m'emmène ou le contraire : le Romain point mort, le béni-oui-oui, tu pars Agnès ? Bon voyage ! À sept heures trente demain, le tabac, Josy ? J'y serai ! Des saâal'tés, toutes, l'Antoine ? t'as raison, buvons un coup, toutes des saâal'tés... C'est fini, ça. Je suis Romain le magnifique, le vaillant, l'heureux salaud qui la rencontra et ne consentira plus à la perdre. « Si tu le fais, tu me perdes pour toujours. » Elle sanglotait, ma beauté, bouleversée à en égarer ses conjugaisons, mais si intuitivement géniale ! J'ai entendu, sous la menace, la somptueuse déclaration : je l'avais donc trouvée, méritée, gagnée, conquise, je la possédais donc, oh ! un peu, peut-être ; juste un peu, à peine de quoi justifier la mise en garde. « Tu me perdes pour toujours. » Si peu que je la tienne, je veux la garder à jamais, ma découverte inouïe, ma trouvaille, mon butin fabuleux, accroché à moi par la terreur, là-haut, dans les bulles farceuses, par la jouissance aussi. Ses mains folles, son cri grandiose ! Je veux rester celui qui la rassure, qui la berce, qui la déchaîne. Qui la baise. Je veux la baiser. Je la baiserai, c'est ma queue qui la fera gueuler, ma lance de paladin récemment instruit, en quête de triomphe et de reconnaissance. Je veux la river à moi par ce morceau de ma chair dérisoire, méprisé, redouté il y a peu et sur lequel elle a su porter un regard de poète, des mains d'artiste, ma geisha. L'arme qu'elle a fourbie, le brandon qu'elle a enflammé, je veux le lui offrir, me donner à elle par ce bout-là et la prendre ensemble, et qu'elle me consacre, qu'elle salue ma ferveur, ma virilité, qu'elle parachève la métamorphose en clamant son bonheur, que son ventre ouvert sous mon labour, ses cuisses bondissantes à ma taille effacent à tout jamais le branleur effarouché, le mari ignare. Que, la bite couronnée de son con impérial, je déchire ma chrysalide, j'explose et me réveille élevé, enfin, au rang mirifique d'Amant. Paolo dans les bourrasques, bandant éternellement pour Francesca, et dédaigneux du vertige... Ce qui fut commencé là-haut, dans la tourmente de Montfrais, doit s'accomplir, et je meurs de cette attente...

Ce que j'ai fait, ce que j'ai osé ! Pour en arriver là, dans ce lit où je l'espère, avec une juste appréhension et du rêve plein le cœur, plein le ventre.

Le retour du Pré des Prés a été morne. Ellie avait parfois de grands soupirs tremblés de gosse qu'on a chagrinée. Je conduisais en silence, accablé, penaud. Je suis rentré directement au garage, sur la route du Rocher. Je lui ai dit : « Ça va te faire marcher un peu, mais c'est plus simple. Il vaut mieux que la navette ne traîne pas au centre de Valdoré à cette heure-là. On se poserait des questions. » Elle a acquiescé de la tête, elle s'est apprêtée à descendre. « Attends ! attends que j'ouvre le hangar. » Je voulais la retenir encore une minute, oser, dans l'obscurité du local, lui demander pardon. Elle a protesté : « Non, je descends là. »

J'ai actionné la commande de la grande porte centrale du véhicule, la seule prévue d'ailleurs. Sa largeur facilite les mouvements de foule. Toute seule à la franchir, Ellie paraissait minuscule et fragile. J'ai cru qu'elle allait disparaître tout de suite, se fondre dans la nuit. Mais elle a eu un mouvement imperceptible vers moi, une façon de bouger les épaules sans se retourner vraiment. J'ai feint de prendre son geste pour de l'anxiété.

« Tu préfères que je t'accompagne ? Tu as peur toute seule ?

— Non. (Sa voix était claire, un peu trop. À la limite de la sécheresse.) Je passe quand même pas la vie à être peur ! »

Mon Dieu ! Et si tout était fini, là ce soir, dans le décor minable de ce devant de garage où s'entassent des ferrailles hétéroclites et rouillées ? Si plus jamais elle n'imaginait de me revoir, si elle cessait d'avoir besoin de moi ? Ou envie ? Seulement envie, de pas grand-chose, de rien, de parler, de rire avec moi, de se promener, seulement ça, encore une balade, une toute petite balade ? Un moment infime de sa grâce, de sa fraîcheur, de son accent délicieux, de son rire... Rien que ça...

« Ellie ? »

Elle avait déjà fait trois ou quatre pas.

« Oui ?

— On va se revoir ?

— Peut-être... »

Plus rien. Ses pas dans l'ombre.

J'ai essayé de survivre ; une minute, une seule. Ma vie s'en allait sur la route avec elle. Ma vie, ma joie toute neuve, mon salut. Privé d'elle, de cette lumière, de cette musique qu'était sa présence, je me sentais infirme, aveugle et sourd, amputé, avec un gros cœur inutile et lourd dans ma poitrine qu'elle avait dilatée aux souffles du bonheur et de l'audace, et qui n'était plus qu'une cage mortellement triste. J'ai pensé à Christian, prêt à conjurer une douleur par une autre plus familière, plus aisément domptable. J'ai appelé : « Christian, Christian ! » Mes vieux fantômes se sont fait tirer l'oreille. J'ai cherché le réconfort de l'horreur, j'ai revu le téléphérique éclaté. « Oublie la téléphérique, Roman ! » Et j'ai su que l'absence était une vraie, une terrible plaie tant qu'on ne s'y résignait pas, tant que l'irrémédiable n'était pas advenu, et que quelque part en nous peut vibrer un espoir...

J'ai laissé retomber la porte du garage que j'avais hissée d'un bras mou ; sauté dans la navette, marche arrière, demi-tour. Ce soir, c'est moi qui conduis. Étonné, le moteur ronfle fort. On redescend au carrefour du Rocher, on vire à droite toute. Peut-être vais-je voir sa petite silhouette noire sur le bord de la route. Dans la lueur des phares, je distinguerai les rayures de son pull berlingot, ma douceur, mon sucre d'orge, comme il y a deux heures, elle balancera son joli petit cul, je m'arrêterai. Il y a deux heures, il faisait encore jour et soleil. Elle doit avoir froid, sans anorak. Je lui passerai le mien.

On arrive à l'Edelweiss. Je ne l'ai pas aperçue. Elle aura bifurqué à la route des commerces... Je n'y monte pas. Plus tard ! Je la retrouverai toujours. Beaucoup mieux à faire. Mon traquanet s'effare à traverser Valdoré en quatrième. Un chien détale sous mes roues, son maître m'engueule. À la dernière maison, j'entrevois la hure de l'Antoine, perplexe sous son inamovible béret. Sûr qu'il doit me suivre des yeux dans ma course. Il m'accompagne dans la combe de la Draire, au ras du Petit Valdoré, au tournant de l'Église... Peut-être me cherche-t-il encore après la deuxième combe, celle de la Miare, dans la ligne droite de l'Oratoire ? Je suis déjà au Perrier qu'il doit toujours se demander ce que je fous dans ma navette à bombarder comme ça, à sept heures du soir.

Ma dégringolade échevelée de la côte de Valdoré arrache des hurlements d'effroi à ma vieille bousine. De tous ses pauvres ressorts antiques, de ses misérables articulations surmenées, elle cherche à résister, se cabre, proteste et refuse l'obstacle. Mais mon pied droit impitoyable écrase l'accélérateur à chaque sortie de virage, pour, dans les vingt secondes suivantes, freiner à mort avant le prochain lacet. Couinant, grinçant, feulant, ma rossinante chasse du cul, mord le talus, ralentit, repart, s'emballe, s'affole, halète, tressaute... De virage en virage, nous voilà tout en bas, sur la route d'Allemont. Le grand viaduc sur le lac. Deux kilomètres rectilignes, sans débander. Une vraie autoroute. Attention, à quatre-vingt-dix degrés à droite, la crête de la retenue. Le gravier gicle sous mon assaut. Au bout, j'opte pour la route du haut du bourg. On passe devant le moulin. Adorable décor, tout illuminé, une roue à aubes, un torrent, des sauts de cascades tous les deux mètres. Je le lui montrerai.

Voilà le stop. On rejoint la route du bas, celle

de la piscine, de la poste, de la boulangerie. Allemont by night. Désert et à peine moins sombre qu'un rectum de Sénégalais. Ça m'arrange. À la sortie du bourg, mon objectif : la pharmacie. Je m'arrête dans une ultime longue plainte chuintante sur fond de jérémiades métalliques... Le distributeur se trouve bien là où je l'avais distraitement enregistré. Les dieux semblent avec moi, les abords sont rigoureusement déserts... Flop ! Mon optimisme vient d'en prendre un coup à la découverte de l'avis scotché en travers de l'engin : « Hors service. »

Bon. Le bonheur, ça se mérite. Bourg-d'Oisans, à nous deux. Mon destrier, apparemment résigné aux affres de la quête, oublie de renâcler au démarrage. Un instant, le spectre d'un éventuel accident et des démêlés qui s'ensuivraient avec l'assurance ternit mon enthousiasme d'une ombre familière. Romain le cauteleux rôde encore au détour des chemins de gloire de Roman le conquérant... Un seul coup d'accélérateur, énergique, intransigeant, a raison de l'intrus...

Au Bourg, la circulation du dimanche soir facilite ma mission autant que le désert d'Allemont. Des centaines de voitures passent en m'ignorant. J'ai garé mon palefroi sur le parking de la maison de retraite, discret et peu éclairé. En quelques enjambées rapides, je suis à la pharmacie. Le distributeur a un air peinard d'honnête sentinelle. Le hic, c'est qu'il fonctionne avec des pièces de dix francs et que je n'en ai pas. Qu'à cela ne tienne, le café du coin, qui jette au trottoir les braillements de ses babasses électroniques, me fera de la monnaie. Je suis au comptoir depuis deux minutes qu'une voix joyeuse, par-delà le charivari des flippers, m'interpelle : « Oh ! Romain, kes tu fous là ? » Mario ! Sa tête intriguée, réjouie, sa main condescendante qui s'abat sur mon épaule. « Viens boire un coup. » Son insistance.

« Hein ? Kes tu fous là ?

— J'avais besoin de fric. Plus de liquide, Agnès m'a rien laissé. »

C'est ce moment qu'a choisi la patronne pour me tendre les cinq pièces de dix francs qu'elle venait de débusquer dans son tiroir, assorties d'un billet de cinquante, Mario a éclaté de rire.

« Oh ! C'est ici que tu t'approvisionnes ? »

J'ai baissé la voix, ai pris une mine de conspirateur :

« Oui, mon vieux. J'ai mis la taulière sur le trottoir, je relève le compteur. Tu diras rien, hein ? »

Lors de la traversée de Valdoré dans l'autre sens, c'est sur le Tave, cette fois, que je suis tombé. Il a ouvert, en me voyant passer, sa bouche où une dentition clairsemée dessine des mâchicoulis puis, d'un geste que je ne lui connais que lors de ses moments d'intense réflexion, il s'est torché les narines du dos de la main. Peut-être avait-il constaté, au hangar, l'absence de la charrette... J'ai remisé le coucou, avec une claque de gratitude sur sa croupe de brave bête, et j'ai mis le cap sur l'appartement pour prendre une douche et réfléchir.

Huit heures moins le quart. Téléphone. L'organe aigrelet de Josy m'agresse le tympan :

« Qu'est-ce que me dit Mario ? Tu étais au Bourg et t'es pas passé ? C'est idiot ! Tu aurais pu manger à la maison !

— Je n'étais pas invité.

— Mais je croyais que tu étais coincé à Valdoré, moi, sans la voiture ! Je ne savais pas que tu te débrouillerais pour descendre... D'ailleurs, comment t'es descendu ?

— À pied !

— À pied ? Tu te fous de moi ?... Non, je t'assure. Robert a fait la gueule quand je lui ai dit...

— Dit quoi ? Que tu avais rencontré Mario ? »

Un silence interloqué me pétille à l'oreille comme une coupe de champagne. Mais Josy n'est pas fille à se laisser abattre comme ça.

« Dis donc, qu'elle renchérit, t'as un peu ouvert ce soir ?

— Ouvert quoi ?

— Le bureau de tabac ! T'étais libre à cinq heures et demie. T'as pas ouvert ? J'avais laissé un mot pour t'expliquer : "Si dimanche en rentrant tu vois le bureau fermé, c'est que je n'aurai pas pu monter. Ouvre une heure ou deux." Tu l'as pas trouvé ? Sur la caisse ? »

Effectivement, je me rappelle à présent avoir distraitement lu le message ce matin. Complètement oublié depuis, mais alors vraiment complètement sorti de mes préoccupations...

« Si, dis-je. Si, bien sûr que je l'ai trouvé.

— Et alors ?

— Alors, t'as pas pu monter, et moi, j'ai pas pu ouvrir. C'est tout. Allez, *ciao !* »

Huit heures dix. Téléphone. J'hésite une seconde avant de reconnaître Agnès. Ce n'est pas la première fois. Je me suis déjà interrogé sur cette bizarrerie qui veut que je sache tout de suite au biniou quand j'ai affaire à ma belle-sœur, et que je mette un moment à identifier ma femme. Elle dit : « Allô, c'est moi », et je me demande toujours : « Qui ça, elle ? »

« Allô, c'est moi !... Romain ? Tu m'entends, c'est moi.

— Oui, bonjour !

— Bonsoir, plutôt. C'est le soir aussi, à Valdoré, comme à Nice, non ? Pas de décalage horaire ?

— Non, non, je suis juste un peu fatigué.

— Oui, ça m'en a l'air. Ma sœur vient de m'appeler. Elle te trouve à cran. Et hier soir ? Je t'ai appelé sans arrêt pendant au moins une heure.

— J'étais allé boire un coup.

— Un seul ?

— Deux, trois, chez Markus.

— Je ne t'ai pas manqué, alors ? »

Ma soirée d'hier repasse à toute vitesse dans ma mémoire.

« Si, un peu.

— C'est pour ça que tu es allé boire ? »

Elle s'attendrit, me parle comme à un bon gros chien-chien qui s'était langui de son maître.

« Oui, c'est pour ça.

— Allez ! Ne me dis pas ça, tu vas me donner des remords ! Je ne serais pas partie, tu sais, si tu n'avais pas voulu ! Remarque, ça fait du bien au petit. Et à ma mère aussi. Elle est toujours toute seule. Et à moi...

— Alors, si ça fait du bien à tout le monde...

— Romain !... Ne sois pas comme ça ! J'aime pas quand tu fais le bougon. Je vais raccrocher, je vais être tracassée... Tu sais, à toi aussi, ça fait du bien, et à notre couple.

— Tu crois ?

— J'en suis sûre. Toujours ensemble... On ne se voit même plus... Ça sera bien quand on se retrouvera, non ?

— Si.

— Il fait beau ?

— Aujourd'hui, oui. Hier, la chaleur a viré en tempête et...

— Et tu ne me demandes même pas si j'ai bien roulé ; si je suis bien arrivée...

— Je le savais, Josy m'a dit qu'elle t'avait eue au téléphone.

— Bon, je vais te laisser alors. Tu ne sors pas ce soir ?

— Non, je me couche tôt.

— Je vois. Tu as dû faire la bringue tard, hier soir... Tu veux parler à Guillaume ? Guillaume, tu veux parler à papa ? »

J'entends un lointain grognement, le gosse doit être devant une cassette.

« Laisse-le, va ! Tu l'embrasseras pour moi.

— Oui. Et moi ? Tu m'embrasses ?

— Oui.

— Moi aussi, je t'embrasse. Maman aussi. Et... sois chic : ne laisse pas complètement tomber Josy, pour le tabac.

— Oui, oui, non, non, d'accord, non, d'accord... Bisous. Oui. Bisous. »

J'ai pensé que vers neuf heures trente, j'avais plus de chances de réussir dans mon entreprise. À neuf heures trente, les Valdorins paisibles stagnent devant la télé, ou même habitent déjà leur lit. Et les traînasseurs, les bringailleurs, les tueurs de temps et de mélancolie, les buveurs de petits blancs ne savent déjà plus trop où ils en sont. Il y a du monde aux comptoirs et du monde aux restaurants. Et plus personne dans les rues, à cause du froid, et du *Titanic,* qui passe à la salle des fêtes, et qui levait l'ancre à neuf heures.

À l'Edelweiss, je me faufile par la porte du hall, résistant à l'envie de jeter un œil au bar. Elle y est peut-être. Ou encore à table. Ou... ailleurs, partout ailleurs que dans sa chambre : sa clef pend au tableau. Je m'en empare d'un geste preste, qui néglige de trembler, je gravis les deux étages à toute vitesse, redescends, raccroche la clef à sa place. Au moment où mon bras retombe, Jenny survient, tablier blanc, trois assiettes en équilibre sur son avant-bras. Ses sourcils s'exclament, m'interrogent. Qu'est-ce que je peux bien faire tout près du tableau avec mon air couillon de gosse surpris dans les confitures ? Elle ralentit le pas, me laisse le temps d'expliquer, et... rien. Je n'explique pas. Je n'ouvre pas la bouche. Elle non plus. Elle reprend sa course vers la cuisine. On ne s'est même pas dit bonsoir.

Je monte pour la seconde fois. J'aurais pu garder la clef avec moi là-haut. Mais je ne voulais pas qu'Ellie se doute de ma présence. Je préfère la surprendre. Même si la surprise ne doit pas être agréable. Justement, si la surprise ne doit pas l'être, prévenue de mon intrusion et prévenue contre moi, elle pourrait se débrouiller pour m'éviter.

Dans l'escalier, je croise un couple, deux Anglais que, visiblement, je n'étonne pas. Comme c'est simple, finalement, de gambader hors des sentiers battus, comme c'est facile de se trouver là où on veut, une fois qu'on l'a résolu ! Ai-je jamais eu cette impression-là, de me diriger, de m'assumer sans avoir de comptes à rendre à personne, sans redouter les commentaires, les jugements, les conséquences vagues de tel ou tel acte dont je m'imaginais — au nom de quelle loi, quel édit, quelle morale ? — qu'il était répréhensible ?

Oui, je déambule dans l'hôtel de l'Edelweiss, oui j'entre dans la chambre 21, je m'étends sur le lit. Qui a décrété que je ne devais pas ? Qui a décidé : « Romain, en l'absence de sa femme, ne sortira pas, se couchera sagement dans son lit désert tous les soirs, travaillera comme d'habitude, navette et tabac, sans rien voir, rien savoir du bonheur qui l'attend auprès ? » Au pré. Cours-y vite ! Ma liberté toute neuve m'éblouit, me leurre d'une responsabilité que je revendique en la fustigeant. C'est moi. C'est moi seul qui ai érigé ma prison, c'est moi l'artisan de mon malheur, pire, de mon non-bonheur ! Que j'étais donc petit, craintif, aveugle, que j'étais donc bête !

Mon œil divague dans la chambre tandis que ma pensée vagabonde. Je m'abandonne à une rêverie vague, sans oser m'avouer que j'ai une sacrée frousse, finalement. Comment Ellie va-t-elle prendre mon initiative ? Mon indépendance si récemment acquise m'autorisait-elle à cette incursion, cette violation ? Par respect, par discrétion tactique, je me retiens de me lever, de marcher, de profaner davantage ce sanctuaire où l'on ne m'attendait pas... J'ai allumé la petite lampe pour qu'elle n'ait pas peur en arrivant. Elle va déjà s'étonner de ne pas trouver sa porte fermée à clef : elle va entrer, me découvrir là, sursauter peut-être...

C'est moi qui sursaute ! J'ai dû m'endormir, j'ouvre un œil : elle se tient debout, devant moi, les bras croisés, le visage fermé. Elle vient d'arriver, elle n'a pas ôté son anorak, un anorak turquoise que je ne lui ai encore jamais vu. Ce détail me bouleverse. Je suis dans cette chambre parce que depuis un peu plus de vingt-quatre heures maintenant j'ai rencontré une fille qu'il me semble ne plus vouloir quitter, dont je ne sais rien, rien de rien, même pas qu'elle possède un anorak bleu ! Ellie, mon paradoxe, mon indispensable, mon inconnue, mon mystère...

Sans une parole, elle a un mouvement du menton, un mouvement à la Claudette, pour signifier « Alors ? ». Je m'assois au bord du lit, jambes pendantes, tête levée vers elle. J'ai l'air d'un môme embêté.

« Je voulais te demander pardon...

— À minuit de demi ?

— Je suis là depuis trois heures !

— Ah ! très bien. Je te souhaite que le séjour était agréable !

— Ellie, je n'ai rien fait, que t'attendre et dormir. Rien de plus. Pas fouillé, rien.

— Une chance ! Tu as quand même pris ma clef !

— J'avais trop peur de ne pas te revoir, de ne plus te retrouver. J'étais triste.

— Plus me retrouver, dans Valdoré ? Tu aurais lancé les avis, les S.O.S., on aurait fouillé le métropole avec des chiens policiers... »

Son ironie ne parvient pas à me navrer. Elle est là, elle me parle. Rien que ça, déjà...

« Et si, dis-je, si tu étais partie ? Rentrée chez toi ? Je ne sais pas combien de temps tu dois rester. Ni d'où tu viens. Je n'ai rien, aucune adresse, pas même un nom. »

Elle me coupe la parole avec, pour la première fois, un feu méchant dans la prunelle :

« Et si je revenais pas seule dans le chambre ? Hein ? Tu as pensé à ça ? »

Sans hésiter, je laisse tomber l'aveu :

« Non. Pas une seconde. »

Elle se mord la lèvre, prend une inspiration profonde.

« Écoute, Roman. Tout à l'heure, au garage, tu m'as proposé de raccompagner. Tu croyais que j'étais peur. Je suis pas frousseuse par le caractère, même si tu m'as vue très paniquée dans le cabine. Mais maintenant, je peux dire que j'ai le frousse. C'est toi qui me le fais.

— Je te fais peur, Ellie ? »

J'ai bondi sur mes pieds, écarté des mains qui clamaient leur innocence, avance vers elle qui reculait.

« C'est idiot, absolument idiot. Je te jure que je ne suis pas violent du tout, que je regrette vraiment ce qui est arrivé, ce qui a failli arriver dans le bus ce soir. Je te jure que c'était la première fois, que jamais, jamais... »

Elle écarquille tout grands ses yeux dorés, tend à son tour les mains, la paume en l'air comme pour m'offrir sur un plateau l'évidence qui m'aveugle.

« Mais c'est ça ! C'est ça qui me donne le jeton !

— Quoi, ça ?

— Que c'est la première fois, et que pour toi ça prend cette importance de première fois. Alors, très égoïste, tu crois que tout est arrivé et que tu peux entrer dans mon chambre sans la permission et tu penses même pas que je pourrais avoir quelqu'un avec moi... »

La révolte fait trembler son petit menton, mouille ses yeux. Une révolte de fille libre, qui se prête volontiers aux caprices du hasard, mais ne se donne pas.

Il me faut jouer fin. Calmer en elle cette alarme

qui la jettera loin de moi si elle sent encore l'ombre d'une emprise. Je ne cherche pas à la prendre dans mes bras. Je me garde hors de la tentation, les mains pacifiquement, ostensiblement retombées le long du corps pour une trêve humblement sollicitée.

« C'est vrai, Ellie. C'est vrai. Je suis un con, et un égoïste. Je n'aurais pas dû, je ne recommencerai pas, je te le promets. Je ne voulais rien t'imposer, rien exiger que ton pardon. Tu m'as dit dans le bus : "Si tu le fais, tu me perds pour toujours." »

Elle a un tressaillement qui proteste. Elle va m'expliquer que je ne dois surtout pas interpréter hâtivement la formule, qu'elle a crié ça comme elle aurait crié autre chose, dans le désarroi du moment. Je ne lui en laisse pas le temps :

« Je sais ce que ça signifiait, j'ai compris. Je n'ai acquis aucun droit sur toi, ni en te ramenant à l'hôtel hier, après la tempête, ni en acceptant ton hospitalité, ni cet après-midi, en renonçant à... »

Elle fronce des sourcils indignés, ses joues rosissent.

« Tu n'as pas renoncé ! Tu n'as pas pu, pas eu le temps, c'est pas pareil !

— Non, Ellie, je n'ai pas pu parce que tu m'as lancé cette phrase magnifique : "Si tu le fais, tu me perds pour toujours." Et que je ne voulais pas perdre ce que tu m'avais accordé, ta confiance, un peu de ta tendresse, ton estime, peut-être... Je me trompe ? »

Je sens que j'ai marqué un point. Elle pince encore une bouche méfiante, mais son front s'est détendu, tout son corps s'assouplit, sa main cherche inconsciemment l'appui du fauteuil, mon Dieu ! Ce fauteuil même qu'elle amena tout près de moi la nuit dernière, dans lequel elle se livra à mes regards captivés.

« Si c'est que ça que tu attends..., admet-elle.

— Si je m'écoutais, j'attendrais bien plus. Mais...

— Mais plus, je peux pas !

— Je m'en contenterai. »

J'esquisse un pas en arrière.

« Voilà. Je m'en vais, tu sais où me trouver. La navette ou le tabac. Je n'en bouge pas. C'est toi qui feras un signe. Quand tu voudras. »

Je me retourne ; la chambre est petite, bien trop petite. Je suis déjà au seuil, la poignée me gèle les doigts, l'obscurité du couloir va m'engloutir, je ne peux pas traîner plus les pieds, pas ralentir davantage, je tire la porte sur moi, j'ai mal partout à force d'espérer son cri qui ne vient pas, mal à hurler, la porte n'en finit pas de se refermer...

« Attends ! dit-elle. Attends ! Reste ! »

Son lit est un asile. Elle a éteint la lampe, s'est blottie contre moi sans se déshabiller. À travers la fenêtre dont elle n'a pas tiré les volets, le ciel clair pose sur nous un halo diffus. L'ombre blanche des montagnes pâlit la nuit et découpe, au fond du tableau, un décor théâtral que je ne reconnais pas. À la maison, Agnès boucle tout dès le crépuscule. Les Grandes Rousses, de nuit, je ne les ai jamais vues couché. La tête sur mon épaule, son bras à mon cou, Ellie chuchote :

« Déjà j'ai l'habitude de toi, Roman. Comme si je couche avec toi depuis très longtemps. »

Je caresse les cheveux fins, sa joue ronde.

« Moi aussi.

— Deuxième nuit dans ce chambre, continue-t-elle. Deuxième avec toi. Je pourrai plus dormir là toute seule.

— Tant mieux.

— C'est pas mon chambre. C'est notre. C'est devenu notre quand tu m'as ramenée, hier. Presque portée.

— J'aurais dû te porter. À pleins bras. Comme une jeune mariée.

— Un mariage pour pas longtemps, Roman. Je rends le chambre vendredi. »

Enfin une date ! Enfin quelque chose de précis, un délai, une promesse, une menace, une frontière à quoi accrocher mon espoir et mon désespoir !

« Et jusqu'à vendredi, Ellie ? Jusque-là ? »

Elle rit de son rire de petite fille, malicieuse et souveraine. Elle sait qu'elle règne sur mes espérances, qu'elle peut m'enchanter d'une simple parole.

« Jusque-là, oui, dit-elle. On peut se marier jusque-là.

— Attention, Ellie ! Tu mesures bien l'importance de ton engagement ?

— Oui !

— Je pourrai entrer dans cette chambre, qui est "notre chambre", sans ta permission et sans t'offusquer ?

— Non. Ça, même avec une femme légitime on le fait pas !

— Sans avoir peur de te trouver, ou de te voir revenir avec quelqu'un d'autre ? »

Nouveau rire.

« Ça, oui... Je couche pas avec tout le monde. Je couche même avec personne. Du tout. »

Mon cœur exécute quelques sauts périlleux d'allégresse que, l'oreille sur ma poitrine, elle doit percevoir.

« Alors, tout à l'heure, quand tu m'as dit : “J'aurais pu ne pas être seule” ?

— Je parlais pas forcément d'un aventure. C'est toi qui as cru. C'est toi qui imaginais.

— Non, je n'imaginais rien, Ellie. Surtout pas que tu étais une fille facile, même si tu paraissais très libre.

— Facile ? Tu veux dire pratique ? Commode ? Si, bien sûr, je le suis. Je fâche rarement, je boude presque jamais. Et libre, au contraire, Roman, libre, je le suis pas. »

Ô barrières du vocabulaire ! Contresens éloquent, qui me révèle plus que je ne voulais savoir ! Je résiste à l'envie masochiste d'explorer la piste qu'elle vient de m'ouvrir. Je ne veux pas apprendre davantage, pas pour l'instant, ni ternir la joie qu'elle vient de me procurer.

« Ce qu'on appelle une fille facile, en français, Ellie, c'est une fille qui couche, comme tu dis, facilement. Avec tous ceux qui la veulent.

— Et les garçons faciles, demande-t-elle, ils existent en français ? »

J'hésite une seconde. Une de trop.

« Bien sûr que oui, répond-elle à ma place. D'abord, j'ai cru que toi tu es un garçon facile.

— Moi ?

— Oui, c'est pour ça que j'ai prévenu : on fait pas l'amour si tu restes.

— Mais tu avais deviné que je n'étais pas équipé !...

— Ça serait été bizarre que tu as les condoms dans le combinaison de ski ! Après je te revois, cet après-midi, et tu dis : “Je les ai pas, j'ai pas pu.” Ça veut dire que tu les as pas chez toi. Que tu dois en acheter. Donc là, je comprends que tu as pas l'habitude, que tu es difficile. »

À mon tour de rire. Elle resserre son bras, caresse sa joue à ma chemise, poursuit :

« Comme je t'expliquais : "Tu observes, tu déductes." J'ai bien déducté ?

— Très bien déducté, Ellie. Je suis un garçon difficile.

— Ou alors inconscient. Ou alors pas tellement décidé.

— Décidé ? À quoi ?

— À me faire l'amour. »

J'ai mis la main dans ma poche, j'ai posé sur sa menotte le résultat de ma fouille.

« Tiens ! »

Son corps nu sur mon corps nu ; un bain de mousse, de crème, de plumes. Elle murmure : « *Body-body* en plein, cette fois. » La double exquise rotondité de sa gorge s'écrase sur mon torse. Avec mes mains, j'épouse l'arrondi du sein, de chaque côté, qui déborde voluptueusement, je le caresse du dos de mes doigts émerveillés. La finesse de la peau à cet endroit confine au prodige. Ellie ondoie sous l'attouchement, émet à bouche fermée une petite mélopée approbatrice, soulève le buste. Ses seins retrouvent leur parfaite rondeur, leur volume tentant de beaux fruits. Il ne reste plus que leurs pointes sur ma peau, deux framboises dures qui s'amusent à des dessins légers, des entrelacs, des sinusoïdes parmi les poils de ma poitrine. Ellie demande : « Tu sens que je t'écris dessus avec le bout ? » Les frôlements parallèles, facétieux, imaginatifs, m'électrisent. À mon tour de gémir, et bientôt d'onduler comme elle, car tout son jeune ventre sur le mien s'est lancé dans un ballet langoureux et précis, un polissage mi-crin, mi-peau, qui enroule ses volutes autour de mon nombril, élargit ses onctions jusqu'à frôler mon estomac, nerveusement creusé sous la volupté du contact, jusqu'à émouvoir mes hanches, séduites aussitôt qu'abordées, et bientôt entraînées dans cette lambada horizontale savamment exécutée.

Entre mes jambes, s'organise à toute vitesse un pacifique mais farouche soulèvement : on s'intéresse, on se passionne, on revendique, car ma danseuse pour l'instant s'est débrouillée pour éviter le plus possible de me toucher là, écartant autour du point sensible d'intelligentes cuisses qui me chevauchent, et me flattent les fémurs de leur intérieur de satin. Mes bras se referment à la taille souple de ma cavalière, mes mains s'égarent sur son dos lisse, sur ses reins mobiles, sur les planètes siamoises de ses fesses au galbe enivrant. Encore quelques tortillements, quelques contorsions de ce derrière frénétique et mes doigts, sans effort, se retrouveront au cœur du mystère, engloutis peu à peu par le sillon profond et moite qui le partage. Ma queue, soudain, éperdue de jalousie, se détend comme un ressort et vient battre au seuil convoité... Ellie couvre mon visage d'une grêle de baisers rapides, je me renverse sous la pluie, m'abandonne, les mains extasiées, la verge tressautante.

« Roman, chuchote-t-elle, ton bite frappe à la porte. Je le fais prisonnier. »

Le ciseau de ses cuisses se referme alors, ceignant mon sexe d'un écrin ferme et suave. « Maintenant, dit-elle, je serre. » Sur moi, je la sens qui raidit ses jambes, croise ses chevilles, ses fesses sous mes mains ont durci, tout le bas de son corps est tétanisé par la gageure : me ceinturer, me retenir, m'étrangler dans l'étau de sa chair affolante. « Tu peux plus partir, Roman. Je te tiens au gorge. Touche : Touche ! » Elle a pris ma main, l'a posée derrière elle, à l'endroit étonnant où mon sexe émerge de sa fourche, pointe une tête ronde, décalottée dans l'étreinte, fendue large. Du bout des doigts, je découvre l'étrange figure, son cul de reine et ses cuisses verrouillées autour d'un champignon gorgé qui s'affole sous mes phalanges. J'ai une étrange impression d'ubiquité, je suis à la fois en elle et hors d'elle : mon manche s'émerveille de son emprise et je peux me branler quand même à petites caresses précises sur mon gland nu. D'involontaires mouvements du bassin achèvent de me bouleverser, je cherche à coulisser désespérément dans la geôle de soie, en me débattant, j'ai gagné un ou deux centimètres, mais putain ! c'est dur, ma démone joue à la sirène, elle n'a plus de jambes, qu'une longue queue soudée autour de moi, me recelant comme une inclusion. La frustration m'excite, je m'agite en clébard, mes mains complices et moins répugnées que naguère ne renoncent pas à leur affolant secours, je lève la tête, un effort de la nuque et ma bouche se repaît aussi, naviguant de gauche à droite, butinant un mamelon ici, un là, mordant à même la pulpe de deux pamplemousses roses qu'on ne songe pas à refuser.

Ellie soudain se cabre : « Eh ! tu baiseras pas dans mes jambes, quand même ! Tu te gardes pour quand tu entres ! » Mes bras l'enlacent plus étroitement, la plaquent contre moi à l'étouffer, ma queue incendiée poursuit ses à-coups dans son nid insolite. « J'entre quand on m'invite ! » Ma déclaration haletante alerte ma sirène, qui relâche la pression, dénoue ses cuisses autour de mon bâton de dynamite. Je m'attends presque à la voir souffler dessus pour éteindre la braise et conjurer la menace. « Prépare-moi, ordonne-t-elle, et après, je t'appelle ! » Elle est restée sur moi. Entre nos ventres, ma queue, moins comprimée, bat d'un désir qui omet l'urgence. Mes mains s'aventurent, fourragent à présent avec une belle conviction dans une ornière troublante, séparent des broussailles humides, abordent à des berges tendres, gonflées, mon doigt jauge la profondeur du puits qui s'y embusque, un cratère doux et mouillé, animé de pulsations onctueuses... « Si ça entre large, c'est qu'elle est mûre... » Mûre, elle l'est à la façon d'une tomate qui éclate au soleil, d'une pêche qui coule, d'un abricot pulpeux qui s'offre... Son jus m'ondoie l'index, sa chair clapote doucement sous l'invasion rythmique, mais elle ne m'appelle toujours pas ; ses jambes se sont ouvertes en grand, son cul monte et descend, exécute des mouvements amples, consciencieux, réguliers, elle geint son plaisir, approfondit la caresse, s'empale de plus en plus profondément sur mes phalanges et finit par murmurer : « Oh ! Roman ! Touche partout, la clito et le cul avec ! » Aucun mal à débusquer son trou du cul, pourtant méconnaissable. La voracité l'enfle, le dilate, l'exaspère. Sa muqueuse se boursoufle sous mon majeur d'une éloquente façon. Sensible à la prière, je m'y enfonce avec un bonheur mêlé d'appréhension. C'est comme si je fichais mon doigt au cœur d'une longue ventouse bouillante qui me gaine, m'étreint, me suce, me mâche, me broie... Avec le pouce, j'explore la fente, à la recherche du bouton magique. Deux centimètres dans un berceau tiède et trempé, et il est tout de suite là, turgescent, fiévreux, susceptible, réplique miniature mais exacte de ma pine qui se remet à broncher avec véhémence au rythme de mes découvertes torrides. Si Ellie continue à couver, de son ventre chaud, la nitroglycérine qui me bout dans les couilles, l'explosion est imminente. À bout de résistance, j'avale une grande bouffée d'oxygène et propose :

« Tu veux, maintenant ?

Pour toute réponse, Ellie se redresse, envoie une main tâtonnante sur la table de chevet.

« Il faut que j'éclaire », prévient-elle.

Elle a ouvert la boîte, sorti un petit étui. Elle me le tend. Je renonce tout de suite.

« Non, toi ! Mets-le, toi ! »

Inutile de ruser, je n'ai jamais utilisé ce genre de truc. Je ne sais même pas par quel bout ça s'attrape.

Ellie s'applique, déchire doucement l'enveloppe glacée, en extrait un anneau blanc, l'examine, me le pose sur la tête du zob, pince le sommet du bonnet entre deux doigts avisés, déroule le reste sur ma bite. Je ferme les yeux. J'ai l'impression que de me voir sous plastique comme une chipolata de supermarché va me faire irrémédiablement débander.

« Touche-moi encore ! » intime Ellie.

Docilement, mes doigts retrouvent leur position, mon majeur a de la difficulté à la réinvestir.

« Mouille-moi, souffle-t-elle, j'ai refermé pendant le manœuvre. »

Son con ruisselle toujours, mais son cul semble plus méfiant. Et soudain, je pressens la catastrophe. Je m'amollis de partout, ma main s'active sans enthousiasme, démobilisée elle aussi, paralysée d'une gêne qui la rend inefficace, et cette inefficacité même renforce encore l'inhibition ; ma bite, je le sens, retombe comme un soufflé, je vais me recroqueviller dans cette cagoule ridicule, je vais avoir l'air très con, perdu dans le latex, minable comme une nouille cuite au fond d'un sac Carrefour... Ellie, qui s'est à nouveau allongée sur moi, jambes ouvertes, cul haut, doit sentir sous son ventre le fiasco lamentable. Elle faufile une main diligente entre nous, me cramponne à la base, ramasse tout ensemble, mes couilles, la racine de mon sexe, le bord roulotté du machin de caoutchouc, et elle explique :

« Sois pas peur ! je tiens bien. Dès que tu rebandes fort, tu es habillé. Et je te prends. Mais touche, touche encore ! »

Son autre main a trouvé l'interrupteur, a recréé autour de nous une nuit indulgente à ma détresse. Pendant une minute, mon cœur s'arrête de battre, je n'ai plus de rêve, plus d'envie, mon ventre, ma peau, mes membres, tous mes membres, et surtout celui-là, s'engourdissent d'une lourde paix amère, le désir me quitte, me laisse triste et mauvais, à avoir envie de tout foutre en l'air, de rejeter cette fille qui s'agite sur moi, d'arracher son bidule à la con et de me sauver, honteux, soulagé... Et puis elle parle, ma princesse. Elle se met à parler comme on récite une prière, elle psalmodie une étrange litanie à ma gloire, elle célèbre mon pouvoir et ses espoirs, elle chante, elle bavarde, elle s'exclame, elle réclame, elle commente, elle invente, elle raconte et, par la grâce de ses mots, mon corps rétif, mon âme ombrageuse de macho timide oublient le doute et se laissent embarquer...

« Branle bien ma clito ! implore-t-elle. C'est la clef, la clef de chaque serrure, si tu la fais bien grosse et dure, elle ouvre les trous très grands. Écrase pas, doucement d'abord, tu tournes le pouce en rondelle doucement, pas que sur le dessus, autour aussi, autour de sa minuscule col, là où elle s'attache dans ma chatte, et aussi tu fais des voyages longs dans la couloir, en haut et en bas, tu sens ? Tu sens que j'ouvre le trou du cul, que je te veux là-bas, que tu peux pousser ton doigt dedans, et avec l'autre doigt, celui dans la bouche de ma chatte, tu fais la pince du sucre, tu serres fort, entre devant et derrière, le cloison, le mur, le barrière, pince-le, tire, avec tes deux doigts, fort, fort, j'ai du feu dans le cul, et dans le ventre et partout, je mouille très chaud, tu sens ? Si tu branles encore un peu, je serai bientôt folle, je crierai. »

Dans sa main, mon zob charmé a récupéré son farouche élan et vibre d'une ambition vertigineuse. Oui, elle va gueuler, mais c'est lui, lui seul, qui la fouaillera et lui arrachera des feulements de tigresse en rut ! Comme à l'écoute de mes délires, ma bacchante soudain se redresse :

« Maintenant, Roman, maintenant, laisse-moi m'asseoir dessus ! »

Non, non. Pas comme ça ! Pas elle sur moi et moi, passif, inerte, à attendre qu'elle s'envoie en l'air toute seule ! Je veux la prendre, moi, l'envahir, moi, trouver son chemin et le forcer, le parcourir, l'explorer, en repousser les limites, en brûler les rives, je veux la besogner, la limer, la baratter, cramponner ses hanches comme les bras d'un araire et œuvrer, marner, trimer, la fendre, la trouer, la labourer, lui enfoncer au fond du sillon, au fond du ventre mon soc chauffé à blanc, tout-puissant, inépuisable...

Je l'ai soulevée, retournée, jetée à plat dos sur le lit. À genoux, j'avance vers la cible, mes mains à ses hanches se font dures, l'étreignent, la disposent, je l'attrape sous les cuisses, à pleins bras, dressé dans ma tâche de laboureur qui s'apprête au premier choc, je l'ouvre, je l'écartèle, elle halète sous ma prise de pouvoir, sans chercher à lutter ; je distingue dans la nuit la forme oblongue et blanchâtre de ma bite déguisée, aseptisée, on va opérer sous champ stérile, la patiente est prête, offerte à ma visite, à mon spéculum arrogant, elle gémit, elle m'attend, elle me redoute, elle murmure dans sa fièvre : « Viens ! Viens ! » Je m'approche, tout près, tout près, à la toucher, j'écrase mes couilles sur son cul ouvert, me frotte la base du barreau à sa chatte béante, elle crie : « Viens ! Viens ! » Je recule pour revenir, j'amorce l'abordage, pique au hasard, heurte un obstacle, un autre, la main d'Ellie me cueille, me tire, me guide, me plante, voilà, j'y suis, je suis entré, c'est moins étroit, moins bouillant, moins fou que j'escomptais, je doute si j'y suis vraiment, je danse une biguine de contrôle, en rond, en long, en bascule, la déception me chamboule, me ralentit, me fait demander :

« Tu me sens, Ellie, tu me sens bien ? J'ai l'impression que tu me sens pas bien ! »

Son emphase me rassure instantanément :

« Oh ! oui, je te sens. Oh oui, tu es gros, et bon, et doux, doux ! Tu penses que je sens pas parce que toi tu sens moins, à cause de la capote, mais tant mieux, tant mieux, que tu peux tenir comme ça très longtemps, sinon tu viens trop vite avec cette grosse trique que tu as, sans la condom, elle éclate tout de suite, là, tu peux baiser, baiser, toujours, sans t'arrêter !... »

Nom de Dieu ! C'est vrai ! C'est comme si je la calçais à travers un matelas, non, j'exagère, à travers du coton, non, c'est encore trop, je me concentre, je m'applique à l'analyse, je retrouve les repaires de mon sexe, le frein sensible encore sous le caoutchouc, quand je frotte là, quand mon coup de scie me ramène au bord du bord du con et m'y renfonce, je redécouvre aussi l'ourlet du prépuce, et une gamme de sensations sur la longueur du barreau, des fourmillements, des chatouillements, si j'approfondis, si je pense avec ma bite, je sens à nouveau assez précisément sa pulpe turgide, agacée, émerveillée par la friction, c'est juste comme si je baisais à travers... un film de nylon, un de ces emballages étirables pour denrées alimentaires, des fantasmes culinaires se mettent à me cavaler sous les paupières, je la bourre avec un gros cervelas plastifié, un saucisson industriel, bien tubulaire, parfaitement empapioté, et je peux le lui faire bouffer pendant des heures si elle veut, ça craint pas que j'explose, j'ai le pare-feu, le costume ignifugé, je suis l'ininflammable, l'absolument solide et sûr. Je vole au secours de son brasier avec ma lance imperturbable qui m'obéit au doigt et à l'œil, fière, droite, en avant, en avant, dans le volcan, dans la lave, pendant des heures, si elle veut...

Les cuisses de ma sorcière au bûcher bondissent sur mes bras, sa fournaise bée à la rencontre de mon boutefeu, de mon boutejoie, elle se tord, ahane, hoquette, sanglote, supplie : *« Don't stop ! Don't stop, now ! I'm coming ! I'm coming ! »* Miraculeuse capote, protectrice souveraine, traductrice simultanée ! Pour la première fois depuis que j'ai vaguement appris trois rudiments d'anglais à l'école, je suis capable de comprendre spontanément un message ! Elle vient, ma belle, ma merveilleuse, ma chérie ? Qu'elle vienne, qu'elle arrive, bienvenue, oh ! bienvenue, on va plus loin si tu veux, on s'arrête pas là, on voyage encore, je chevauche jusqu'au matin, je t'emmène aux îles, je te fais Syracuse, l'île de Pâques et Kairouan, je te balade au jardin d'Éden, je t'envole, je t'emporte, je te propulse dans les étoiles, t'installe au Nirvana... Mon galop effréné ne connaît plus de limites, je me lance à fond dans une course au bonheur, une ruée à la performance, ivre de mes forces vives, de mon endurance toute neuve, je la secoue, la martèle, dans un tap-tap de machine à coudre qui la fait se tordre et clamer enfin mon nom, une fois, deux fois, dix fois : « Roman ! Roman ! Oui ! Roman ! Non ! Plus ! Encore ! Toujours ! Arrête ! » Elle perd la boule, ma beauté, elle me remercie et m'engueule à la fois, me pousse, m'appelle, m'acclame et me fustige, je devine l'éclair de ses yeux fous, et sa main sur sa bouche, sa main de petite fille, mordue dans la grosse, insupportable, délicieuse douleur du plaisir...

Et, tout à coup, cette même main s'envole, fond, se faufile, m'attrape, me déloge, dans l'élan de mon steeple-chase, j'ai sauté en marche, ma bite à ressort continue son trip de piston bien rodé, je baise les poils de sa chatte, au jugé, je baise son ventre, je baise la raie de son cul, impossible de m'arrêter, je suis trop vaillant, trop formidable, trop conquis par mon propre exploit, je baise au large, au vide, au hasard... quand, soudain, tiens, bizarre, une résistance souple, un écueil élastique, la main d'Ellie ne m'a pas lâché, elle me jugule, me place, m'orbite, me tient là et enjoint : « Enfonce ! » J'ai enfoncé. Porte étroite, réticente, à peine, bientôt convaincue. Vestibule serré, corridor étriqué, prison délectable. Je connais cette sensation de succion longue et tonique... Je suis dans son cul. Ma bite embrasée par la révélation s'arrache la peau dans ses coups de bélier furieux. Où est la capote ? Déchirée ? Fondue à mon tison, anéantie ? Je ne la sens plus, plus du tout, je ne sens qu'une envie urticante, impérieuse, de pousser à fond ma pine dans ce goulot fantastique qui me tète par tous mes nerfs à la fois, je baratte à m'éclater les couilles sur le seuil, à chacun de mes coups de boutoir, j'entends leur claque sur les fesses ouvertes d'Ellie qui s'est accrochée à mon cou et continue à se lamenter. Ce flic-floc de vagues furieuses a raison de moi autant que la bouche goulue qui m'aspire, encore un trajet, peut-être deux, ça y est ! l'étincelle a jailli, parcourt le cordon passionnant du non-retour, je sens le frisson rédhibitoire me partir des reins, du tréfonds du scrotum, m'électrocuter le périnée, putain ! je vais gicler, sans la capote, putain, qu'est-ce qu'elle va dire ? Tant pis, trop tard, c'est trop bon, trop merveilleux, je jute en mourant de plaisir, en mêlant mes râles aux soupirs de ma somptueuse conquête, *« I'm coming Ellie, I'm coming too ! »* Je viens, je suis venu, j'ai vu, j'ai vaincu, j'ai vingt bites, j'ai cent cœurs qui battent pour toi, et mon foutre ne s'arrête plus de couler, ma déesse, mon amour...

« Attends que je tiens le truc pour sortir », dit Ellie.

Elle serre autour de mon sexe des doigts précautionneux mais fermes. Je recule lentement, appréhendant le spectacle de lambeaux piteux autour de ma verge moins glorieuse. Je guette chez Ellie une exclamation de dépit, d'angoisse. Rien. Elle roule à tâtons l'anneau de caoutchouc qui remonte vers mon gland, elle pince efficacement le col, tire doucement. Je sens l'air frais sur ma peau nue. « Tu es libre », dit-elle. La surprise me redresse, je cherche l'interrupteur :

« Fais voir ?

— Quoi ?

— La capote !

— Pourquoi ? »

Elle me montre, suspendu entre deux doigts, le petit sac translucide alourdi d'un butin sans équivoque.

« Je croyais l'avoir perdue ou déchirée...

— Tu l'as juste oubliée, c'est pour ça que je t'ai pris par là. Bientôt, tu l'oublieras partout. »

« Bientôt... »

Bientôt est devenu cette nuit le plus beau mot de la langue française.

VI

J'ai dormi d'un sommeil repu, béat, son corps tendre blotti dans mes bras d'homme heureux. En dormant, du fond de mes rêves, du fond de mon inconscient, j'ai dû la caresser. J'ai inventé des paysages ronds et moelleux, des dunes, des lunes, des monts dépourvus d'aspérités, des soleils alanguis qui doraient mes décors d'une lumière chaude de grosse orange... J'ai voyagé sans hâte entre des collines qui ressemblaient à des fesses et des tertres lisses comme des seins. Je baignais dans la douceur ambiante d'un monde sensuel, harmonieux à tous mes sens. J'étais un petit enfant, très petit, bercé dans le lac d'huile du ventre maternel et, en même temps, j'étais cette mère, ce rempart ouatiné, circulaire, ce berceau d'amour et de chair souple autour de mon prodige. Ellie... mon enfant, ma sœur. J'ai dormi au pays qui te ressemble...

Un coup de pied léger trouble mon repos. Ellie s'est dressée, ses seins tremblent au-dessus de moi, tandis qu'elle me secoue :

« Roman ! C'est sûrement tard ? Tu dois partir !... »

Un jour blafard éclaire sa frimousse inquiète, toute rose de sommeil dans sa crinière ébouriffée. Un pli du drap marque sa joue, ses yeux papillotent. Mon bébé... « Quelle heure ? » Elle cherche par-dessus moi une montre au chevet. Son aisselle m'envoie une fragrance hybride, mi-animale, mi-femme parfumée... La joue de son sein m'effleure le nez. « Huit ! » s'exclame-t-elle. Huit heures et il ne fait pas plus clair que ça ? En deux enjambées, je suis à la fenêtre. Je crie comme un gosse : « Il neige ! » Tout est gris, gris-blanc, gris-gris, gris flocon, gris vertige, le ciel n'a plus de couleur, de relief, de bornes, le rideau de plumes qui tombe interminablement masque les montagnes, noie les formes et les contours du paysage... J'ouvre la fenêtre, je hume, j'écoute, je renverse la tête. Le parfum de la neige, fade et mouillé, la chanson de la neige, imperceptible effervescence, son baiser ténu mille fois démultiplié qui me picote le visage d'aiguilles froides... Un poème tourne dans ma mémoire, virevolte au rythme de mes flocons. Le saurai-je encore par cœur ? Tout nu, le dos à la fenêtre ouverte, je regarde Ellie, son sourire étonné, son œil malin, sa joliesse de nymphette blottie sous la couette, aux épaules graciles, aux cheveux fous, et je me lance dans l'acte le plus inouï de toute ma vie, je lui récite mon poème, sans hésiter, sans défaillir, d'une voix claire que timbre à propos une juste emphase :

Ô neige, ô ma neige
Mystérieux cortège
D'irréalités
Mystérieux cortège
Descendu du ciel
Chute immatérielle
Et que rien n'abrège
Chute éternisée

Généreux solfège
Qui égrène et sème
Les vers de l'hiver
À bouche fermée
Dansent tes voyelles
Espiègles muettes,
Sur un air de fête,
Une ritournelle
Tout bas chantonnée
Ô neige, ô ma neige
Tout bas tu halètes
Et ton doux manège
Renverse et allège
L'univers entier...
Tu prends sous ton aile
Ô ma tourterelle
La terre et le ciel,
Et les fais danser.
Ton aile de laine
S'abaisse et s'élève
C'est un peu un rêve
Un léger malaise
Et l'on sait à peine
Comment résister...
Chute ascensionnelle
Ronde lente et brève
Et toujours la même
Chute immatérielle.
Chute éternisée
Quel fut le modèle
De telle aquarelle
Qui tombe immobile
Qui vire et voltige
Savoureux vertige,
Tableautin gracile ?
Il resta fidèle,

L'artiste subtil
Aux couleurs pastel
Au givre et au gel...
Au beige et au grège
Au seigle et au miel
Qui mollement teignent
Le blanc de la neige...
J'aime que fragiles
Pleuvent l'asphodèle
Et mille pétales
Et que tout l'Éden
Allumé d'opales
Brode une dentelle
De fleurs liliales.
Ô neige, Ô ma neige
Maligne sirène
Sur ta bouche fraîche
je bois ton haleine
je bois tes fadaises
Et tu te ris d'aise,
Et comme je baise
Tes lèvres de rêve
Tu te fais légère
Folle et envolée..
Ta chute éternelle
Ô neige ô ma belle
Ne semble pas celle
D'une femme aimée
Chute ascensionnelle
Chute immatérielle
Chute éternisée..

À la fin de ma prestation, d'un ample geste du bras je salue mon public qui applaudit.

« Très joli. Je compris pas tout, mais très joli. Et tu en sais encore beaucoup comme ça ?

— Non, très peu. Mais celui-là, c'est moi qui l'ai écrit. »

Elle prend un air ostensiblement impressionné.

« Je pensais pas que je couche avec un poète ! »

Elle prononce « Pouèt » avec une petite moue de caricatural respect. J'ai envie de sauter sur le lit, de la prendre dans mes bras, de la serrer frénétiquement, de la dévorer de baisers gloutons, de mordre sa chair élastique, de lui arracher des cris d'effroi, des cris ravis, envie de la chatouiller, de jouer avec elle au chien fou, au gosse turbulent, au papa gâteau, je suis amoureux à hurler à la vie, à me rouler par terre, à faire n'importe quoi, à dire n'importe quoi, à chanter à tue-tête... Je vire sur moi-même à la recherche d'un exutoire à ma joie, à mon attendrissement, je me penche à la fenêtre, j'entonne une clameur viscérale, en me martelant la poitrine à deux poings, je suis King Kong, je suis Tarzan, Jane, dans mon dos, s'effare : « Tu es fou, Roman ? » Oui, je suis fou, je suis fou d'elle, en bas sur la terrasse un pékin a levé la tête vers moi, je tonitrue : « Je suis fou d'elle », ce con me regarde, il croit que je l'engueule, toute sa tronche affiche une inquiétude stupide, j'éclate de rire, je me rue sur le plumard : « Je suis fou de toi ! » Je l'étreins, je l'étouffe, elle appelle au secours, cherche à m'échapper, me repousse : « Arrête, Roman, en va toi ! C'est l'heure ! » Je gronde : « Tu me chasses, monstresse ? » en la plaquant au matelas, poings prisonniers, jambes maîtrisées. Elle proteste :

« Non, non, mais ton navette ?

— Pas de navette aujourd'hui, jour de repos !

— Qu'est-ce que tu feras donc ?

— Ce que tu veux... je pars si tu veux...

— Pas très discret, à cette heure-là !

— Je m'en fiche. De toute façon, je ne vais pas rester enfermé ici jusqu'à la nuit.

— Alors ?

— Tu aimerais que je te montre une grange ? »

D'abord, elle a voulu déjeuner. Jenny a monté un plateau surchargé, qui nécessitait toute son attention. Ça valait peut-être mieux, j'étais au lit, je n'avais pas cru devoir m'exiler dans la salle de bains. Son dos de soubrette bien élevée a détecté ma présence entre les draps, m'a manifestement ignoré, tandis qu'elle gagnait la petite table près de la fenêtre, y déposait *eggs and bacon,* céréales, thé, et tout l'arsenal du *british breakfast*. Son retour vers la porte était plus délicat. Elle ne pouvait pas ne pas me voir. Elle s'est débrouillée pour garder le profil raide, le regard rivé droit devant elle. Elle est sortie sans un mot.

« Ça te dérange pas qu'elle t'a vu ? a demandé Ellie.

— Et toi ?

— Moi, je t'ai dit, le chambre est notre jusqu'à vendredi. »

Sur la route aveuglée par le tourbillon des flocons, je croise des bataillons de cosmonautes cagoulés, lunettés, calfeutrés, des durs de durs, des fous de la glisse qui en veulent pour leur argent et refusent de sacrifier un seul de leurs sept jours de ski. Une marmaille grognonne les escorte, qu'ils largueront peut-être au passage à la garderie, ou qu'ils amèneront avec eux là-haut se tremper, se geler, se transir. Qu'ils en bavent bien, qu'ils en profitent bien, tout le monde n'a pas la chance de se payer des vacances d'hiver ! Elle a raison Agnès, il y a trop de cons, par ici. Le chasse-neige me rattrape dans un coup de klaxon qui vocifère joyeux. La fine équipe, Lulu et Néné, aggravée de l'Antoine, qui aujourd'hui est en chômage technique pour cause d'intempéries, se penche aux vitres, hilare. Je sais qu'ils vadrouillent sûrement depuis des heures, sauf l'Antoine, qu'ils auront récupéré plus tard au bord d'une route, déboussolé par l'oisiveté. À bord, une grosse thermos de vin chaud leur garde le moral au beau fixe et leur enlumine le portrait. Ils avancent lentement dans la lueur blafarde de leurs phares où dansent de grosses mouches grises, et se crient des conneries, à travers le raffut de mitrailleuse de la chenille et le raclement de la pelle. Le Néné tape au carreau, me parle sans mots, avec toute une mimique qui signifie : « Où tu vas ? Tu veux qu'on te monte ? » Je fais « non » de la main, je désigne, d'un geste vague, le sommet de la station qu'ils n'atteindront que dans quinze minutes s'ils passent par le Rocher. Moi, je suis pressé, j'irai plus vite à pied. Surtout, je n'ai pas envie de leur expliquer ce que je fous là, crapahutant sous la neige à neuf heures et demie du matin, un jour de repos... La navette est déjà passée deux fois dans les deux sens, à une allure inhabituellement prudente. Les jours de neige à Valdoré ont quelque chose d'une fête surréaliste et molle, tout se meut au ralenti, tout bruisse amorti, les échos s'étouffent, les formes se matelassent et se diluent, la lumière s'embourbe, et la faune des touristes, aussi bien que les autochtones, y gagne un folklore souvent burlesque, un empâtement cosmopolite qui se souvient des fourrures esquimaudes, des pelisses russes, des vareuses chinoises, des toques mandchoues. Le Tave conduit, engoncé dans le futon officiel, et surmonté d'une chapka volumineuse dont les oreilles doublent les siennes de deux ailes aérodynamiques du plus bel effet entre lesquelles sa bonne trogne jette un éclat de rubis. Dans la carlingue, on dirait qu'il trimballe une cargaison de sacs de couchage multicolores, bien rangés verticalement, pendus au plafond et serrés les uns contre les autres...

Quand je sors de chez moi, déguisé moi aussi en aventurier du Grand Nord avec ma combinaison, mes deux paires de raquettes et mon sac à dos, je tombe sur le François, relativement sobre dans une canadienne qui a dû voir les deux dernières guerres. De la main gauche, il tient un grand parapluie noir, celui de sa mère, sans doute, toutes les gardeuses de chèvres avaient le même, sous lequel elles tricotaient debout sur les chemins, en marchant doucement derrière le troupeau que n'effrayait pas l'averse. Son éternelle clope roulée main orne en pendouillant le coin de sa grosse lippe, sous la moustache encore humide du petit blanc qu'il vient de se jeter. Sa main droite s'enfonce dans la poche de son bleu, qu'il a mis aujourd'hui, comme tous les jours, malgré l'inactivité forcée, par mesure d'économie. Pourquoi user ses pantalons quand la commune vous en fournit deux par an qu'on n'a même pas le temps d'exténuer ?

Il m'aperçoit, son œil s'illumine d'une curiosité qui enchante sa solitude mal résignée.

« Oh ! Où tu vas, comme ça ? »

Je jette le poignet au hasard devant moi.

« Promenade, par là. »

Son regard bleu s'appuie fort sur mes raquettes,

les compte : une paire, deux paires. Sa cigarette délabrée remue, suspicieuse.

« Avec ce temps ?

— Je fais le guide. On m'a demandé. J'ai dit oui. »

Il se racle la gorge, en ramène une exclamation grasse, comme s'il crachait :

« Roh ! Ben alors ! Avec ce temps ? Et on te paye ?

— Il y a surtout, fais-je avec un clin d'œil et une mine gourmande, que c'est une jolie fille ! »

La prunelle de François s'arrondit, incrédule, scandalisée, séduite.

« Roh ! Ben alors ! T'as ben raison ! T'as ben raison ! »

Je baisse la voix, plisse encore l'œil.

« Entre nous, hein ? »

Il hoche sa grosse tête, sans rien promettre, répète :

« Roh ! Ben alors ! » déjà moins surpris, mais plus dépité.

Une jalousie triste lui ternit la joie du scoop.

Je m'éloigne qu'il grommelle toujours : « Ben alors... » Le ton a encore changé. Il doit peser, avec le scepticisme méfiant des montagnards, la vraisemblance de l'aveu. « Une jolie fille ! Il croit que je vais gober ça, le Romain ! Faut pas me prendre pour un con... »

La route de l'E.D.F., comme on l'appelle, prend juste après la courbe de la Miare, sur la droite, en descendant de Valdoré. Lors du vaste chantier des années 80, elle a été tracée par les engins qui travaillaient aux cheminées d'équilibre du barrage, sur le revers de Chalvet. Elle monte, comme toutes les routes ici, elle n'en finit plus de lover son long corps de serpent au flanc de la montagne, et je tourne ici, et je retourne là, et je grimpe encore, et tout doucettement elle passe dans les sapins, les buissons d'airelles et de framboises, jusqu'à déboucher en plein ciel sur l'arête vive de Chalvet qui surplombe d'un impressionnant à-pic la gorge du Rivier. Elle s'arrête au pied d'un tunnel bétonné. Après, il n'y a plus rien que les barrières qui retiennent la neige et les filets qui parent aux chutes de pierres. L'hiver, elle est condamnée, on ne la déneige pas. Parfois, de vrais amateurs d'oxygène, des dégustateurs de calme, des priseurs de nature et de solitude, montent jusqu'au sommet en raquettes et redescendent à skis. La balade n'a rien du manège forcené, imbécile, des pistes parcourues à toute vitesse, gagnées mécaniquement, dévalées illico, rien de ce forcing glouton, de cette conquête aveugle et méprisante que ne révoltent pas les mutilations du paysage, les arbres arrachés, les pentes éventrées. Elle emprunte des chemins inviolés, griffant la ouate vierge des champs d'un tronçon de route à l'autre, se repaît de silence et de liberté. De temps en temps aussi, des groupes louent un de ces anciens chalets d'alpage perdus au fond d'une sente à l'orée de la forêt. Pas d'eau, bien sûr, sauf le mince filet d'un torrent échappé à la glace, capté par un bout de tuyau et emplissant un tronc évidé, dehors. À l'intérieur du refuge, pas d'électricité, un mobilier grossier de caisses améliorées, de lits de paille, un poêle à bois en forme de piano à queue, accroupi sur ses trois pattes en fonte... C'est le rêve, le mirage de la vraie grande aventure, les pionniers arrivent chargés de vivres, jouent aux trappeurs quelques jours, s'amusent comme des fous à se laver dans la neige, à s'éclairer à la bougie. Mon arrière-grand-mère, qui passait dans ce genre de chalet les longues pénitences de ses mois d'été, aurait dit, devant cet engouement : « Héllllà ! Mon Dieu ! »

C'est dans l'un de ces lieux que j'emmène Ellie. On quitte la route de l'E.D.F. après vingt-cinq minutes de marche, on s'enfonce dans ce qui ressemble à une ornière enneigée, on franchit un torrent déguisé sous les longues moustaches givrées des herbasses de sa rive ; le chemin après, malaisé mais assez court, mène tout droit au chalet de la Valérie : une bicoque abandonnée, aux volets de guingois, aux portes basses et mal cadenassées. Un seuil de pierres plates où donnent une cave et la pièce unique et qui regarde les Rousses. Sur le côté de la masure, un bûcher, dont le toit s'effondre sur des piliers bancals, et, derrière, la grande double porte mal jointive de la grange, face aux sapins qui couvrent toute l'épaule de la montagne jusqu'à Chalvet. L'endroit possède un grand charme et donne une impression de bout du monde, bien que guère éloigné du village, surtout l'été, avec la route qui plie son coude tout près. Mais l'hiver, l'isolement et la neige lui confèrent une magie supplémentaire. La forêt bruisse différemment, les branches craquent sous leur poids blanc, le vent chante moins clair, tout paraît immobile, figé dans une attente hors du temps et de la vie. Rien ici, absolument rien, n'indique que nous sommes à l'aube du vingt et unième siècle. Tout est resté semblable à ce que nos ancêtres ont connu, sauf peut-être les tôles rouillées du toit qui ont remplacé, comme presque partout en Oisans, les anciennes lauzes d'ardoise. Le reste parle d'une époque où Valdoré n'était ni les confins d'un immense barrage ni la station dotée du plus grand téléphérique d'Europe. Peut-être un jour quelqu'un reprendra le chalet de la Valérie, retapera les murs, redressera le toit, conjurera toutes les traces du passé, le noir de suie, la poussière de fagot, les vieilles chaînes oxydées et inutiles des pauvres serrures déglinguées. La Valérie deviendra une résidence proprette, douillette, conventionnellement folklorique, avec un piolet d'opérette accroché au fronton et des lambris tout neufs à la place des planches voilées, fendues, disjointes de la grange.

Ellie a souri en découvrant la baraque. « Sioupèr ! » a-t-elle dit. Bien sûr, que c'est sioupèr, et tu n'as encore rien vu, ma chérie ! Je l'entraîne autour de la maison, à la conquête de la petite pente qu'il faut gravir pour accéder à la grange, derrière. La fatigue de la marche alourdit ses raquettes, elle trébuche, rit, se rattrape à mon bras, s'exclame : « Oups ! » Elle a son bonnet du premier jour, tout encotonné de neige, sa salopette noire. *Madonna !* Fallait-il que je sois aveuglé d'angoisse pour la prendre pour un garçon ! La combinaison épaisse ne parvient pas à masquer l'étranglement de sa taille fine, ni le sensuel évasement de ses hanches de guitare, et sous la laine bourrue du bonnet qui lui descend jusqu'aux sourcils, sa frimousse de dragée rose resplendit d'une grâce toute féminine, encore que juvénile. J'arrondis un bras de propriétaire, au creux duquel je la ramasse comme une gerbe souple, elle renverse à ma rencontre son merveilleux regard vert que le plaisir allume de paillettes dorées. Son souffle halète un peu, je voudrais boire le nuage de buée blanche qui s'échappe de ses lèvres, je me penche, elle se dérobe, d'un mouvement de tête gracieux de chevrette. C'est vrai que le *french kiss,* c'est aussi « danger »...

« Tu es fatiguée ?

— Un peu essoufflée, pas grave, j'adore marcher. Je le fais que rarement.

— Pourquoi ?

— Je ne peux pas. »

Ah ! Elle ne peut pas ! Que faut-il comprendre ? Pas le temps ? Pas l'occasion ? Je sais maintenant qu'avec elle les explications tournent toujours court et que certaines questions demeurent sans réponse. Je viens d'entrebâiller la porte dont la chaîne vétuste ne retenait que symboliquement les deux battants. J'ôte mes raquettes, l'aide à se défaire des siennes, l'attrape à la taille et sous les jambes et c'est dans mes bras qu'elle franchit la grosse poutre qui sert de seuil à ce fenil déserté.

« Mais puisqu'on est déjà mariés ! proteste-t-elle en riant.

— Disons qu'on rentre de notre voyage de noces. Voici le nid ! dis-je en la posant dans la paille.

— Hum, déclare-t-elle en jetant sur les lieux un coup d'œil circulaire. *Rustical* et simple, mais confortable. Et il y a surtout pour se coucher, sofas, lits, canapés. »

Elle montre au hasard des bottes de foin oubliées ici et là, vieilles peut-être de vingt ou trente ans.

« Il y a aussi pour manger, rassure-toi ! Ça te dit, un petit pique-nique dans l'odeur du foin ? »

Jouissant de sa surprise, je sors de mon sac à dos une bouteille de champagne, une grosse boule de pain bis, différents petits paquets. Elle siffle d'admiration.

« Il est malin, le Romain ! dis-je en me dirigeant vers la porte, la bouteille à la main.

— Où tu vas ?

— La mettre dans la neige !

— Waouh ! approuve-t-elle. C'est Superman, le Roman ! »

Elle vient de visiter le fond du sac que je n'avais pas totalement vidé et d'en extraire deux coupes, des couverts, des serviettes, une nappe blanche, tout un nécessaire de dînette à deux qui l'épate.

« Jamais on m'a fait cette coup-là, déclare-t-elle, je suis... »

Je suis revenu près d'elle, tout près, à sentir sa chaleur irradier à travers ses vêtements. Je me plaque dans son dos, croise mes mains à sa taille, la garde là, prisonnière de ma tendresse.

« Tu es ?

— Très touchée.

— Attends, promets-je, attends encore un peu, tu le seras davantage. »

Elle se retourne et répond à ma boutade grivoise par l'éclair candide de son œil vert.

« Pourquoi ?

— Pour rien, dis-je, c'est une plaisanterie idiote. Viens voir ! »

Je l'attire vers une échelle embusquée derrière un tas de paille.

« Regarde, on a une mezzanine. Attention, ça branle !

— Branle ? demande Ellie en montant me rejoindre. C'est encore un *joke* ? »

Les larges interstices de la porte que j'ai refermée laissent passer une lumière pauvre qu'ensoleille à peine le vieil or de la paille. Nous sommes étendus dans un bain de senteur, le foin archisec craque sous nos corps et se pulvérise en une farine odorante qui se souvient encore de la prairie, de longs jours d'été ardents, des charrois à dos de mulets et de gros ballots de toile rude, du travail des hommes, de leur peine, de leur sueur, de leur plaisir à engranger les javelles, régulièrement, inépuisablement, jusqu'à ce qu'elles atteignent le toit de la remise...

« Roman, chuchote-t-elle, je suis bien avec toi.

— Moi aussi, je suis bien.

— J'ai l'impression que je fais des choses pas ordinaires. Et toi ?

— C'est le moins qu'on puisse dire. Je crois que tu me débondes.

— Je te débande ? »

Elle a un rien d'inquiétude dans la voix. Je souris malgré moi.

« Débondes. Comme une baignoire dont on enlève le bouchon. Je me vide avec toi, tu comprends ?

— Ça serait peut-être mieux que je te remplis.

— Tu me remplis aussi. Crois-moi. Je fais provision d'un tas de trucs.

— Moi, pareil. Je t'ai dit déjà : tu me fais des coups que personne me fit jamais... »

La formule, au-delà de sa saveur ambiguë, m'enivre d'un orgueilleux attendrissement.

« J'aimerais faire beaucoup, beaucoup plus pour toi, Ellie. Voyons, que pourrions-nous essayer ensemble dont tu serais privée, à part marcher et pique-niquer dans une grange...

— On pourrait danser ! J'adore danser !

— Et tu ne danses pas ?

— Presque jamais.

— Pourquoi ? »

Un silence. Elle casse une paille entre ses doigts, la porte à sa bouche, la mordille.

« Parce que, dit-elle enfin, mon mec, il danse pas. »

Je ne devrais peut-être pas insister ; je sens que le moment est propice aux confidences, que je tiens une piste et, en même temps, je redoute des révélations qui, forcément banales, nuiront à mes fantasmes. Le mystère sied bien à Ellie et je m'accommoderais volontiers de toujours m'interroger sans jamais rien apprendre. Presque quarante-huit heures que je la connais, si justement on peut utiliser ce verbe, et je me suis habitué à l'énigme de sa présence solitaire à Valdoré ; mieux, elle m'est devenue chère, comme si mon ignorance devait préserver la miraculeuse histoire qui est en train de nous arriver. Mais la curiosité est la plus forte.

« Il n'aime pas marcher non plus ?

— Non, il ne marche pas.

— Pas sportif, alors ? C'est pour ça que tu viens seule à la neige ?

— Très sportif au contraire ! Et c'est pour ça, oui, que je suis là, d'ailleurs.

— Explique ! »

Elle pose sa main sur mon bras. Son ton a changé, comme si elle venait d'avoir une illumination.

« Roman, tu sais quoi encore, j'aimerais faire avec toi que je peux pas faire avec lui ? demande-t-elle gravement.

— Non, quoi ?

— Un enfant.

— Un enfant ?

— J'aurai jamais d'enfant de lui. Je le sais. C'est comme ça. Alors, toi, si tu voudrais... »

La surprise me coupe momentanément la voix. Une surprise gaie, loin du scandale, le doux ébahissement d'un adulte devant des candeurs de gosse, l'indulgent et affectueux mépris du type raisonnable pour des fredaines qui ne parviennent pas à l'offusquer, qui l'enchantent même sans compromettre les solides œillères avec lesquelles il a toujours vu le monde. Un enfant ! Adorable et imprévisible gamine ! Je ris doucement dans l'ombre, à la recherche d'une réponse pas trop vieux jeu, pas trop macho, pas trop niaise.

« Mais, Ellie, c'est loufoque ! Si tu voulais un enfant, si tu le voulais vraiment, tu n'aurais même pas eu besoin de m'en parler ! Et surtout, tu n'aurais pas exigé de capote !

— Comment tu peux croire une seconde, Roman, que je suis capable de faire un enfant en secret, de le prendre, sans le demander ? Je serais pas été honnête avec toi ! Et, de toute façon, la capote c'est nécessaire, tant que je suis pas sûre que tu es absolument sain. Non seulement je te demande l'enfant, mais encore, je veux la certificat !

— La certificat ?

— Oui, le papier. Le résultat de tes tests. »

De mieux en mieux !... On nage en plein délire. Pourtant cette gosse ne parvient toujours pas à m'indigner. J'hésite seulement à décider si elle ne se fout pas tout bonnement de moi.

« Ellie, je te rappelle que nous sommes ensemble jusqu'à vendredi. Franchement, tu penses que, même si j'étais d'accord, j'aurais le temps de te produire mon attestation d'étalon, exempt du sida et autres maladies transmissibles ?

— Des talons ?

— "D" apostrophe. Un étalon est un cheval chargé de la reproduction.

— Tu te diminues, Roman, jamais je dis que tu es pour moi un cheval. C'est tout le contraire, pour moi tu es un homme, un vrai, un merveilleux. C'est pour ça que je demande. J'aimerais pas n'importe qui pour me donner l'enfant. »

Je la serre contre moi, tout chaviré d'une grande bouffée d'amour.

« Ma poupée, je suis très honoré. Mais, je te le répète, il y a un problème de délai !

— Jusqu'à vendredi, peut-être, concède Ellie. Mais... je pourrai revenir ? »

« Un homme, un vrai, un merveilleux ! » Moi, Romain de Valdoré, sujet au vertige et aux entorses, empêtré d'habitudes, ligoté d'appréhensions, pénétré d'insignifiance ! Je m'abandonne à mon bonheur, à mon exaltation, pendant la trêve d'après l'amour qui la jette sur ma poitrine et l'y garde assoupie, confiante, toute gonflée de soupirs heureux. Agnès ne m'a jamais parlé comme ça. Personne, d'ailleurs. Mais Agnès, elle, aurait pu, aurait dû. Je ne cesse de penser à elle depuis la requête extravagante d'Ellie, depuis son objection : « Comment tu peux croire une seconde que je suis capable de faire un enfant en secret, de le prendre sans le demander ? » Je revois la façon dont s'est décidée ma vie, il y a presque dix ans...

J'en avais trente passés. Aux bals du samedi soir, il n'y avait plus guère de filles de mon âge qui n'étaient pas mariées, les plus jeunes me foutaient la trouille avec leurs airs d'insolente liberté. Elles fumaient, buvaient de la bière. Quand elles ne tombaient pas ivres aux abords de la salle des fêtes, on les embarquait vite, et, souvent, sitôt séduites, on les voyait la même soirée dans les bras d'un autre gars à qui elles livraient leur bouche oublieuse. Je n'allais plus danser que pour rencontrer Christian. Il accompagnait ses petites sœurs, le père Jacquemard les laissait sortir à cette seule condition. Josy avait vingt-cinq ans, Agnès vingt-quatre. Elles se ressemblaient beaucoup, mais Agnès était plus discrète, plus taciturne. Son corps mince et nerveux prisait peu les gesticulations spectaculaires dans lesquelles se lançait son aînée lors de rocks endiablés, et elle n'avait pas renoncé, contrairement à Josy, qui se teignait en blonde, au brun violent de sa chevelure épaisse qu'elle assagissait en queue de cheval. Un petit visage triangulaire, aux pommettes saillantes, au menton pointu. Quelque chose de traqué dans le regard... Sa main n'avait pas fui la mienne quand je l'avais entraînée, ce soir-là, hors de la salle des fêtes pour une promenade nocturne. Au creux de la butte où nous nous étions assis, j'avais amorcé un assaut timide, les doigts à l'orée de son corsage que soulevait un relief indigent... Elle n'avait pas cherché à résister, renversant à mon bras sa légèreté qui ne tremblait pas. Elle avait seulement dit : « Je veux bien si c'est du sérieux. »

Du sérieux ! Que pouvais-je répondre, sinon vaguement promettre, emmené que j'étais déjà par mes sens rapides d'amant sans technique ? Je n'ai posé aucune question, avide d'un plaisir qui fut sûrement solitaire. Plus tard, seulement, je me suis rendu compte que j'avais été le premier. À force d'y repenser, d'essayer d'analyser des sensations éprouvées en un instant vertigineux, mais dépourvu d'ivresse.

Après, nous avons recommencé quelquefois.

Mon territoire était marqué, me dispensant d'efforts, des gestes et des mots qui m'avaient semblé jusqu'alors nécessaires à toute entreprise amoureuse, me frustrant aussi, mais je n'en avais pas conscience. Quand Agnès m'a avoué qu'elle était enceinte, la tentation de la culpabilité n'a pas eu le temps de m'effleurer. « Mon père ne dira rien si on se marie. » Elle m'offrait la rédemption avant même le regret. Pas une seconde, je n'ai envisagé qu'elle était majeure, qu'elle pouvait se débrouiller pour solder clandestinement les suites de l'aventure et que, si elle ne le faisait pas, c'est qu'elle avait déjà décidé, pour nous deux, pour nous trois, de notre futur. Je m'en suis remis à elle aussi aisément qu'elle s'était donnée à moi, avec un abandon qui ne devait rien à la ferveur, mais relevait d'une résignation ancestrale. Il me fallut rencontrer le père Jacquemard, sourcilleux et rogue, qui décréta : « J'achète un des fonds de commerce qui doivent se monter à Valdoré. Je le donnerai à Agnès quand tu l'auras épousée. Toi, je te fais embaucher dans l'équipe du téléphérique. Plus tard, je tâcherai de te garder avec moi. Vous aurez tout pour être heureux. » À bon entendeur, salut ! La conquête d'Agnès avait été fulgurante et d'une simplicité décevante. Restait à faire celle du bonheur, qui s'apparentait à une autre sorte d'exploits. Premier prix à payer : vaincre ma sacrée frousse pour voyager à bord du téléphérique sans faire trop mauvaise figure. Heureusement, il y avait Christian ; quand le père Jacquemard m'avait ratatiné d'un œil méprisant auquel n'échappaient pas mes réticences, lui trouvait le mot drôle, la grimace ad hoc pour ressusciter en moi, sinon l'enthousiasme, qui n'avait jamais existé, du moins la sérénité. Quelque part, ce qui me plaisait le plus dans l'idée d'épouser Agnès, c'est qu'il allait devenir mon beau-frère...

Après la catastrophe, j'aurais pu rompre avec Agnès. Lui dire : ton père n'est plus là pour m'impressionner, ton frère pour me motiver. On arrête tout. Mais elle avait suivi les deux cercueils, toute pâle dans son manteau noir qui fermait mal sur un petit ventre de quatre mois... Je ne m'étais pas bagarré pour l'obtenir, je trouvais indécent de bousculer ma lâcheté naturelle pour l'abandonner...

On s'est mariés dans l'intimité, sans tralala, comme disait ma belle-mère, sans voyage de noces non plus, le bureau de tabac ouvrait le lendemain dans une station mutilée, encore figée d'horreur. Guillaume est né au mois de juin. J'ai penché sur son berceau un regard qui cherchait je ne sais quoi et qui n'a rien trouvé. Il ne ressemblait pas à Christian. C'était un bébé ordinaire que je prenais dans mes bras, quand sa mère m'y incitait, avec l'angoisse de le laisser choir, et un ennui profond qui m'assaillait dès que je le tenais depuis plus de cinq minutes. J'ai attendu qu'il grandisse, sûr de m'y intéresser davantage quand il parlerait, quand il deviendrait une vraie personne. Sa mère a sûrement compensé la tendresse et l'attention que je lui refusais. Ils sont devenus complices, je me suis senti exclu sans avoir jamais vraiment cherché à m'intégrer à leur univers : Floraline et jambon, tartines de Nutella, club Dorothée, histoires du soir, je voudrais un hamster, tu m'emmènes voir *La Belle et la Bête* ? Tout ça me dépassait, me fatiguait, me parlait dans une langue étrangère et j'avais pour cet idiome la même répulsion que pour tous ceux que j'entendais désormais à Valdoré, où le téléphérique avait enfin démarré, et où la commune m'avait offert une place de conducteur de navette...

Agnès s'était mise à la pilule. Le même élan routinier, hygiénique, me jetait vers elle deux ou trois fois par semaine. Je ne l'ai jamais entendue crier, jamais vue perdre les pédales ; le plaisir se résume pour elle à un frisson qui lui remonte les épaules, lui plisse les paupières. Il n'y a pas très longtemps, elle a parlé d'avoir un autre enfant. J'ai décrété : « Oui, à condition que tu te débrouilles pour me faire une fille. » C'était une façon de ne pas répondre. Elle n'a pas souri ni insisté. Peut-être un jour va-t-elle tenter le coup d'oublier sa pilule... Seulement, je crois que je ne le supporterai pas. Quelque chose a changé en moi, trop irrémédiablement... Après Ellie, Agnès existera toujours. Mais ce ne sera plus le même Romain qui vivra avec elle...

L'intimité de la grange, sa pénombre parfumée et tout le champagne bu m'inclinent à la confidence.

« Ellie, j'ai un enfant. Un garçon, Guillaume, il a huit ans ! »

Nous sommes étendus dans la paille, à moitié nus. D'abord Ellie a rouspété que ça la piquait partout, et puis elle a fait son nid, à petits trémoussements appliqués de son joli derrière, et voilà qu'elle vient même de se recouvrir les jambes avec du foin. Elle me regarde d'un œil, la tête sur son coude plié.

« Tu l'as eu avec ta "partenaire" ?

— Je ne sais pas pourquoi je l'ai appelée "ma partenaire". En fait, c'est ma femme.

— Je devinai.

— Ah ?

— Ton alliance ! Je m'ai dit : soit il porte la bague sans accorder d'importance, et il vit même plus avec celle qui la lui a passée, il a une autre vie. Et ça allait pas avec toi. Soit il a tellement pas l'habitude des aventures qu'il oublie qu'il a cet anneau dans le doigt qui parle à sa place.

— Et ça, ça allait avec moi ?

— Oui. Plus... (Après un silence, elle ajoute :) C'est de la chance d'avoir un enfant.

— Je vais te paraître monstrueux, Ellie, mais ce gosse, je l'ai pas senti venir, j'ignore quand et comment je l'ai fait. Il est arrivé dans ma vie comme si on l'avait posé devant ma porte. Je crois que je n'ai encore pas réalisé. Que je ne m'y suis pas attaché.

— Moi, je te propose de m'en fabriquer un très exprès. Tu prépares tout, tu passes la visite, tu m'envoies les papiers, la date du rendez-vous...

— Oui, mais après, je suppose que tu n'imagines pas garder le père avec l'enfant ?

— Ah ! non, bien sûr, Roman. C'est un cadeau que je veux. Désintéressé. Un cadeau que tu te fais pas à toi, mais à moi.

— Et à ton mari ?

— Oui.

— Tu es donc mariée ?

— Oui.

— Tu as dit "mon mec". Tu ne portes pas d'alliance, d'ailleurs.

— Tu t'en rends bien compte, Roman, que c'est pas l'alliance qui fait le mariage !

— Et cet enfant que je ferais délibérément, je ne le verrais donc pas grandir, je ne le connaîtrais même pas...

— Peut-être c'est idiot, mais il me semble que

ça pourrait te rapprocher avec le tien. Peut-être aussi tu aurais envie d'en avoir un autre, bien à toi, bien projeté et désiré, avec ta femme. Elle voudrait pas ?

— Si, je crois. Mais...

— Mais quoi ?

— Je suis resté avec elle à cause de Guillaume, tu comprends ?

— C'est pour ça que tu as l'impression de pas t'y avoir attaché.

— Peut-être. Alors, si j'en fais un autre...

— Ce sera différent. Le contraire, même. Tu en feras un autre parce que tu es resté avec elle.

— Et si je ne restais pas ?

— Roman, je t'ai rien promis ! Je t'ai averti : jusqu'à vendredi. Après, on se rencontre une fois, si tu es d'accord pour la tentative. Moi, je changerai pas ma vie.

— Non, bien sûr Ellie. Bien sûr. J'ai bien compris. Mais tu auras peut-être servi de catalyseur. De déclencheur, si tu préfères. Tu m'as fait prendre conscience d'un tas de choses.

— J'aime pas du tout cette rôle, Roman, je souhaite pas d'être la jeteuse de tempête.

— Il n'y aura pas de tempête.

— Comment tu en es sûr ?

— Ellie, il n'y a rien, rien de fort, rien de solide qui m'attache à Agnès. Toi, tu aimes peut-être passionnément ton mari, même si j'ai du mal à envisager que tu puisses l'aimer passionnément et t'offrir ces sortes de petites vacances...

— C'est toi que tu appelles "petites vacances" ? Tu as peu de l'estime pour toi-même. Tu crois pas à ton importance. Moi, je dis qu'il y aura peut-être tempête si tu laisses ta femme, parce que, sans que tu le sais, sans que tu veux le voir, tu es sans doute indispensable. Moi, j'aime mon mari, oui, mais ce que j'aime le plus en lui, c'est cette idée qu'il me donne que je suis nécessaire, absolument. Il est pour moi le miroir où je me trouve magnifique.

— C'est toi que tu aimes, en lui ?

— À moitié. Mais tu comprends pas ça, parce que toi, tu t'aimes pas. Et tu sais pas te regarder dans les yeux des autres. Tu dis que tu es un cheval, ou des vacances, des "petites vacances". Je te le jure, que tu es pour moi une évasion magnifique, une rencontre absolument superbe, et que, si tu serais mon mec, je serais pas prête du tout de te perdre, déjà je me demande comment je ferai après pour t'oublier... Heureusement on se quitte vendredi, après ça serait été trop tard, tellement que tu deviens important pour moi... »

Le temps avec Ellie semble ne plus exister. Je pourrais passer des heures, des jours, des mois dans cette grange peu à peu envahie du grand calme crépusculaire. Je ne sais pas s'il s'est arrêté de neiger. J'ignore jusqu'à l'heure exacte, et, si la nuit nous surprend tout à fait, je ne m'inquiète même pas de notre retour. Je respire sa présence comme un opium bienfaisant, anesthésie à sa voix fraîche, à ses mots de miel, à son haleine fruitée tous les tourments mesquins de mon ordinaire. Me cherche-t-on à Valdoré ? Josy s'est-elle aperçue de mon absence, s'est-elle obstinée à comprendre où j'avais pu passer ? Le François a-t-il raconté que j'étais parti chargé de raquettes et tout fardé d'important mystère ? Les allées et venues incongrues de la navette hier soir ont-elles intrigué ? Fait jaser ? Jenny a-t-elle raconté à qui voulait l'entendre ma présence dans les draps de la fille du 21 ? Que m'importe ? Tout m'est devenu profondément égal. Je n'ai pas perdu la tête. Je ne me leurre pas d'illusions : un jour, il me faudra répondre aux questions et faire face. Le commun des hommes et des femmes n'aime pas qu'on échappe au bagne monotone des conventions, qu'on défie les convenances sans se terrer, qu'on affiche une liberté qu'ils se refusent. Ils instruiront mon procès. Ce jour-là, j'aviserai. Pour l'instant, ma vie est une parenthèse fantastique dont je veux savourer chaque seconde. Ellie, à sa façon douce et simple, est devenue mon maître à penser, mon maître à aimer, mon maître à jouir.

J'ai commencé par jeu à promener une paille dans son cou. Avec un gémissement ravi, elle s'offre à la caresse en levant le menton, en tournant la tête. J'aperçois sa petite oreille sous les mèches folles. J'y darde le bout de mon chalumeau, suis les contours compliqués du pavillon sensible, visite les volutes mi-chair, mi-cartilage dont les méandres rosissent. Ellie remonte une épaule chatouilleuse, sans reculer. « Tu aimes ? » Elle me fait sa frimousse gourmette, yeux clos, bouche qui s'enfle pour l'aveu comme pour un baiser : « J'adôoo. » Elle ne prononce pas le *r* final, allonge le *o* dans un souffle qui ressemble à un soupir.

« Et moi j'adore quand tu dis : “J'adôoo”. Dis-le encore ! »

— Je le dis que si tu fais des choses que j'adôoo !... »

Le défi galvanise mon imagination. Ma paille espiègle a gagné le sillon qui sépare ses seins, dans le décolleté du tee-shirt qu'elle a gardé, et voyage dans ce couloir doucement, régulièrement, de bas en haut, de haut en bas. Ellie, allongée, dénude ses épaules : « Là aussi ! » Docilement, je pose le fétu, comme un pinceau sur les courbes offertes, ici, là, redessine les collines de son buste, taquine, lutine, m'obstine à la frontière imposée, l'encolure distendue du vêtement, les bretelles du soutien-gorge qui entravent ses bras, jusqu'à la reddition souhaitée. « Attends ! » dit-elle. Elle s'est dressée dans la paille, son tee-shirt décolle, son soutien-gorge raye la pénombre d'un éclair blanc. « Attends ! » répète-t-elle. Ses jambes battent, le chaume qui les couvrait s'éparpille, elle soulève le bassin et quitte sa culotte dans un geste de gamine sans affectation. « Partout, partout ! Tu me pailles partout ! » La voilà nue, ma beauté, telle que je l'ai déjà eue tout à l'heure, mais ma grande faim rassasiée me permet à présent de la considérer à loisir, plus blonde que sa couche, opalescente dans la semi-obscurité qu'elle illumine. Un instant, j'ai eu la tentation de me dévêtir aussi, d'ôter mon caleçon et mon pull, dans lesquels, par décence, par souci de confort, j'ai déjeuné. Mais mon travail d'artiste ne requiert qu'une attention désintéressée et un doigté parfaitement maîtrisé. Pour bien caresser, il faut oublier son propre corps et sentir avec celui de l'autre. Je m'imagine dans la merveilleuse peau de ma déesse, me glisse en ses courbes, en ses vallons, en ses arabesques, m'habille de sa sensualité vibrante, je deviens femme, j'ai un épiderme de velours, un ventre délicat qui frissonne sous l'attouchement ténu de la tige qui y chemine, et, au bas de ce ventre, entre ses jambes réceptives, tressaillantes, je possède une fleur encore hermétique, qu'un sésame diabolique seul peut épanouir. Ma clef, maniée par deux doigts légers, s'affole sur le crin serré du sexe d'Ellie, s'alanguit à ses limites, paresseuse à suivre le creux d'une aine, de l'autre, nonchalante sur le sentier qui sépare le mont de Vénus, chevelu, du reste du pubis, lisse et doux. Bientôt, une houle heureuse, éperdue, anime ce paysage où je déchaîne des talents de miniaturiste. Le ventre adolescent monte à la conquête du plaisir, réclame les délices de mon crayon, les genoux se séparent, et, au confluent des deux cuisses de nacre, luisante d'une rosée prometteuse, la faille espérée s'entrouvre enfin.

J'hésite au seuil de ce paradis de chair fragile que j'ai peur d'écorcher du bout de mon crayon. Je reste au bord d'une lèvre, œuvrant à petites touches nerveuses, incapable de m'aventurer plus avant. Ellie soudain relève la tête, me jette un de ses regards animaux qui la défigurent, recomposant ses traits angéliques en un masque violent, presque tragique. « Vas-y ! ordonne-t-elle. Mets-moi cette truc dans la chatte ! »

La douleur bien dosée est un aphrodisiaque sûr. Je manipule mon instrument comme une aiguille de brodeuse, piquant ici et là, écartant, d'une pointe précise, les membranes frémissantes, traçant à même la muqueuse des motifs minutieux. Un feston imaginaire court autour du bourgeon central, le cerne de picotements insoutenables qui obligent ma proie à des contorsions inquiètes. « C'est comme un insecte qui courirait dans mon fente », commente-t-elle, avec un sourire de martyre consentante. Je prends une voix méchante pour affirmer : « C'est un insecte ! Il cherche à faire son nid. Il s'enfile partout ! Ne bouge pas, sinon il pique. »

Ellie retient son souffle, ses genoux remuent faiblement, son bassin se cambre sous la délicieuse menace. Avec précaution, du bout d'une phalange, j'ai trouvé l'entrée inondée de son ventre, j'y introduis lentement ma brindille démoniaque, en prévenant :

« Attention ! le gros frelon choisit son domicile ! Ne l'effraie pas !

— Tu chatouilles ! proteste-t-elle. Je peux pas rester quiète ! »

Le va-et-vient du chalumeau lui inflige des trémoussements qu'elle ne maîtrise plus.

« Arrête ! ordonne-t-elle. Il habite dans trop grand, ce bestiole ! Mets-le plus serré ! »

Plus serré ? Elle n'a peur de rien, l'apicultrice ! Avec réticence, je pose l'extrémité aiguë de la paille sur son trou du cul. « Non, dit-elle. Beaucoup plus serré ! » J'ai l'impression qu'avec elle mon éducation ne s'arrêtera jamais... Mon immobilité interloquée agace mon initiatrice. « Tu le sais ce que j'ai plus serré ? » Oui, certes, je le sais, mais c'est un savoir tout théorique, je pourrais jurer n'avoir jamais vraiment vu de tout près l'asile qu'elle me propose. Et puis, il commence à faire très sombre céans. Je tente, mollement, d'éluder :

« Ellie, on n'y voit rien. Je vais te blesser ! »

Elle s'assoit, attrape la salopette noire qu'elle a jetée dans le foin il y a déjà quelques heures.

« Tiens ! dit-elle en me mettant dans la main une lampe de poche. J'ai toujours ça avec moi. »

Nanti de ma torche, j'ai l'air d'un explorateur du minuscule lancé dans une recherche surréaliste. « Alors, demande Ellie, tu le vois ? » Elle met à s'exhiber, à s'offrir à l'analyse, la même conviction candide et brûlante que toujours. Ses deux mains s'emploient à un écarquillage méticuleux qui métamorphose les lieux, aplanit leurs reliefs, transforme leurs contours, élargit leur mystère à la dimension effrayante d'un gouffre moiré, dont la couleur se dénature sous le faisceau de la lampe. « Tu le vois ? » J'évite de répondre, fasciné par la malléabilité de cette chair dont je redoute la finesse. « Regarde sous la clito ! » Je regarde, entre les deux index dont elle fignole sa démonstration, une microscopique bouche aux bords pâles, distendus dans une grimace qui me procure un frisson d'angoisse. « Alors, tu le vois ? Mets le paille dedans ! »

Je ne voudrais pas paraître mignard, pourtant je tremble devant l'invasion réclamée, paralysé d'appréhension. « De quoi tu es peur ? De faire mal ? Ça fait pas mal ! Souvent, je mets un petit bout, une allumette... Ça excite beaucoup... »

Une allumette ! Quand cessera-t-elle de m'étonner, cette luronne ? Avec une prudence superstitieuse, j'aborde aux rives miniatures qu'elle tient béantes. « Entre !

— Ellie, je n'ose pas ! La paille est coupante !

— Si je mouille, tu oseras ? Si je mouille, ça glisse ! »

La lampe dans ma main frémit, j'avale une salive parcimonieuse. Les jeux de l'amour ne sont pas de tout repos avec ma diablesse.

« Regarde bien », enjoint-elle encore.

Une larme blonde vient de sourdre du méat dilaté, me sidérant d'incrédulité.

« Tu vois que je pisse ? s'enquiert-elle. Et tu sais que je peux faire le goutte après goutte ? Est-ce que ça t'excite ? Est-ce que tu regardas jamais les filles pisser devant toi, quand tu fus petit ? »

Je ne sais pas, je ne sais plus... Aussi loin que

je remonte, je n'ai pas souvenir de ces amusements polissons et passionnants qui enfièvrent l'enfance et dont les adultes parlent à mots couverts, à clignements entendus. Ellie, mon adorable petite fille, réinvente pour moi les paradis qui me demeurèrent inconnus, invite-moi au vertige délectable des amusettes interdites. Je serais le docteur, tu aurais mal à la zézette, montre-moi comment tu fais pipi, tu peux mettre un bâton dans mon trou...

Pour l'instant, ce n'est pas un bâton que revendique Ellie, même si j'en ai un tout prêt pour elle, qui m'est advenu insidieusement et déforme mon caleçon d'un appréciable éperon. Elle s'est dressée sur un coude, a lancé vers ma braguette une main déjà renseignée qui cherchait confirmation.

« Tu vois que ça t'excite de regarder que je pisse !

— Ça m'excite incroyablement Ellie. Tu veux que je te baise ?

— Non, je veux le paille ! Tu l'enfonces doucement là où ça coule. Et tu restes un peu loin, tu gardes le *self control,* hein, tu précipites pas sur moi ! »

La manœuvre est plus aisée que je l'aurais cru, et combien profitable ! À peine investie, Ellie se met à se tortiller avec conviction. Son pubis bondit, ses jambes s'arc-boutent, je ne réponds plus de la sûreté de mes gestes, une alarme me fait lâcher la lampe, je m'écrie : « Attention ! Tu vas casser la paille ! » sans parvenir à l'assagir ; elle pousse de petits glapissements approbateurs et insouciants : « Je me fiche ! c'est trop bon ! Ça chauffe partout ! Ça donne envie de tout ! Bouge un peu ce paille ! Retire et remets, comme si tu baises avec un tout petit queue dans un tout petit con ! »

J'ai récupéré la lampe, respiré à fond, obtempéré avec une bonne volonté méritoire... Mon travail s'apparente à du bricolage maniéré, s'éloigne du grand mirage mâle, de la rude besognade à reins furieux, à bélier farouche... Dans mon caleçon, ma bite scande son rêve, résignée à l'attente, éduquée déjà à la lucrative patience. La montée du plaisir chez ma mignonne dévergondée éclipse d'ailleurs toute autre forme d'entreprise, monopolise mes préoccupations, récompense mon zèle de néophyte fervent. Son visage entr'aperçu à la lueur de ma torche se convulse d'un rictus significatif, son regard s'élargit, ses mâchoires se crispent comme sous l'effet d'une dévastatrice colère ; ses mains, agrippées au hasard de ses transes, ses jambes démesurément ouvertes, son ventre au galop, son cul magnifiquement fendu dénoncent son extase plus sûrement encore que tous les discours échevelés qui se bousculent dans sa jolie bouche de bacchante.

« Tu me fais venir, Roman ! De très loin, j'arrive ! Tu vois ? Tu sens ? Tu aimes ? Ça prend tout le ventre et le cul, ça fait envie de pisser et de jouir, et de t'avoir dans tous les trous, juste envie, j'ai le con qui devenut très géant, qui t'appelle, mais je veux pas sans la capote, tu restes dehors, tu sauras pas la mettre... »

Elle s'affole, ma beauté, dans son ascension irrémédiable, elle pleure, elle divague, elle souffre d'un désir qu'elle croit inaccessible. Je saurai pas ? Bien sûr que si, je saurai ! J'ai lâché la lampe, plongé dans la poche à miracle de mon vêtement abandonné, trouvé l'étui du bonheur. Un coup d'ongle sec pour le déchirer, l'anneau gluant surgit entre mes doigts, attention, sainte Prudence, aidez-moi, il faut du bol pour y arriver du premier coup, mais je crois à ma chance, je crois à la vie, à l'amour, ce soir, je crois au plaisir divin, somptueux. J'y suis ! Le truc se déroule sur ma bite comme s'il avait été fait pour moi, me voilà paré, armé, je porte le heaume et l'écu, la protection fabuleuse, je me jette dans la superbe joute, gare au coup de lance, ma dame, j'arrive ! Glaive en avant, vaillant sur le destrier fougueux du déduit amoureux, je pique des deux, je franchis l'enclos où l'on m'ovationne, je caracole avec des élégances de page, cabre mon assaut comme un chevalier, mesure mon élan, ajuste mes efforts, retiens mes espérances, je suis le *bachelor* distingué, le prince altier, je suis Ivanhoé, je suis Lancelot, Perceval, tous les convives de la Table ronde à moi seul, prodigue de mon courage, fidèle à ma foi, galvanisé par la prouesse à accomplir, dans ma tête chantent les trompettes du tournoi, explosent les clameurs du public, sous mon armure l'endurance me devient légère, ma nef navigue dans une mer crémeuse, gardée du chant des sirènes, je baigne dans la volupté sans en craindre l'écueil fulgurant et fatal. Ellie accompagne mon périple d'un lamento qui semble ne devoir jamais s'arrêter et me comble d'un orgueil indicible. « Cette ivresse, c'est moi, moi qui l'ai su causer ! » À bout d'enthousiasme, fatiguée de plaisir, elle noue ses jambes à ma taille, ses bras à mon cou, me propose, d'un pied battant sur mes fesses, un tempo qu'elle espère décisif en criant : « Viens avec moi ! Rejoins ! » Je n'ai pas encore appris à jouir sur commande... Pour me rendre à son appel, il me manque quelque chose, trois fois rien, l'épice d'un minuscule grain de poivre, l'étincelle infime qui embraserait la poudrière... Ellie, haletante, réitère son appel : « Viens, Roman, viens ! Tu veux je te prends les couilles, tu veux je te mets une doigt dans le trou ? Tu veux je fais quoi ? »

Rien, mon amour, rien de plus que trémousser ton joli cul, m'ouvrir tout grand l'accueil suave de ta chatte gourmande, m'enlacer, me ceinturer, m'étreindre, gémir contre moi comme si j'étais l'unique gardien de tes joies, ton seul faiseur d'extase, le grand ordonnateur de tes rêves, le magicien indispensable à ton bonheur, rien d'autre que sangloter ton émoi, me héler encore et encore, me réclamer, m'exiger, abreuver mes songes de tes mots de flamme, de tes mots simples et inouïs, et trouver bientôt, avec tes mots, le chemin torride de mon incendie. Rien d'autre que brûler avec moi, Francesca, ma fabuleuse maîtresse, dans l'enfer merveilleux des amants passionnés... tandis que le plaisir me dilate la bite aux dimensions de l'univers.

VII

J'ai dit à Ellie : « Je passe me changer chez moi. Tu veux m'accompagner ? » Elle a eu un sourire touché, presque confus, un air de petite fille timide : « Non, chez toi, ça serait pas bien. C'est mieux nous nous retrouvons directement au bal. »

La neige a cessé quand j'arrive à la salle des fêtes, mais le Tave, qui paraît monter la garde devant la porte, n'a pas renoncé à son inénarrable courtepointe, ni à sa chapka à hélices. Son nez rouge accuse, plus que les rigueurs du climat, l'avance qu'il a prise sur les festivités. Il porte sur moi un œil, un seul (l'autre a succombé aux libations apéritives), qui zigzague de ma chemise bleu électrique à mes pompes bien cirées. « T'es beau comme un cul qui pète ! » mâchonne-t-il, avec une admiration presque réprobatrice. Et il ajoute, intrigué : « Où tu vas comme ça ? » L'idée que je puisse me rendre au bal doit le surprendre, il y a des années qu'on ne m'y a pas vu, neuf exactement. Je n'y ai jamais remis les pieds depuis l'accident. D'abord Agnès était enceinte, puis il y a eu Guillaume... Agnès insistait : « Vas-y, toi, si ça te fait envie ! » J'avais trop peur de mes vieux spectres, de mes vieilles douleurs. Il me semblait que je ne supporterais pas la musique, les gars en sueur, les filles taquinées, les relents de bière et de vin rouge, j'aurais été capable d'éclater en sanglots parmi la cohue assourdissante en cherchant, dans les éclairs rouges et bleus de leurs satanés spots, un visage trop cher définitivement enfui.

Aujourd'hui, la salle des fêtes a changé d'endroit. Elle ne réside plus dans l'ancienne école, mais dans la belle mairie toute neuve. Prestige de la station oblige : on a, à Valdoré, un magnifique hôtel de ville, qui trône au milieu d'abords dégagés, dallés, engazonnés et fleuris l'été, deux chamois empaillés dans une vitrine reçoivent l'administré aussi bien que le touriste, le grand hall d'accueil joue à l'important avec sa banque, ses bureaux, ses secrétaires ; une salle de conférences jouxte l'office du tourisme, dont le premier étage se consacre, s'il vous plaît, à la mémoire de Valdoré. On y a rassemblé tout ce que nos parents et grands-parents ont oublié de brûler, vieux outils agricoles, meubles vétustes, ustensiles de cuisine fatigués, ébréchés, dépareillés, il y a même un tas de paille dans un coin, et tout ça est devenu un musée. Les gens défilent là-devant, dans la bonne odeur de neuf des murs blancs et des moquettes tout juste collées, ils regardent le tas de paille, la fourche plantée dedans, ils ont sur le visage la gravité et le respect dus au bon vieux temps. En levant la tête, au-dessus du tas de paille, ils voient, par la large baie vitrée orientée au sud, s'envoler le monstre... « Valdoré d'hier et d'aujourd'hui », en un seul coup d'œil.

Au sous-sol aussi, où se tient la récente salle des fêtes, le contraste est frappant. Les tee-shirts fluos, ajourés d'accrocs béants, les jeans en lambeaux, les croquenots faussement montagnards de la jeunesse étrangère voisinent avec les gros velours et les vrais godillots du Néné, du Lulu, de l'Antoine, du Julien, qui rivent une prunelle désabusée au fond de leur verre de rouge. Parfois, ils se poussent du coude, se désignent l'unique toupet vert ornant le front d'un crâne rasé, ou bien les épingles dans l'oreille d'un Anglais dégingandé qui danse en jetant droit devant lui, au hasard, ses longues jambes de compas. Ils m'aperçoivent ensemble, jaugent ma tenue du même œil circonspect que le Tave, m'admettent à la limite de leur cercle, puisque je naquis valdorin, sans témoigner cependant de chaleur particulière au transfuge que je suis, un peu trop smart à leur goût. Ma place se tient là, entre ces deux mondes disparates, antagonistes, les touristes friqués, exubérants, aux mines insolentes d'une part, et les enfants du pays, les vrais de vrais, qui lèvent le coude avec un triste et goguenard mépris en proférant des commentaires grasseyants et succincts. Bien sûr, il y a aussi Mario, Nathan, Hélène, tous plus ou moins natifs du coin, et cependant échappés à temps à la condition de paysans, d'enfants de paysans recyclés à bon compte. Pour eux, vraiment, l'essor de Valdoré a débouché sur un statut social reconnu, enviable, prestigieux, ils sont moniteurs, pisteurs, perchistes, arborent leurs rires éclatants, leur hâle patiné, leur aisance, leur santé de jeunes sportifs comblés. Ceux-là n'arriveront au bal que tardivement, après une tournée des grands-ducs à travers les stations environnantes, ayant glané ici et là l'opportunité d'une aventure, l'aubaine d'une rigolade... Parce que je ne m'apparente que de loin à leur race nonchalante et privilégiée, le Julien finit par m'adresser la parole : « On t'a pas vu, 'jourd'hui ? Dormi ? » Je réponds d'un borborygme qui ne les offusquera pas, en jetant sur la vaste pièce un œil circulaire.

« Qui qu'tu cherches ? demande Lulu, égayé par la piquette. Une bonne amie ? » La boutade amuse les autres, qui rient fort, comme s'ils toussaient, les épaules tressautantes. « Y a c'qu'y faut ! » poursuit le Julien, avec une grimace de dédain vers le centre de la salle où se dandinent quelques jolies minettes débraillées, le pull trop court sur leur nombril frénétique. Au-delà de leur groupe, l'or pâle d'une boucle de cheveux devinée plus qu'aperçue piège mon regard, et peint sans doute sur mon visage une expression intense qui impose le silence à mes rieurs. Je néglige le verre qu'ils me tendent pour me lancer à corps perdu dans une traversée périlleuse de l'espace gymnique.

Ellie, qui me tournait le dos, vient de faire volte-face, comme subtilement avertie de mon arrivée. Elle a ravivé son maquillage de poupée, exalté son teint clair et sa blondeur par un pull lavande qui moule ses jolis seins. J'ai tout de suite envie de la prendre dans mes bras. La retrouver ici, dans cette presse, m'est une épreuve étrangement cuisante. Jusqu'à présent, nous avons toujours été seuls. Ce soir, je sens sur ma nuque la flèche aiguë des regards qui m'ont accompagné, Néné et Lulu doivent se poser des questions, l'Antoine ricane, Julien a peut-être déjà craché par terre. Autour de nous, l'agitation des danseurs de techno tisse un rempart fictif qui ne nous dissimule pas. Je capte au passage la face pensive de la Claudette, sa prunelle ébaubie parce qu'Ellie a posé sur mon avant-bras une main familière. Le tam-tam lancinant et monotone de la techno vient de s'arrêter. Le disc-jockey parle dans son micro, encourage les couples à se former pour « un bon vieux rock des familles ». Ellie dit : « Nous allons ? » Sans réfléchir, je me laisse entraîner par sa petite patte chaude, elle marche devant moi en se frayant un passage à coups de hanche, sans me lâcher. J'évite de lever la tête, de regarder les groupes que nous traversons, les premières notes de « Rock Around the Clock » retentissent, Ellie pivote, me fait face, attend que je me lance. J'ai deux secondes de trac fou, à ne plus savoir quel pied, quelle main avancer, à me sentir botté de plomb... La dernière fois que j'ai dansé le rock, c'était... Je ne m'en souviens plus. Agnès, même lorsque nous sortions encore ensemble, ne dansait pas, pas ce genre de rythme. Elle consentait seulement au slow insipide, se balançait sans réelle grâce, s'adaptait mal au rythme, résistait à mes initiatives, réussissait même à me marcher sur les pieds. J'aurais dû me méfier, pressentir à ce signe nos discordances futures. Quelle harmonie peut-on espérer d'un couple que la musique ne parvient pas à accorder ?

Les paillettes d'or dans les iris d'Ellie scintillent sous la lumière capricieuse, des projecteurs alternatifs jettent des flashes spasmodiques qui me la révèlent tout entière tendue vers moi, comme au bord de l'envol, ses yeux dans les miens, ses mains écartées dans une gracieuse expectative. Mon bras droit le premier échappe à l'ankylose craintive qui me figeait, trouve sa taille, le gauche s'élance, mes pieds suivent. Ça y est ! La musique m'a emporté, la musique ou la légèreté d'Ellie, sa fougue, son appétit de vivre, de bouger, d'onduler : tout son corps est un instrument merveilleux, réceptif, intelligent, chacun de ses membres, de ses muscles obéit à la moindre de mes pressions, elle tourne, vire, volte, s'arrête, repart, précède mes intentions avec la même intuition, la même ferveur qu'elle manifeste quand elle fait l'amour. Elle ne danse pas, elle baise avec moi devant tout le monde, répond à mes élans, les encourage, les sollicite, réclame mes fantaisies, salue mes prouesses d'un sourire, d'un déhanchement, d'une cabriole, elle gambade, elle exulte, elle joue, elle renverse aux lumières des spots une frimousse extasiée, colorée de plaisir, ses mèches jettent autour de sa tête des rayons solaires, son pied sûr batifole, traque le mien, le cherche, l'évite, l'invite, le nargue, nos jambes s'épousent, nos poitrines se frôlent, nos ventres s'accolent, je la tiens, je la lâche, j'ai mal de son absence, la revoilà déjà, plus vive, plus chaude, plus empressée, ce rythme est une fabuleuse invention, une machine à frissons, à bonheur, à transes, je voudrais qu'il ne s'arrête jamais, que nos noces durent toujours au milieu du cercle qui s'est formé autour de nous, qui nous contemple, nous admire, et s'étonne, un-deux, un-deux-trois, appel du pied, de l'épaule, attention Ellie, je vais t'envoyer en l'air, ma plume, tu n'as peur de rien, tu te laisses soulever, emporter, tournebouler, la tête en bas, un tour complet, tu retombes sur tes pattes de gazelle, de biche bondissante, tu es la plus belle ce soir, la plus souple, la plus endiablée, la plus désirable, et moi, le plus envié, le plus heureux, le plus insouciant...

Après une série de rocks volcaniques, le premier slow me comble d'une partenaire moite, qui blottit sa fièvre dans mes bras, me chatouille le cou de son haleine précipitée, écrase sur mon torse le relief tressautant de sa poitrine surmenée, et me confie : « Tu danses admirable, Roman ! Jamais je dansais comme ça ! » La mélodie de « When a Man Loves a Woman » est une aubaine pour l'entraîner dans des figures savamment langoureuses et bercer contre moi son corps docile. Tandis que mes pieds l'emmènent pour une tendre balade, mes mains pérégrinent aussi, visitent sa voluptueuse et vivante géographie. Sa nuque gracile se courbe sous l'investigation de mes doigts en râteau qui s'émerveillent à la finesse de ses cheveux, son dos réagit quand ma paume le parcourt, sa taille se creuse, ses reins tressaillent, j'hésite sur leur tremplin troublant, m'y recueille, succombe, me laisse glisser, sa fesse ronde sous le jean moulant me convie au rêve, à l'émoi, me souffle des audaces, entre nos corps accolés, je glisse une dextre exploratrice et avide, en quête de ses rondeurs, ma bouche fourrage sous son oreille, dans le creux de sa clavicule, j'écrase sur son ventre qui tangue comme une barque le bel aviron qui m'est venu, dur et long, blotti au chaud de notre étreinte, et battant la mesure alanguie de notre voyage. Loin de l'effarouchement, Ellie m'enlace plus étroitement, verrouille à mon cou des bras exclusifs, plaque sur mon barreau un pubis conquis, l'enivre de circonvolutions lascives, de frictions torrides... De slow en blues, la musique nous a pris à son bord, soûlés de son roulis, dépossédés de nos dernières retenues, aveuglés d'une griserie impudique qui nous accouple là, debout, ignorants des regards, dédaigneux des commentaires. À bout de désir, j'ai capitulé le premier, entraîné Ellie hors de la salle, les doigts fermes sur son poignet souple, le ventre alourdi d'une urgence brûlante. À toute vitesse, j'ai revu mon passé, les deux ou trois filles emmenées aux fourrés pendant des bals traditionnels, leur fade reddition à ma requête sans mot ni flamme. J'ai revu Agnès et sa petite robe légère, mouillée aux rosées des soirs de septembre, sa culotte chiffonnée, égarée, sa panique tâtonnante dans l'herbe sombre à la recherche de l'étoffe fugueuse, mon ennui de mec vite rassasié, démotivé, qui fouillait le talus d'une main polie. Pour la première fois, j'éprouve une espèce de honte, de regret attendri : Agnès avait à l'époque l'âge d'Ellie aujourd'hui. Un an de moins, même. Moi, j'en avais trente et un. De sept ans plus âgé, j'aurais dû me comporter différemment. Ne pas jouer au puceau vite échauffé, plus vite encore refroidi. J'aurais dû cultiver l'attente, organiser l'émotion, jalonner notre itinéraire d'étapes nécessaires et judicieuses, de découvertes variées, de plaisirs généreux. Aujourd'hui seulement, je réalise ma goujaterie, mon immaturité, mes égoïsmes. Ce que je nommais lâcheté hier et qui m'apparaît, depuis Ellie, comme une inaptitude au partage, au don, à la ferveur. Agnès aurait peut-être dansé mieux, se serait laissé emmener, elle aussi, si j'avais amadoué son corps de caresses graduées, si j'avais sollicité ses frissons, alarmé ses sens. Je bandais pendant nos slows ; qu'en a-t-elle su, à part ma main qui l'attirait dehors, et ma hâte pusillanime à me débrailler, dans l'ombre ? L'ai-je serrée sur mon ventre aux abois ? Lui ai-je offert en hommage le sceptre qui devait revenir à son pouvoir ? L'ai-je honorée d'un culte pressant, amoureux, pantelant, suppliant ? J'avais scrupule à écraser sur son ventre la preuve de mon désir, je me tenais loin de son corps, respectueux d'un code imbécile que personne, pourtant, ne m'avait suggéré. A-t-elle pensé, ma pauvre Agnès, que le respect, en matière d'amour, est une forme d'insulte, d'indifférence dans le meilleur des cas ? N'avait-elle pas droit, elle aussi, elle surtout, toute jeune et timide, emplie d'une confiance qui eût dû m'enorgueillir, à mon trouble, à ses murmures, à mes audaces ? Je ne savais pas, alors, que l'obscénité est un trésor ni qu'elle enrichit celui qui l'ose autant que son destinataire. Je ne savais pas que les gestes, les mots de l'amour, les fantasmes exprimés, offerts, partagés, les vergognes surmontées, les jeux inventés, les caresses risquées ensemble sont autant de philtres magiques, de boires amoureux...

Agnès, ma pauvre mignonne, nous n'avons pas bu ensemble le vin herbé qui lie les amants pour toujours, je le regrette, et c'est à toi que je pense, ce soir, bizarrement, tandis qu'Ellie halète contre moi dans la nuit enneigée de ce parking, tandis qu'elle fouille sans réserve ma braguette surpeuplée, et que jaillit ma queue, d'une clarté indécente sur la toile noire du jean. Agnès, pourquoi ne m'as-tu jamais branlé comme elle, à gestes précis, appliqués, efficaces, pourquoi ne t'y ai-je jamais conviée, pourquoi ne t'ai-je jamais offert mon plaisir, ce râle de reconnaissance épouvanté qui me part des tripes, tandis que mes mains agrippent aux épaules ma bienfaitrice déchaînée et que mon foutre illumine la pénombre en geysers translucides de feu d'artifice ?

Je la tiens contre moi, dans l'ombre, le froid nocturne ne nous a pas encore rafraîchis, elle s'appuie du dos à une voiture, nous ressemblons à des amoureux banals, seuls au monde, isolés dans leur bulle murmurante de complicité. Je chuchote :

« Ellie, dis-moi ? Je voudrais te demander quelque chose. Si tu me trouves indiscret, ne réponds pas. Avec ton mari, tu es... pareille ?

— Pareille comment ?

— Aussi... sensuelle ? Aussi inventive ? Est-ce que tu fais l'amour avec lui comme avec moi ? »

Un silence. Je crois la voir froncer les sourcils ; elle se concentre, honnêtement, sans songer à m'offusquer.

« Ça dépend... Des fois c'est le même chose, et des fois pas du tout pareil.

— Je vois. Tu ne te mouilles pas, quoi !

— Si ! Bien sûr, avec lui, je me mouille aussi comme avec toi ! »

Sa naïve interprétation m'envahit d'une grosse bouffée de tendresse joyeuse. Je sais à présent ce que c'est qu'être amoureux. C'est avoir envie d'embrasser, de rire, de chanter aux moments les plus inattendus. Envie de scander « ma chérie, ma chérie, ma chérie », dix fois, cent fois, et de devenir très bête, d'éclater en baisers, en mercis, en caresses, en pirouettes, en danses de Sioux, en diminutifs puérils, en prières mièvres, en louanges cuculs, en serments emphatiques : Ellie, ma Lili, ma douceur, ma candeur, ma blondinette, ma mominette, ma belle rencontre, mon miracle, mon soleil, je boirai tes paroles à leur source rose, je m'abreuverai à l'eau fraîche de ton âme adorable, je mourrai de soif quand tu partiras...

J'ai calculé avec effroi : mardi, mercredi, jeudi. Il me reste trois jours et quatre nuits. Ma décision est prise. Devant l'Edelweiss, je m'arrache au bras d'Ellie, accrochée à ma taille en une attitude déjà familière. « Attends-moi à la chambre. Je reviens dans un moment ! » Je monte en petites foulées aux logements. Gagner du temps à l'aller, puisque le retour sera sans doute plus laborieux.

Entrer en coup de vent chez moi, enfin chez nous... Chez Agnès, quoi ! Tout ici est organisé, décidé, décoré par ses soins. Ça m'arrange, sauf cette nuit où je cherche fébrilement les clefs de la cave. Pourquoi ne les a-t-elle pas pendues au placard de l'entrée ? Après des fouilles hâtives et désordonnées de cambrioleur à la petite semaine, je les débusque au fond d'un tiroir. À la cave est exilée ma caisse à outils dont je ne me suis pas servi depuis notre installation dans l'appartement. J'en sors une grosse masse. Si quelqu'un me voyait, à deux heures du matin, me déchausser dans la lueur jaunâtre de cette faible loupiote ! Je garde la chaussette, pour éviter une plaie qui paraîtrait suspecte. Je retrousse la jambe de mon jean, avale une grande goulée d'air à odeur de moisi, bloque ma respiration, soulève la masse aussi haut que je peux, en la tenant bien verticalement, la tête en bas. Attention ! Un, deux, trois, j'ouvre la main, gagné ! La grosse tête dure et carrée de l'instrument vient de choir sur mon cou-de-pied avec un bruit mat. La douleur se fait désirer un quart de seconde, arrive enfin, se propage jusqu'à la cheville, irradie dans les orteils, me gaine le pied d'un brodequin ardent, s'élance dans ma jambe, fourmille, picote, brûle ma peau d'un millier d'aiguilles rougies, puis finit par décroître, rétrécir, se préciser, se limiter à l'endroit exact du choc, où elle pulse à longs traits de feu. J'étais prêt à réitérer en cas de résultat improbant mais, à en croire l'intensité du courant qui m'électrise le pied par intermittence, un seul coup suffira. J'essaie avec précaution de bouger le talon : une raideur caractéristique m'emplit de joie. Sous la chaussette que je déroule lentement, l'ecchymose apparaît déjà, rouge sombre, virant peu à peu au violet.

L'os est sensible, la chair dûment tuméfiée. Parfait ! Je me rechausse en grimaçant, range le marteau, referme la caisse, éteins et boucle la cave... Demain, à la première heure, j'appellerai le Tave.

Ellie n'en revient pas. « C'est pas vrai, tu as pas fait ça ! Roman ! Tu t'as pas endommagé le pied exprès ! » Si, Ellie, je l'ai fait, je m'ai endommagé le pied exprès, exprès pour rester avec toi, pour ne pas passer les trois jours qui me restent au volant de ma navette, de toute façon, je n'aurais pas pu, te savoir là, tout près, et mariner dans mon bocal à roulettes, en comptant les heures, en guettant ta silhouette adorée au détour de chaque virage, en mourant de la voir et de ne pas la voir... Elle tend vers moi un visage bouleversé, dans ses yeux d'or danse une moire étrange, j'ai l'impression qu'elle va pleurer, elle pleure, une perle claire vient de tremper ses cils, de rouler sur sa joue, une autre déborde à son tour, sa lèvre tremble : « Roman, tu devais pas ! Tu pourras peut-être plus marcher normal, et toujours tu boiteras, tu penseras à moi quand tu voudras courir ou danser et tu diras : "C'est par la cause de cette fille, quel con je fus !" »

Je l'ai prise dans mes bras, j'ai couché sa tête sur mon épaule, caressé ses cheveux. Ma gosse, ma toute-petite, si éplorée, si désolée, son chagrin me noyait le cœur, me mouillait les yeux et la bouche, m'inspirait des sentiments de héros, des phrases de poète : « Mon amour, c'est avant que je boitais. Avant, que je ne pouvais ni courir, ni danser. Jamais, je te le jure, jamais, je ne penserai à toi en me disant "cette fille". » Et la douleur, la seule, la vraie douleur qu'éveillera ton nom, Ellie, ma chérie, c'est la douleur de l'absence. Je ne verrai plus jamais mon pays avec les mêmes yeux, ni les gens, ni les choses, tout ce sur quoi ton cher et merveilleux regard se sera posé, partout où tu seras passée, mon amour, chaque chose et chaque lieu me parlera de toi, et je sentirai en moi une vaste, terrible envie de m'élancer pour te retrouver, et je devrai me retenir... Même si je m'étais coupé les deux jambes, mon amour, je devrais encore me cramponner pour ne pas voler vers toi... »

Elle a mis sa main sur ma bouche, son corps soubresautait d'un énorme chagrin de petite fille, et, dans ses sanglots, elle hoquetait : « Dis pas ça, Roman, dis pas ça ! »

Longtemps après, au creux du lit où, à force de caresses, j'ai fini par endormir sa peine, sa voix rassérénée a trouvé mon oreille :

« Tu me le donneras, Roman, l'enfant ?

— Oui, mon amour. Je te le donnerai. »

À sept heures du matin, je téléphone au Tave.

« Tave, je crois que j'ai une entorse. Tu peux m'emmener à Allemont, chez le docteur ?

— Un entorse ? Ben alors ! Comment t'as fait ?

— Bêtement. En marchant, hier soir. J'ai glissé dans la neige.

— En marchant ou en dansant ?

— Tu peux m'emmener ? Et puis je crois que pour la navette, c'est râpé. Faudra vous arranger sans moi !

— Ben alors !...

— Tu peux m'emmener ?

— Ben, je vais passer, oui. Tu veux tout de suite ?

— Oui, tout de suite. Mais pas chez moi. Tu me prends à l'Edelweiss.

— À l'Edelweiss ? Ben alors ! »

Dans la navette qui nous ramène, le Tave garde en conduisant les yeux fixés sur la route. Sa figure bonasse n'exprime rien de particulier. Sans me regarder, il demande :

« Il t'a fait mal ?

— Non, non, juste une radio, un straping. Il n'y a rien de cassé.

— Une chance ! se réjouit-il. T'es arrêté ?

— Huit jours. Tu comprends, c'est délicat de conduire comme ça.

— Je comprends, je comprends ! »

Il hoche une mine convaincue, sans ironie. Nous abordons la dernière ligne à peu près droite, après le virage du Perrier. Il tourne vers moi son nez patatoïde, la broussaille de ses sourcils :

« Et je te pose où ? À l'Edelweiss ?

— S'il te plaît. Tu pourras donner mon certificat à la mairie ? »

Il fait oui, tend la main pour s'emparer du papier. On arrive à l'hôtel. Au moment où je descends avec des précautions exagérées, il penche sa bonne tronche illuminée d'un sourire à claire-voie :

« Fais gaffe, hein ! Va pas te fouler autre chose ! »

Neuf heures. Le hall de l'Edelweiss vibre d'un chassé-croisé ininterrompu. Les petits déjeuners battent leur plein, les premières ruées vers les pistes s'organisent, on se hèle, on se salue en anglais, on rit, des chaussures scandent sur le carrelage la marche lourde, martiale, du skieur en partance. Jenny pousse d'une fesse la porte battante de la salle à manger, les bras chargés d'un plateau encombré, se retourne, m'aperçoit en train d'enfiler l'escalier. « Elle est partie ! » dit-elle.

Partie ! Comment ça ? Partie où ? Jenny hausse une épaule maussade. Est-ce qu'elle sait ?

« Mais partie ? Tu veux dire partie, partie, avec une valise, ou simplement sortie ? »

Elle se renfrogne encore :

« Une valise, non. Tout ce que je sais, c'est qu'elle était maquillée, pomponnée, toute belle, et elle est partie, comme pour un rendez-vous. Elle regardait sa montre. »

Jenny multiplie les détails avec une complaisance sadique, me gratifie d'un froncement de sourcils méchant quand elle me voit renoncer à l'escalier et amorcer un demi-tour pesant. Elle désigne ma cheville droite, bandée, d'un coup de menton sans indulgence :

« Un rock un peu trop acrobatique ? »

Les nouvelles vont vite. Je claudique en direction des logements, sans trop savoir ce que je vais y faire. La Claudette, au carrefour, m'a vu de loin, m'attend, le poing sur la hanche, la ganache haut levée. Elle va dire : « Alors ? » quand j'arriverai à sa hauteur.

Pas manqué :

« Alors ? »

J'arbore un air fataliste, écarte les bras, présente mon pied d'invalide.

« Alors voilà !

— Jenny m'a dit que t'avais eu un accident avec elle ?

— Avec elle ?

— Oui, avec la fille du 21 ! Et elle a dit aussi que c'était sûrement pas en lui courant après, vu qu'elle était pas difficile à rattraper.

— Ce qui signifie ?

— Qu'elle couche avec tout le monde ! C'est Jenny qui l'a dit. Elle l'a vue tous les jours avec un type différent dans sa chambre. Où tu vas ?

— Trouver Jenny ! »

Ma nouvelle irruption dans le hall de l'hôtel ne semble pas la surprendre.

« Toujours pas revenue ! annonce-t-elle avec une sorte de triomphe mauvais.

— C'est toi que je veux voir ! »

Sans égard pour ses réticences d'employée consciencieuse, qui m'a montré d'un air débordé toutes les tables qu'elle a encore à débarrasser, je l'entraîne à l'écart, dans le vestibule des toilettes. Ma mine sombre l'inquiète visiblement, elle a des gestes retenus, un peu tremblants, comme si elle craignait une gifle intempestive.

« Qu'est-ce que tu as raconté à Claudette ?

— À Claudette ? À quel sujet ?

— Tu sais ce que je veux dire !

— Je n'ai pas parlé de toi, je t'assure.

— Peut-être, mais tu as raconté des conneries.

— Non, pas des conneries. C'est pas de ta faute si tu n'y vois rien, si elle t'a emberlificoté avec ses mines de poupée. Crois-moi, Romain, laisse tomber. Elle vaut pas le coup. Elle était pas arrivée depuis une demi-journée qu'elle avait déjà ramené Nathan dans sa chambre ! »

Nathan ! Le prénom vient de me tomber sur le cœur plus fort, plus lourd, plus cruel que la masse sur mon pied. Nathan et ses épaules larges, sa tête de faux Afro, tressé à la Noah, qui fait retourner les filles. Sa fossette enjôleuse, sa superbe désinvolture. La jalousie, le dépit, la colère me mordent le cœur, me voilent les yeux, m'emplissent la bouche d'un fiel douloureux, autour de moi tout s'obscurcit, pâlit, disparaît, les bruits du restaurant n'existent plus, les skieurs me frôlent, me bousculent, je résiste à leur poussée, entrave le passage avec une morne obstination, aveugle à leur manège, sourd à leurs excuses. Nathan, salopard trop beau, trop bronzé, qui n'avait pas le droit de flétrir mon rêve, d'humilier ma tendre fierté, de saccager le jardin des délices où je me promène depuis trois jours, déguisé en ce que je ne fus jamais, en play-boy, en amant, en héros, en Nathan... Qu'a pu penser Ellie de ma pâle imitation ? S'est-elle bien amusée, la garce, de mes tentatives, de mes errances, de mes balourdises ? J'hésite à l'accabler. Dans ma tête, tous nos moments repassent, je traque les indices de son hypocrisie, j'épluche à retardement ses expressions, ses attitudes. M'a-t-elle dit une fois, une seule, que j'étais un cas unique, dans sa vie, une exception ? Non, mais il me semblait. Sans parler de sa vie, du contexte vaste de sa vie quotidienne, je croyais avoir compris qu'ici, du moins, depuis son arrivée, elle vivait comme moi une parenthèse, peut-être moins intensément que moi, mais en tout cas peuplée de ma seule présence, de ma seule ardeur. Imbécile que j'étais ! Imbécile naïf et vaniteux, et trop vite oublieux de ses anciens complexes. Moi, après Nathan ! Elle a dû rire ! Après, ou avant ? Après, forcément, puisque le samedi, je l'ai fini avec elle. Quand a-t-elle pu ramener Nathan dans sa chambre ? En début d'après-midi ? Avant sa balade dans les bulles voltigeuses ?... J'hésite à l'accabler, mais je ne suis pas loin de la haïr. Elle m'a trompé. Même si c'est moi qui suis passé après lui, quand je l'ai rencontrée, en pleine panique, en pleine tourmente, elle aurait dû me dire : « Je viens de baiser avec un mec formidable, j'ai succombé à son charme exotique, et comme il m'a laissée tout de suite tomber, maintenant, je crève de trouille dans cet engin que j'ai pris pour lui courir après. » Ç'aurait été net. Je l'aurais abandonnée à ses convulsions et ma vie n'aurait pas pitoyablement basculé... Je la revois dans la chambre. « Tu restes mais on ne fait pas l'amour. » Tu parles ! Elle avait son compte. Au petit matin, l'appétit lui étant revenu... Et depuis, si ça se trouve, dimanche, hier, elle l'a revu, lui, ou un autre. Où est-elle à présent ? Garce, qui s'est tirée en douce, toute pomponnée, chaude encore de mes caresses de cette nuit. J'esquisse une retraite lente sous les yeux apitoyés de Jenny qui doit lire dans mes pensées, pivote étourdiment sur mon pied blessé, réprime un cri de souffrance. « Quel con je fus ! » Elle avait raison, la petite salope, me pulvériser la cheville pour rester avec elle, et ne plus savoir où elle est, ni que faire de ma peau désœuvrée, malade, triste à mourir. Quel con ! Quel pauvre con ! Je l'avais deviné, allez ! qu'elle ne valait pas cher. Actrice, ça oui ! De porno, ça n'a pas l'air de l'effaroucher. « Ça se pourrait que c'est possible ! »

Dans mon désarroi, l'image d'Agnès me traverse l'esprit, mon Agnès sage et tranquille, qui, à l'heure qu'il est, doit déjeuner avec sa mère, en beurrant les tartines de Guillaume... Une vague de chagrin m'envahit, un regret désolé, inattendu. Agnès ! Comme j'aimerais t'aimer aussi fort, aussi loin, aussi désespérément que j'aime cette dévergondée. Comme j'aimerais t'avoir aimée une seule fois avec cette fougue inquiète, avoir tremblé de te perdre, de te voir seulement t'éloigner ! Tu serais tout de même à moi, après ta fugue, je t'aurais retenue, Agnès, mère de mon enfant. Je le sais, tu ne nous aurais pas quittés, lui et moi, lui, en tout cas, tu es incapable de lui faire du mal et, pour ne pas le priver de son père, tu serais restée avec moi, ma discrète, ma pudique, ma silencieuse, ma dévouée, qui jamais ne me procuras le frisson abominable de la jalousie et près de qui je dors d'un juste sommeil de propriétaire. À l'heure qu'il est, Agnès, ton absence me navre, et mon aventure inouïe ne m'éblouit plus que par la triste lumière de la désillusion.

Tout en remâchant ma rancœur, j'ai tiré la patte sans m'en apercevoir jusqu'aux immeubles de Valdoré-le-Haut. Le dépit m'a ramené chez moi, je me retrouve, un peu ahuri, dans ce décor de mon quotidien qu'il me semble ne pas avoir vu depuis des siècles. Dire que cette nuit, j'y suis passé comme un voleur, aveugle à l'ordre méticuleux de la cuisine, au confort coquet du salon, à mes chemises repassées, pliées, rangées par couleur dans l'armoire de la chambre ! Je me croyais déguisé en héros et c'est un costume de salaud que je portais. Sur la petite table du téléphone, un cadre doré entoure la photo préférée d'Agnès : je tiens dans mes bras Guillaume qui vient de naître, je le considère d'un œil surpris, presque méfiant, le bébé occupe à peine le creux de mon coude et relève vers moi sa frimousse plissée, au regard vague. Agnès prétend qu'il me ressemblait déjà. Je hausse chaque fois une épaule plus que sceptique, évacue d'une moue incrédule, un peu méprisante, l'idée d'avoir fabriqué, à la légère et malgré moi, un petit clone de Romain. « Mais si ! insiste-t-elle. C'est ta bouche, ce petit pli, là ! Et celui de la racine du nez aussi ! » Elle pose son doigt sur une ride fortuite, née au hasard d'une grimace du nouveau-né, me touche le front : la ride du lion, celle des fronceurs de sourcils, des anxieux, des farouches. Il y a un miroir au-dessus de la console de l'entrée. Pour la première fois, je me livre à une observation comparative, scrutant alternativement la glace et la photo. Je me découvre barbu, enlaidi d'un souci malhonnête et pesant ; la ressemblance ne me frappe toujours pas, entre ce nouveau-né aux traits incertains et ce type barbouillé de fatigue et d'écœurement. Mais, au-delà de leur physionomie différemment torturée, je note la malignité du sort qui, justement ce matin, me revêt, comme Guillaume sur le cliché, d'un vêtement bleu lumineux, le bleu qu'affectionne Agnès. Le gosse porte une brassière qu'elle avait tricotée et qui lui avait valu des commentaires étonnés de ma mère : « Un bleu si dur, pour un tout-petit, Agnès ? » Moi, j'ai gardé ma chemise d'hier, celle du bal, une chemise qu'elle m'avait offerte pour une fête des Pères. J'ignore pourquoi, mais les deux souvenirs m'émeuvent aujourd'hui, conjuguent une tendresse navrée qui me noue la gorge.

J'ai composé le numéro de Nice. Ma belle-mère réceptionne le coup de fil avec une éloquente surprise. « Ah ! C'est toi, Romain ? Il est arrivé quelque chose ? » Elle crie à travers l'appartement : « Oui, c'est Romain. Non, je ne crois pas ! Oui, je te le passe. Ne quitte pas, Romain, je te passe Agnès. » À l'autre bout de la ligne, j'entends la voix d'Agnès, essoufflée, inquiète :

« Romain ? Qu'est-ce qu'il y a ?

— Mais, rien ! J'appelle pour avoir des nouvelles, c'est tout !

— À cette heure ? Tu ne travailles pas ? »

Aïe !... Obnubilé par mes états d'âme, j'avais

oublié ce détail. Il est dix heures, et je devrais être dans ma navette. Agnès le sait, elle connaît mon emploi du temps par cœur. Un instant, je suis tenté de prétendre n'importe quoi, un échange de service avec le Tave, une panne de la bagnole. Je renonce très vite, conscient qu'Agnès aura bientôt vent de mon arrêt de travail, et sans doute de bien pire.

« Je me suis fait une entorse ; rien de grave, mais impossible de conduire. J'ai huit jours.

— Une entorse ! Ta cheville, encore ? Toujours la même ? »

J'avais oublié aussi mes entorses de jeunesse, entorses à la loi commune qui me préservaient des risques en sauvant l'honneur. Agnès, à l'école, m'a souvent vu boiter, traîner une jambe raide en grimaçant. Elle était bien plus jeune que moi, à l'époque, elle disait : « Tu as mal ? » avec une petite figure sérieuse. Aujourd'hui, j'ai l'impression qu'elle m'a rattrapé, dépassé, même, l'impression qu'elle est devenue mon aînée.

« Oui, toujours la même !

— Tu peux marcher quand même ?

— Oui, je n'ai qu'un straping.

— Dis, je pense à quelque chose. Si tu venais nous rejoindre, en train ? On reviendrait ensemble, à la fin de ton congé ?

— Mais je n'ai pas le droit, Agnès ! S'il m'arrive quelque chose là-bas, la Sécu, tu imagines ? Et puis qu'est-ce qu'ils penseraient, tous, ici ?

— Oh ! ça ! dit Agnès avec une conviction qui me réchauffe. Ça, on s'en fiche ! »

Au bout d'un silence, elle ajoute :

« Tu veux que je rentre ? Si tu veux, je suis là ce soir. D'ailleurs, oui, je vais rentrer, je ne veux pas te laisser tout seul comme ça. Comment tu vas faire tes commissions ? Ne serait-ce qu'acheter le pain, hein ? »

À une question de Guillaume que je n'ai pas entendue, mais que je devine, elle répond : « Oui, on rentre. Papa s'est fait mal à la jambe, il a un gros pansement, il a besoin de nous. » Le gosse rouspète. Je perçois le lointain écho de ses protestations.

« Agnès, écoute : hors de question, tu m'entends, d'écourter vos vacances, surtout celles de Guillaume. Je m'en voudrais trop. Je te jure que je peux me débrouiller tout seul. En fait, je ne suis pas seul. Il y a le Tave, le François, ils sont serviables.

— Il y a ma sœur aussi. Tu sais que tu peux compter sur elle. Elle est au courant ?

— Non, c'est arrivé hier soir. Mais ne l'appelle pas, je le ferai.

— Promis, hein ? Elle s'occupera de toi ! Et repose-toi, profites-en ! Tu ne veux pas que je rentre ? Tu es sûr ? Si tu changes d'avis, tu m'appelles ? Tu as un traitement ? Des anti-inflammatoires ? Tu les prends ? Tu n'oublies pas ? Tu me rappelleras ? Mon pauvre chéri, ça me fait de la peine de te savoir éclopé, tout seul, là-bas. Je te fais des tas de bisous... Soigne-toi ! »

J'entends sa voix détournée, elle parle à Guillaume : « Non, finalement. Ton papa ne veut pas gâcher tes vacances. C'est gentil, non ? Viens lui dire quelque chose ! »

Bruit menu de petits pieds nus qui courent sur le carrelage :

« Allô papa ? Tu es le plus gentil des papas de pas vouloir qu'on rentre, parce qu'ici on va aux jeux électroniques tous les soirs, et je mange au

MacDo ! Et on doit passer l'après-midi à Marineland ! »

Le plus gentil des papas ! Le plus salopard, oui !

Quel con je fus ! Je n'ai jamais eu autant la bougeotte que depuis que je porte ce bandage. J'ai échappé de peu aux béquilles, mais le docteur m'a recommandé d'appuyer sur mon pied le moins possible. C'est réussi ! Me voilà à nouveau sur les routes, déjeté, à la poursuite des lambeaux de mon rêve effiloché. Le soleil est revenu sur Valdoré, je ne l'avais même pas encore remarqué. La Claudette marche devant moi armée de ses insignes d'hôtesse d'accueil : un seau et un balai-brosse. Je la rattrape en boitant fort. « Tu es comme moi, fait-elle en m'apercevant à son côté. Tu tiens pas en place ! » Et bien que je ne lui demande pas la raison de son étrange équipement, elle m'explique : « Je rapporte ça à la mairie ! Ils ont forcé la porte du local d'entretien, à la résidence, là-haut. Ils ont piqué tous les balais ! » Elle secoue son menton en galoche, résignée au vandalisme imbécile qui sévit dans la station depuis son avènement et multiplie les effractions gratuites, les bris de pare-brise et les rapts de poubelles. « Et c'est pas le moment de manquer de matériel, avec l'animation du week-end prochain ! » Je dois avoir l'air de tomber de la lune. « Ben oui, samedi et dimanche, tu sais bien que c'est les épreuves de "Handisport", avec la télé qui monte, et tout ! Ils nous font briquer tout à fond, les salles de réception, la bibliothèque, les logements, va y avoir du beau monde, le préfet, le ministre, des présidents de ci et de ça. Ça arrête pas. Ça téléphone, ça réserve des piaules, ça décommande. Y en a une, de présidente, elle les rend chèvres. Elle râle contre tout : et les hôtels sont pas équipés, et les appartements non plus, ceci, cela, on lui a gardé tous les studios, et les chambres au rez-de-chaussée pour les gars qui viennent en fauteuil, mais ça va encore pas, elle a critiqué les chiottes, les portes, qu'elles sont pas assez larges, soi-disant, avec la Titine, on avait envie de lui dire : ici, c'est une station pour les skieurs, c'est pas Lourdes ! »

Clopin-clopant, nous arrivons en vue de la gare. La Claudette béquille presque aussi fort que moi, mais chez elle, c'est naturel, les gens d'ici possèdent la démarche chaloupée que vous apprennent les chemins escarpés, les pentes raides. Ils hissent leur fatigue d'une hanche sur l'autre en aidant des épaules. À leur rythme lent, pesant, régulier, ils savent marcher longtemps, sans accélérer ni ralentir jamais, quels que soient le relief, le sens de la déclivité, les conditions météorologiques. La Claudette indique de son menton bavard la foule des skieurs qui descend vers la grande entrée grillée dans un raffut de bottes pressées. Son visage se passe de mots, égayé d'une commisération méprisante. La partance en rangs serrés pour les hauts lieux de la glisse, la queue qui s'étire devant les points de vente des forfaits, la bagarre pour prendre d'assaut les bulles et y caser ses skis en un temps record lui alourdissent le coin des lèvres, lui remontent les prunelles vers un ciel qu'elle semble prendre à témoin de la folie des hommes. « Je m'arrête là », lui dis-je en posant une fesse harassée sur le muret qui borde la route. Deux coups de menton pour dire d'accord, salut, elle continue son chemin, incongrue avec sa blouse grise parmi la ruée bigarrée, et portant à l'épaule, comme les autres leurs skis, le balai-brosse qu'elle va pieusement rapporter dans son cagibi d'origine.

Mes yeux la suivent un instant, attendrissante à force de manque de grâce. Elle passe devant la terrasse de l'Edelweiss, y salue quelqu'un d'une paume martiale. Peut-être cette vipère de Jenny. Je me détourne. Le téléphérique est en train de partir, bourré d'une matière compacte et grumeleuse, j'aperçois dans le contre-jour de ses grandes baies les grappes de têtes rondes. « Oublie la téléphérique, Roman ! » Et oublie aussi, si tu peux, cette petite pute avec ses inventions diaboliques dont tu n'as pas profité seul, cette éhontée, cette amorale qui vient à Valdoré pour s'envoyer toute la station, cette môme d'ailleurs, sans retenue, sans tabous, sans repères, cette jolie gosse qui roucoule d'une voix enchanteresse des obscénités sublimes, cette salope adorable, sa frimousse charmante, son parler délectable, ses yeux de pierreries, son corps de déesse, son cœur d'enfant, Ellie, ma chérie, ma blessure, ma peine, tu me manques déjà. Où es-tu que je te sermonne, que je te pardonne, que je me traîne à tes pieds pour exister encore, minuscule parmi les autres, si humble, mon amour, si désireux de toi, de ton temps, de ton être, si émerveillé de ta seule présence ? Quand je pense qu'elle m'a pris pour un moniteur ! Et que, détrompée, elle m'a gardé quand même !

Et soudain, l'esquisse d'une révélation m'oblige à fermer les yeux, aveuglé d'un bonheur ardent, encore informe, pourtant radieux déjà et éblouissant comme une forge. Au seuil de ma conscience, la vérité éclate en échos de fanfare divine, étincelle et crépite comme un feu d'artifice... Nom de Dieu ! Je bondis en oubliant mon mal, néglige de m'attarder à la douleur qui m'enfièvre la cheville, traverse la route en sautant sur un pied, trébuche sur le trottoir de la terrasse, entraîne une table dans ma demi-chute, m'allonge presque sur un fauteuil, me rattrape à la poignée de la porte, dont la prompte ouverture me propulse, hagard, fébrile, tête en avant, dans le hall. Jenny est là, penchée sur un registre.

« Tu l'as vu ? »

Je halète. Elle relève une binette ahurie. Pour la troisième fois en deux heures, je la questionne sur un ton d'urgence désespérée.

« Non, dit-elle, toujours pas revenue. »

Elle n'ose plus arborer son air d'assurance méchante. Mes bégaiements l'inquiètent.

« Non, pas elle. Lui ! Lui ! Nathan ! Tu l'as vu ?

— Quand ?

— Quand il était dans sa chambre !

— Dans sa chambre ?

— Dans sa chambre à elle, la 21, nom de Dieu ! Réponds ! Tu l'as vu ? De tes yeux vu ? »

L'effarement se peint sur son visage, elle réfléchit, peut-être se demande-t-elle si je ne deviens pas complètement fou.

« Heu ! Oui ! Non ! Enfin, je sais qu'il était là ! Ses affaires, je les connais. Sa salopette, et surtout ses chaussures, noires avec le V violet derrière. »

J'éclate d'un rire qui ne va pas tarder à la confirmer dans ses craintes.

« Ses affaires ! Ses affaires, ce n'est pas lui ! Lui, tu ne l'as pas vu ! »

Elle résiste à l'envie de me montrer sa pitié. Ce pauvre Roman ! Si toqué qu'il en devient con.

« Je ne vois pas comment ses affaires ont pu arriver dans sa chambre sans lui, dit-elle calmement.

— Tu ne vois pas ! Ça tombe bien ! Tu n'es pas payée pour voir ! Tu n'as rien à voir et rien à dire ! surtout pas à la Claudette qui croit tout ce qu'on lui raconte et va le colporter à tout le monde ! »

Ses yeux soudain s'arrondissent, fixent un point au-delà de mes épaules. Ses sourcils se lancent dans une série de sémaphores étranges. Je me retourne. Derrière moi, il y a Ellie, magnifique dans un pull noir très classe, maquillée, parfumée, bandante à hurler.

Je l'attrape par le bras, au mépris des regards, surtout de celui de Jenny, je la tire vers la sortie.

« Tu connais Nathan ?

— Naton ? »

Elle roule des prunelles d'ambre pur, fronce son petit nez grêle.

« Nathan !

— Ah ! Nathan ! Oui, bien sûr ! Je connais !

— Depuis quand ? »

Sans penser à s'offenser de mon inquisition, elle hausse des épaules évasives.

« Mais, je sais pas, depuis tout le temps. Depuis que je viens à la France !

— Nathan ? Tu le connais depuis que tu es en France ?

— Et même à l'étrangère ! Il est très connu... Nathan, les jeux que je jouais avec les gosses quand j'étais jeune fille à la paire, les livres que je leur lis... »

Le hurlement de joie du loup de Tex Avery vient d'éclater dans ma tête... Et ma gueule hâve, hirsute, doit à peu près arborer le même rictus caricaturalement illuminé. Je prends à deux mains le gracieux menton d'Ellie, qui me considère avec une surprise paisible et souriante.

« Ma toute belle, ma toute mignonne, je t'adore !

— Pourquoi ? »

Sa bouche en cœur, sa bouille de petite fille ingénue...

« Je ne te parle pas de Nathan l'éditeur, mais du moniteur, dont j'ai emprunté les affaires, samedi, quand on s'est rencontrés. Tu le connais ?

— Le moniteur ? Non, je connais rien, ici. Personne, *except* toi. »

Je danserais de joie si je le pouvais. À un pas hésitant que je viens de hasarder, elle baisse les yeux, aperçoit mon bandage entre la jambe du jean décousue et retroussée et ma chaussure mal assujettie.

« C'est malin, dit-elle. Maintenant, tu feras quoi ?

— Et toi ?

— Moi, tout à l'heure, je réfléchis, beaucoup. Je pensais à une chose. Viens ! »

Elle m'a précédé dans l'escalier, je voyais son gentil petit cul se balancer d'une marche à l'autre, bien rond et serré dans un jean noir, dûment fendu par un sillon où courait la couture de l'étoffe. Je mourais d'envie d'envoyer mes deux mains, de la prendre à pleine chair, comme je venais de prendre son menton dans la coupe recueillie et comblée de mes paumes. À m'imaginer ainsi, les doigts en conque autour de son fessier dense et nerveux, une chaleur brutale m'a saisi, a gonflé ma braguette d'un désir allègre encore que confus, qui s'apparentait à un rêve voluptueux plus qu'à l'organisation d'un projet. À peine dans la chambre, elle se retourne, tout son minois exprime une résolution ferme. « Voilà, Roman. Puisque tu es d'accord pour l'enfant, faisons-le tout de suite ! » La déclaration me prive de mots et m'inflige un masque ahuri qui doit m'apparenter au poisson-lune dans son bocal à vérifier les forfaits. Je finis par articuler :

« Tout de suite ? Mais...

— Oui, coupe-t-elle. Je sais. J'ai demandé les papiers, la certificat... je réfléchis : c'était idiot, je crois je peux avoir confiance en toi, tu es marié, tu as un fils, tu fais une vie raisonnable, je pense pas ta femme est très dissipée, j'étais tort de me méfier, faisons-le tout de suite, ça gagnera du temps... »

Déjà, elle s'accroche à mon cou, câline, persuadée de son pouvoir et de ma docilité. Gagner du temps ? Dans quel sens l'entend-elle ? Moi aussi, je dois gagner du temps. N'avait-elle pas promis de revenir ?

« Écoute, Ellie, de mon côté, j'ai réfléchi aussi. Tu n'avais pas tort. Il y a des choses qu'il faut préparer sérieusement. Un enfant, c'est sérieux. Celui-là, je ne veux pas le faire à la légère. Je suis sûr de moi, mais, tu l'as dit, pour ma femme, je ne peux rien jurer.

— Mais tu avais dit...

— Ça ne compte pas. Tu m'en as fait prendre conscience. Agnès se promène, part souvent seule en vacances. C'est sûrement pour être libre. Il vaut mieux attendre. Tu envisageais de revenir, tu te souviens ?

— Oui, je me souviens. On pourrait essayer tout de suite, si ça marche pas, je reviens ! »

Si ça marche pas ? Et si ça marche ? Malchanceux comme je suis, à tous les coups ça va marcher et plus jamais je ne la reverrai, elle m'oubliera, satisfaite, ingrate, je n'aurai rien été dans sa vie qu'un donateur un peu particulier, même pas remercié, tenu éloigné des suites de son offrande, enterré sitôt qu'exploité...

Je me compose une mine docte et solennelle.

« Non, Ellie, je m'y refuse. Ce sera plus tard, avec toutes les garanties que tu exigeais, ou jamais.

— Mais puisque j'ai confiance... Tu verras comme j'ai confiance ! »

Avec une promptitude qui m'ôte et le temps et le choix d'une parade, elle joint à sa promesse des gestes sûrs, précisément ciblés. Ses doigts volent à ma ceinture, en apprivoisent la boucle, en une seconde, elle m'a défait du jean et du slip qui tombent à mes pieds ; je demeure debout, bêtement, entravé, offert, désemparé, avec ma traîtresse de bite qui relève une gueule charmée, encore émue de la séquence de l'escalier, et de l'image dansante d'un petit cul à ressort. « Tu vois ! crie Ellie. Tu vois, tu es d'accord ! »

Je pose mes mains sur ses épaules, tente de la repousser sans violence : « Non, non, Ellie, je ne suis pas d'accord » Je dis : « Non, non », je secoue la tête de droite à gauche, et ma queue, qu'elle vient d'effleurer de ses lèvres hardies, fait : « Oui, oui » de haut en bas, hoche un dôme déshabillé par l'émoi, salue ses initiatives avec une conviction de plus en plus marquée. Dans une horreur mêlée d'extase, je considère, d'en haut, un spectacle qui ferait rêver n'importe quel homme normalement constitué : Ellie, à genoux, rend un culte empressé à ma virilité, de ses mains jointes, de sa bouche fervente, elle m'effleure, me flatte, me prend, me lâche pour me reprendre mieux, ses mèches blondes, joliment enroulées autour de sa tête, me masquent un temps l'expression de son visage, jusqu'à ce qu'elle renverse vers moi une figure d'ange déchu, passionné, concentré par le désir de plaire. Sans force pour lutter, pour échapper à ses dons diaboliques, à son art irrésistible, je vois sa bouche ouverte en un baiser jusque-là ignoré, sa langue douce, agile, tour à tour pointue et fouineuse, enveloppante et gourmande, m'incendie d'une caresse mouillée, torride, m'ondoie les couilles et jusque sous les couilles, qu'elle relève à gestes précautionneux, me taquine le scrotum, ses dents, juste assez inquiétantes, me grignotent, m'électrisent de petits picotements délicieux ; je n'ai jamais senti aussi précisément, aussi finement, mon anatomie, l'endroit où mon sexe, la partie la plus sensible, la plus délicate, la plus secrète de mon sexe s'attache à mon corps en un carrefour complexe qui n'est ni mon ventre, ni mon cul, ni mes cuisses, et qui est tout cela à la fois ; je perçois en ce lieu obscur et privé une visite consciencieuse, multiple, vibrante. Ellie y met ses phalanges qui me déplissent, me déploient, me tendent, m'offrent à la ventouse de ses lèvres avides, elle y met la pointe de sa langue, vivace et fureteuse, elle y aventure ses quenottes taquines, gourmettes, friandes de sensations menues, mes doigts sur ses épaules n'ont plus envie de l'éloigner, crispés seulement d'exquise appréhension, mes yeux s'emplissent, néophytes conquis et fascinés, de cette scène époustouflante : la bouche d'Ellie à présent toute grande ouverte sous mes bourses s'emploie à les gober, l'une après l'autre, en une lente et voluptueuse absorption, je me sens aspiré, la peau d'abord, l'enveloppe malléable et docile, qui cède vite à la succion, et puis, peu à peu, le noyau dur qui y réside, gorgé, hérissé de sensations inouïes, disparaît à son tour, il franchit le cap de ses lèvres avec un petit choc élastique, il reste là, à l'intérieur de sa bouche, béat dans sa double enveloppe, au chaud de nos membranes conjuguées, elle le mange à pleines joues, s'amuse à le faire rouler entre sa langue et son palais, à l'alarmer, à le presser de tendres mastications, et, doucement, elle le recrache, millimètre de peau par millimètre de peau, le froid me saisit, m'habille progressivement, me désenchante, avec une infime implosion le fruit dur est enfin expulsé, j'ai mal de cet exil, j'étais si bien dans sa salive tiède, dans la gaine veloutée de son baiser ! Mais elle me reprend déjà, de l'autre côté, me bouffe l'autre couille, me broute les poils, me picore l'épiderme, me mâchonne, me ronge, m'absorbe, m'avale ; me revoilà au doux, trempé, brûlant de sa bouche, jamais on ne m'a fait ça, ce genre de truc qui rend fou, qui ouvre en vous toutes les barrières, qui dynamite tous les barrages, qui vous emporte au-delà de vous-même, vous dilate, vous élève au rang des dieux, vous ravit, vous enivre de rêves fabuleux, de phrases démentes, d'ardeurs faramineuses. J'ai lâché ses épaules, j'ai laissé mes mains divaguer, s'affoler, se compromettre dans un don absolu, éhonté, j'ai soulevé moi-même mes couilles, je les lui ai offertes, j'ai ordonné, supplié, déliré, l'incantation m'était devenue facile, le verbe coulait de ma bouche en un lait d'abondance, les paroles me venaient du fond du ventre, du tréfonds de l'âme, du lointain des songes.

« Bouffe-moi, Ellie, je suis à toi. Bouffe-moi complètement, broie-moi, avale-moi, garde en toi le meilleur, le plus pur, le plus fou, suce-moi à fond, mélange-moi à ta chair, à ta salive, prends mes deux couilles à la fois, bien ensemble, que je me sente attaché à toi, que ma bite n'émerge plus de mon ventre, mais de ta bouche, que mon envie de foutre naisse dans ta gorge, que je bouillonne, que je divague, que je fermente de désir sous ta langue, entre tes dents, à la source même de tes mots charmants, que je te nourrisse du plus intime, du plus insaisissable de moi-même, du plus animal, du plus sauvage, du plus sensible, du plus farouche, du plus fiévreux. Fais-moi l'amour, Ellie, emporte-moi, donne-moi le vertige, tout à l'envers, la queue dehors et les couilles dedans, et branle-les, tire dessus, n'aie pas peur, tu vas les faire exploser, tu vas... »

Elle m'a lâché, brutalement. Si près du volcan, à brûler sous sa lave, et, soudain, la glace, un iceberg sur le bas-ventre, et ma queue impatiente, frustrée, qui bat la chamade, qui s'exaspère à longues ruades tremblées ! Elle est toujours à genoux, elle me présente sa bouche rouge, luisante des onctions prodiguées. Ses yeux brillent aussi d'un éclat dur.

« Tu exploses pas, Roman. Tu gardes pour l'enfant ! »

Ah ! la finaude ! Voilà donc sa tactique ! M'exciter jusqu'à l'extrême limite de ma résistance, me fatiguer d'ardeurs, me travailler d'espérance, me balader au bord de l'abyssale volupté, me pousser, me retenir, m'étourdir jusqu'à l'abdication sans retour !... Elle ne m'aura pas comme ça ! Moi aussi, je sais ruser, j'ai gagné, à son contact, suffisamment de motivation pour inventer des tours, je l'aime jusqu'au calcul, jusqu'à la félonie ; pour ne pas la perdre à tout jamais, pour ménager l'espoir d'un avenir, fût-il impossible, fût-il dérisoire, à notre histoire, je suis capable, maintenant, de jouer, de mentir, de défier...

« Tu voulais me montrer ta confiance, Ellie, tu n'as rien montré du tout ! Quel risque as-tu pris ? »

Elle me gratifie d'un regard étonné, son incrédulité m'honore. Jusqu'alors, elle me croyait inapte à la vilenie du chantage.

« Qu'est-ce que tu veux ? demande-t-elle, avec une conciliante humilité.

— Suce-moi vraiment.

— Mais après ?

— Après, j'aurai encore assez de sève pour te baiser dix fois. Tu ne me crois pas ? »

Elle acquiesce sérieusement :

« Si ! Mais si je te suce, ça fera quand même de la ressource perdue pour ma projet.

— Non, dis-je avec une conviction qui me surprend moi-même. Le premier jet n'est pas bon, trop brut, trop grossier, il faut affiner. Pour ce que tu veux faire, mieux vaut la quintessence ! »

Elle se rembrunit, affecte un ostensible dépit, opte pour un ton boudeur.

« Tu parles des mots que je connais pas pour m'emmener dans le bateau !

— C'est toi qui vas m'emmener, Ellie ! Tâche de m'organiser un beau voyage. Plus tu me dépayseras, plus j'aurai de reconnaissance. Tu verras le cadeau merveilleux que je te rapporterai des rives enchantées où tu m'auras promené ! »

Elle sourit, de son ravissant sourire de gosse vite égayée :

« Revoilà Roman le pouèt ! »

Je ne crois pas me souvenir qu'Agnès m'ait jamais sucé. Une fois ou deux sa bouche timide a esquissé l'ombre d'une escale dans des alentours approximatifs. Peut-être eût-il suffi d'un rien, un geste de ma part, une main sur sa tête, un mot d'amour, un silence consentant, une expectative soupirante, elle aurait osé la caresse, en aurait inventé la technique, la saveur, galvanisée par ma complaisance et ma disponibilité. Mais j'étais plus timoré qu'elle encore, plus pétri de craintes idiotes, de pudeurs stériles. Que penserait-elle si je me prêtais à la proposition, si je l'encourageais ? Ne passerais-je pas pour un butor, un vicieux, dédaigneux du respect qu'on doit aux pratiques sacrées et réglementées de l'amour ? Mes racines italiennes me soufflaient un classicisme de bon aloi, sans imagination, aux étreintes muettes, rapides, stéréotypées. Il m'eût semblé insulter Agnès en l'autorisant à des prestations que l'imbécillité collective réputait professionnelles. Au moment où Ellie s'agenouille à nouveau à mes pieds, je me prends à regretter toute cette partie de ma vie avec Agnès, gâchée par pleutre mimétisme, pitoyablement calquée sur un modèle fade, châtié, châtré, qu'en fait personne ne m'avait inculqué. Je me prends aussi, absurdement, à promettre à Agnès, par-delà les distances et le temps, des nuits exaltantes et des extravagances qui sauront la charmer. Étrangeté du fantasme, ma maîtresse s'apprête à un rite passionnant, et c'est à ma femme que je pense, c'est elle que j'entrevois soudain, prosternée pour mon culte, recueillie, attentive à ne rien brusquer, à approfondir chaque sensation, à parfaire chaque initiative, c'est l'image de ma femme, brune et mince, et d'ordinaire passive, qui se superpose à ma blonde geisha, et qui fustige mon excitation ! Un scrupule étonné m'oblige à la confidence.

« Ellie, je pense à ma femme ! »

Elle relève une frimousse interrogative.

« Et pouis ? Tu es honte ?
— Non, ça me fait bander !
— Ah ! bon ! Continue alors ! »

Définitivement rasséréné, je m'en remets à la simplicité de cette compagne précieuse et saine, ignorante des méandres filandreux de l'excessive susceptibilité. Elle a recommencé ses délectables coups de langue sur mes couilles, m'arrachant des soupirs laudatifs qui décuplent son application. Cette fois, la caresse ne boude pas mon barreau, le prend d'assaut, l'encercle à la base de savantes sinusoïdes, le remonte, le parcourt, le descend, en souligne le relief, en suit les nodosités, en chatouille le cratère, en mordille le prépuce, en mâche le frein, elle est partout à la fois, mouillée, aiguë, lascive, cruelle, cuisante, urticante. Avec les mains, avec les lèvres, avec les dents et la langue, Ellie me branle, me roule, m'étire, me tend, me presse, me coulisse, m'écarquille, me goûte, m'affole, m'épouvante, m'époustoufle, me comble. Je deviens sous sa bouche l'épi de maïs qu'on grignote du bout des incisives, le sucre d'orge qu'on effile d'un apex diligent, la banane qu'on épluche, le pain qu'on pétrit, elle me déguste avec une distinction maniérée et me bouffe en rustre, alterne la gourmandise et la goinfrerie, me lèche en pointillé, en filigrane à peine perceptible à mes nerfs pourtant à vif pour, dans la même seconde, refermer sur ma pulpe une mâchoire de piranha, menaçante, inquiétante, qui m'oblige à serrer le poing sur ses cheveux, la respiration courte et le dos parcouru de frissons.

Bientôt, mon sexe, vernissé de salive, fier comme un totem, irisé d'un mauve bleuâtre qui signe sa surexcitation, entame une sarabande échevelée, réclame, à grands coups de collier, le suprême baiser de la délivrance. Ma main, sur les mèches d'Ellie, implore aussi, appesantit son emprise, courbe la nuque blonde vers la fontaine toute prête à gicler, mais, taquine, la petite garce ne m'embouche toujours pas, folâtre à des circonvolutions qui m'irritent, à des jeux qui m'exaspèrent, à des fredaines de midinette qui déchaînent en moi une révolte cosaque. « Bon Dieu, Ellie, vas-y ! Gobe-moi, maintenant, tète-moi à fond, arrête tes simagrées, suce-moi pour de bon ! » Le besoin de jaillir allume un brasier qui me tord et m'arc-boute, j'écarte les genoux, je plie les jambes, je bombe le ventre, dans une pose animale, préhistorique de gargouille, mes doigts crispés ont empoigné la crinière dorée, à pleins ongles, la manœuvrent, la dirigent, l'obligent. La racine torturée qui s'élève de mon ventre et vibre d'élancements sourds cherche l'asile profond de sa gorge, le trouve, le force, impétueux, tyrannique, je veux cette pipe maintenant et je l'aurai ! Je veux l'aspiration goulue, rythmée, tonique qui va m'arracher l'âme avec le foutre, m'extraire des couilles le plomb fondu qui y mijote, je veux que cette bouche capricieuse et tatillonne devienne la gueule d'un prédateur, béante, distendue par sa proie, je veux la peupler, la bonder, l'épouvanter de ma force et de mon élan, la survolter, la suffoquer, je veux être le gibier captif et vif encore dans la mâchoire du boa, et sentir sur ma chair la puissante, l'inexorable digestion, je veux qu'on me mange et qu'on me boive, et qu'on me transforme en principe de vie, que mon éclatement à l'étroit de ma prison effarée participe d'un divin miracle, d'une transsubstantiation, que ma queue explosive et magnifique supplicie, violente, tue celle qui la reçoit, et qu'elle l'émerveille aussi, qu'elle l'inonde de béatitude, qu'elle la baptise, qu'elle la consacre, qu'elle l'abreuve d'un lait épais, impétueux, intarissable.

Dans ma tête, tous les fantasmes s'enchaînent, se mélangent, toutes les images, toutes les époques, toutes les divagations naïves, enfantines, cruelles, les scènes pornographiques à quatre sous, visionnées dédaigneusement en compagnie des copains trop bon public me reviennent, me bouleversent d'un souvenir soudain torride, je revois les filles humiliées, leurs lèvres rouges élargies, déformées, leur grimace appliquée, leurs hochements spasmodiques, je revois la bite du type qui les contraint, alternativement apparente et masquée, émergeant, huilée, baveuse, replongeant, énorme, farouche, la suceuse pompe avec ses joues, avec ses maxillaires, avec tout son visage révulsé et survolté, le film exacerbe ma fièvre, enflamme au profond de ma conscience un domaine jusque-là étranger, inconnu, de ma fantasmagorie, une zone sans tendresse, à l'affût du douteux, du provocant, de l'interdit, vibrante d'une violence laide. À mes pieds, j'ai moi aussi une pute soumise, défigurée par l'effort, acharnée à me plaire, et ma queue formidable la tourmente et l'oppresse, et j'aime ce travail humble, désespéré, de sa bouche et de ses mains, cette ardeur d'esclave autour de mon fût rétif, cette patience, cette énergie dévouées à mon seul bonheur, le spectacle de mon zob dans sa petite gueule active me bouleverse d'un triomphe orgueilleux et méchant de macho. Je jouis de la dominer, de la réduire, de lui imposer cette tâche dégradante, infamante, je vais lui pisser dans la bouche l'essence de mes sales visions, de mes inavouables chimères, je suis un reître, un bourreau, un salaud, je m'éclate à ce rôle tant redouté, tant évité, j'y trouve une joie grinçante et démoniaque, j'écrase à son menton mes couilles hystériques, je fornique sans retenue entre ses lèvres de femelle asservie, je suis inépuisable, doté d'une force éternelle, je voyage sans fin vers le fond de sa gorge, me cogne à sa luette avec une emphase ébahie. Ces putains de capotes dont elle m'a appris à me servir m'ont faussé quelque chose, érodé la sensibilité, endurci la peau, calfeutré la bite, sans cet entraînement de para, il y a longtemps que je serais parti, j'aurais, à peine franchie sa porte, éclaté en fusées navrantes de célérité et là, putain, c'est incroyable, au comble de l'excitation, tuméfié de désir, crucifié de convoitise, je résiste encore, mon cœur va caler avant moi, je m'entends haleter, râler, le plaisir me déchire sans me délivrer, je presse les paupières sur un catalogue de fantasmes divers, serre les dents sur les mots terribles que je ne prononcerai pas et qui explosent dans ma tête, tonitruants d'obscénité, malheur ! Mon Dieu ! Cette gosse m'a jeté un sort, je bande à lui ébranler les cervicales, à lui décrocher la mâchoire ; et je ne jute toujours pas...

Elle vient de me lâcher. D'un regard plongeant qui vacille, je contemple sa joliesse que ne parvient pas à déshonorer une pose d'ilote. Elle délègue à ma rencontre le feu vermeil de ses prunelles, sa moue de gamine déconcertée. « Comment ça se peut que tu jouis pas ? demande-t-elle. Je t'excite pas assez ? » À la hauteur de son délicieux museau, je dresse un démenti furieux, de bleu veiné, de bordeaux coiffé, rutilant et mûr comme une grosse cerise. Elle insiste pourtant : « Je fais pas bien ? » Sa tendre inquiétude me ramène des rives barbares de la concupiscence en des pâturages plus sereins.

« Tu fais très bien, c'est moi qui n'ai pas l'habitude !

— L'habitude ? s'étonne-t-elle. Ce serait plutôt le contraire, si tu aurais pas l'habitude, tu viens tout de suite !

— Je te le jure, Ellie, jamais personne ne m'a fait ça. Je suis paralysé parce que c'est toi.

— Tu pensais plus à ta femme ?

— Non, je pensais... à des actrices de porno, à des putes... »

J'ai lâché l'aveu avec une franchise égoïste, désireux seulement d'expliciter le mystère qui nous intrigue tous les deux. Ellie, fidèle à la simple candeur avec laquelle elle considère les choses du sexe, ne tique pas, lève seulement des sourcils perplexes et déclare :

« J'ai pas fait peut-être assez la pute, alors. Qu'est-ce que je devais faire ?

— Mais rien de plus, rien de moins, Ellie, je t'assure.

— Peut-être je suçais pas assez fort ? Pas assez vite ? Peut-être j'ai pas aspiré comme avec un goulot bouché qu'on veut déboucher ? Peut-être j'ai pas assez massé tes couilles ? Peut-être j'ai pas retroussé la peau assez loin, flâné ma langue partout et au fond du trou, et... »

Ses adorables mots, la musique de ses mots, la hardiesse de ses images, la grâce de ses fautes, le savoureux roucoulement de ses naïves énormités... Ma bite mélomane se caresse à la mélodie de sa voix, danse à ses trouvailles.

« Ellie, mon Ellie, ce sont tes mots qui me manquaient ! »

Elle fronce une petite mine contrariée.

« Mais je peux pas sucer et parler dans le même moment, Roman ! »

Je la relève, l'étreins, la berce, la pousse doucement vers le lit.

« Viens là, ma princesse. C'est moi qui vais te sucer, et toi, tu vas parler, tu n'arrêteras pas de parler. Tu vas me guider, me demander tout ce qui te plaît, t'excite, et je vais m'appliquer. Tu veux ? »

Je m'imaginais blotti entre ses jambes écartées, accueilli dans le V de ses cuisses béantes. « Attends ! a-t-elle dit. Pas tout de suite ! Si j'ouvre maintenant, c'est moins de plaisir. » Elle a exigé des caresses inattendues sur ses pieds nus, mes pouces fermes et autoritaires sous ses voûtes plantaires frémissantes, mes index indiscrets entre ses orteils que disjoignait l'extase, mes paumes voyageuses autour de ses chevilles et jusqu'à ses mollets. « Remonte, maintenant ! » J'ai remonté ses jambes, gagné des creux poplités palpitants et chauds comme deux bêtes tapies, flatté ses genoux d'adolescente, ronds, durs, nerveux sous la peau fine, me suis attardé à ses longues cuisses habillées de chair tendre, fuselées comme de belles quenouilles. Mais, quoique nue devant moi, elle me refusait encore l'accès au nid blond sur lequel elle serrait des aines de pucelle. J'ai tenté de ruser, de divaguer sur son ventre lisse sans dessein apparent, de l'attendrir de frissons, de l'émouvoir de caresses avec des phalanges vagabondes et faussement oisives, qui feignaient l'égarement d'une errance fortuite aux abords de son fourré. « Non, a-t-elle protesté, pas comme ça. Visite-moi pardessous ! »

Par-dessous ? Elle s'est couchée sur le dos, a levé ensemble deux jambes accolées en queue de sirène, les a tenues droites, siamoises devant moi, et son trésor m'est apparu, insolite, méconnaissable, une balafre vermeille, bien verticale et soudée, dans un écrin de broussailles enfouies, émergeant à peine d'entre le quadruple et voluptueux renflement des cuisses et des fesses. La position m'a désorienté, l'offrande décontenancé. Ellie a fouaillé mon inertie perplexe d'impératifs sans appel :

« Tu bouffes tout, les poils et le chair. Tu bouffes, tu mordilles, tu tires, tu essayes de séparer les deux moitiés avec ta langue, tu vois, tu passes ta langue dans le fente, de l'en haut jusqu'en bas, et si tu réussis bien, tu verras que tu ouvres ma chatte doucement comme une fenêtre, tu sentiras la clito qui sort sa tête, et toutes les feuilles de ma fleur qui se réveillent... »

J'ai avancé une bouche inquiète, rencontré sous mes lèvres un animal au crin serré, odorant. Je suis resté un moment ainsi, immobile, à le humer, sans oser bouger, les narines et tout l'épiderme en alerte devant cet inconnu hermétique qu'il allait falloir conquérir. Du nez, j'ai amorcé une reconnaissance qui s'apparentait à la bourrade de l'agneau qui veut téter. L'animal a frémi, j'ai éprouvé l'élasticité troublante de sa chair sous la fourrure moins imperméable. La voix d'Ellie a secoué la torpeur bienheureuse où je m'abandonnais, la tête bourdonnante de senteurs vertigineuses. « Lèche-moi comme une enveloppe ! »

Ses désirs étaient des ordres. J'ai promené ma langue docile au long du pli où elle me réclamait, ainsi qu'on scelle un courrier, lentement, méthodiquement. J'ai senti l'effet paradoxal de mes soins, qui, loin de la cacheter, de la claquemurer sur son secret, commençaient à la disjoindre. La mince lézarde difficilement perceptible dans les fouillis de son taillis s'évasait, gagnait à mes coups de langue une ampleur, une profondeur humide entre des rives grasses. « Maintenant, dit-elle, mange-moi, avec toute ta bouche. » Mes dents, avec une sorte de terreur, se sont ouvertes et refermées, attrapant ensemble la rivière et ses berges herbues, ont fait mine de broyer la chair tendre, qui gonflait dans ma bouche. Ma langue s'irritait à l'ivraie du rivage, détrempait les abords, devenus marécages, poussait loin son enquête, s'émerveillait à des régions plus douces, à peine salées, onctueuses, mais étroites encore, qui accueillaient ma visite avec une exaspérante retenue. Et, soudain, le paysage s'est métamorphosé, sous ma bouche la végétation des bords a fui, s'est partagée, retirée au pourtour d'un paradis soyeux. Elle venait d'écarter les jambes, de déployer la géographie merveilleuse de son sexe, le chardon s'était fait pivoine, une fleur veloutée, charnue, feuilletée, offerte à ma gourmandise, abandonnée au butin... Mes lèvres ont élargi leur baiser aux dimensions de l'offrande, je me suis embarqué dans un bouche-à-bouche fiévreux, exigeant, glouton ; à mes succions, à mes déprédations, elle répondait par des coups de reins de poisson hors de l'eau, par des soupirs, par des injonctions exaltées : « Oui ! la clito, tire-la ! Oui, mets ta langue partout ! Fais-la pointue ! Plus ! Moins. Moins pointue, là. Pointue que dans le trou ! Mets une doigt aussi, ouvre bien grand, en même temps que tu bois, bois fort, plus fort, la petite bouche du milieu, en même temps bouge ta doigt, deux même, mets deux ! » Elle criait, d'une voix enrouée, ma diablesse, tordue d'extase, les jambes hautes, le ventre bondissant, le cul béant, ses mains sur ma tête m'acclamaient, me fustigeaient, cravachaient mon zèle, guidaient mon tempo, l'intérieur de ses cuisses de satin battait sur mes oreilles une mesure de papillon frénétique, un instant j'ai pensé qu'on devait l'entendre des chambres voisines, et même de tout l'hôtel, qu'on devait s'être tu partout aux alentours pour mieux suivre son périple, écouter ses commentaires éloquents, ses mots abominables, ses cris de gorge, ses jappements voluptueux, ses abois enivrés. Je suis devenu fou d'orgueil, fou du bonheur que je lui donnais et de cette confiance avec laquelle elle me laissait fouiller en elle, fouir avec ma langue, avec mes doigts, avec mon cœur à la recherche de ses ultimes barrières, à la poursuite de sa joie étincelante. J'ai devancé l'appel là où elle n'avait pas encore songé à m'inviter, j'ai planté un pouce dans son cul magnifique, serré et pourtant aisément investi, et elle a joui enfin, ouverte au-delà du possible, renversée pour recevoir mes dons, saccagée de délices, balbutiant sa béatitude, haletant sa gratitude, hurlant au ciel stupéfait mon prénom comme on glorifie un dieu...

Je n'avais pas cessé de bander. Elle a haussé vers moi un regard halluciné qui revenait d'au-delà de la Terre, errait encore en des sphères bien loin du raisonnable : « Viens ! Roman, viens ! C'est maintenant qu'il faut le faire ! » L'odyssée ne l'avait privée ni de mémoire ni de résolution. « Viens ! Viens ! »

J'ai abandonné ce qui me restait de vêtement, me suis couché sur elle, l'ai laissée guider mon abordage. Elle m'avait saisi par le gouvernail, d'une menotte enchantée. « Oh ! Tu es dur,

Roman, tu es gros, tu vas jouir cette fois, me donner beaucoup, beaucoup, tu as vu que j'ai confiance, que je t'ai laissé sucer ma chatte, tu vas envoyer tout ce que tu as, tout ce que tu peux... » Je suis entré en elle tout nu, pour la première fois. Son plaisir l'avait mouillée, élargie, je sentais ses rives douces et lointaines, j'y ai bercé ma queue avec une feinte emphase, rassuré, soulagé de savoir encore maîtriser ma passion, régler mon voyage. L'amour me rendait héroïque et sûr, j'ai navigué un peu, assez longtemps pour être crédible, j'ai accéléré l'assaut, cogné comme il fallait mon bélier à sa porte, j'ai gémi de ma contrainte quand elle me pensait tout près de la reddition. Elle a dit : « Vas-y, Roman ! Viens ! Viens ! » J'ai tétanisé sur sa chair des poings de menteur, me mordant les lèvres dans ma rétention sublime, j'ai fermé les yeux, moins pour peaufiner mon rôle que pour ne pas la voir au moment où je la trahissais, j'ai murmuré un aveu confus et balbutiant, la honte m'aurait empêché de crier, la honte et la peur de me prendre à mon jeu. Ellie, accrochée à mon cou, roucoulait son ravissement : « Ça y est ! Ça y est, Roman ! Laisse-toi jouir longtemps, longtemps, oh ! Jouis bien. » J'ai scandé, de cinq ou six han meurtris, les à-coups de mon faux abandon, et je suis resté là, sur elle, lourd, si lourd de mon désir frustré, de mon bonheur sacrifié. Plus lourd encore de mon mensonge, de mon calcul vilain, et de sa joie à elle, reconnaissante et bavarde.

« Oh ! Roman ! Merci ! Merci ! Je suis sûre, sûre, ça marchera ! Tu peux pas savoir comme je suis heureuse ! »

Elle me caressait les cheveux, elle a relevé mon

visage, à deux mains, pour m'embrasser, pour m'offrir son regard heureux.

« Je pleurerais presque, Roman. »

Ses yeux brillaient. J'ai dit :

« Moi aussi, presque. »

Et j'ai laissé couler mes larmes.

VIII

Le temps s'est soudainement accéléré. Je ne revois des trois jours, des trois nuits qui me restaient encore, que des flashes bizarres, intempestifs, oubliés sitôt que vécus, dans les bras d'Ellie où je replongeais inlassablement. J'avais d'elle une soif inextinguible qui me ramenait à son lit, à son corps de plume, à ses mots flamboyants, à son âme si différente. Mais j'avais amorcé un processus terrible et sans retour possible. À chaque étreinte à présent, elle exigeait le même don, elle parlait de l'enfant que nous faisions, elle m'encourageait à des prestations répétées, toniques, naïvement ignorante de ma comédie, pas même étonnée que je puisse, phénix trompeur, renaître si vite, si orgueilleusement de ce qu'elle prenait pour mes cendres, et qui n'était qu'un long brasier, sans cesse attisé, jamais conjuré. Les caresses prudentes du début de notre histoire qui m'avaient exaspéré d'impatience, et, quoique séduit par leur invention et leur nouveauté, frustré jusqu'à l'égarement, me manquaient affreusement. J'eusse donné beaucoup pour la voir revenir à ces pratiques d'adolescente invertie, de jeune fille prévenue, pour m'abandonner sans honte ni arrière-pensée à l'impétuosité du désir qui bouillait en moi, et éclater, comme aux premiers jours, en geysers libérateurs... J'avais tout appris très vite, très facilement, tout retenu de ses enseignements. Les délices de l'exhibition, la délectation du voyeurisme, la joie primaire des jeux de gosse, l'ivresse des défis, et la divine contention, quasi involontaire, surprenante, advenue avec l'usage de ce préservatif dont elle ne voulait pas se passer. Comme je le regrettais, à présent, ce caoutchouc salvateur, qui m'autorisait, après de longs voyages, l'arrivée à un but explosif !... Or voilà que, sans lui, je pouvais domestiquer ma convoitise, l'organiser à ma fantaisie, la soumettre à mon rythme, et résister longtemps à la montée du plaisir, à son assaut tyrannique. Mais pourrais-je résister toujours, et pourrais-je mentir toujours, quand, retiré du ventre d'Ellie tout pantelant de ma prouesse clandestine, j'étais remercié à l'égal d'un dieu pour un présent que je venais de refuser, qui pesait à mon cœur le poids du remords, et me gonflait la queue d'une vindicte de plus en plus arrogante ? À chaque appel d'Ellie, j'étais prêt, de plus en plus vite et fermement prêt, de plus en plus nerveux dans mon élan, de plus en plus inquiet : allais-je tenir, cette fois encore, allais-je jouer mon sale rôle de généreux inséminateur, convaincu, formidable, inépuisable, allais-je craquer, me laisser voler malgré moi ce que j'avais décidé de sauvegarder, coûte que coûte : l'espoir de la revoir, avec la certitude qu'elle ne pouvait être comblée ? Et n'allais-je pas aussi, à ce jeu solitaire, cruel, inhumain, détruire ma spontanéité perdue, en même temps que mon âme, la faculté d'un bonheur facile, vite conquis, simplement savouré ? Si plus jamais je n'étais capable de jouir ? Si je tarissais en moi, au béton de ma vigilance, la source bénie qui jusqu'alors n'avait jamais demandé d'autorisation pour surgir ? Cette candide angoisse m'entraîna deux fois dans le secret de la salle de bains, m'y incita à une vérification échevelée, sans gloire ni méthode, compromise par la seule présence d'Ellie dans la chambre voisine, et soldée par un échec qui ajouta à mes affres.

En pointillé dans le souvenir mêlé, confus, des heures inlassables que nous avons passées au lit, me reviennent des entractes dont je ne sais plus l'ordre chronologique, ni l'exacte durée, et qui passèrent sur moi sans distraire mon omniprésent souci : aimer Ellie de toutes mes forces, cultiver chaque instant de sa présence, m'employer, dussé-je devenir fou, ou radicalement inapte à l'orgasme, à ménager son retour. Je me souviens qu'un soir, assez tard dans la nuit, des cris sont montés jusqu'à nous du rez-de-chaussée de l'hôtel. Nous avons tendu l'oreille au brouhaha ; on percevait des chocs sourds, une agitation alarmante. Il y a eu un bruit de vitre cassée, et soudain quelqu'un a hurlé au secours, une voix de femme paniquée, en sanglots. Ellie a dressé entre les draps sa poitrine de nymphette, son visage grave, elle a arrondi les yeux, à l'écoute de cet appel, renouvelé deux ou trois fois, elle a ordonné : « Vas-y, Roman ! »

Je ne me suis pas posé de questions, j'ai enfilé mon jean et je suis descendu, pieds nus, torse nu, vers l'épicentre du tumulte : le bar où régnait un chaos digne des meilleures scènes de western. Markus était allongé par terre, le sourcil en sang, dans des débris de miroirs et de bouteilles, le François et le Lulu tenaient, chacun par un bras, le Julien qui ruait comme un diable, l'écume aux lèvres, sa gueule de Cro-Magnon crispée dans une menace prognathe, une fille pleurait en se tenant l'oreille, une autre tentait de la calmer d'un bras à son épaule, Jenny accourait de la cuisine avec une cuvette et un torchon, quelques clients étrangers, à l'orée du séisme, jactaient en rosbif, commentaient, s'indignaient, certains souriaient d'un sourire incrédule et niais, l'Antoine, avachi dans un coin, abasourdi d'alcool, grommelait dans son coude... Le François m'a aperçu, sans s'attarder à ma mise, il m'a gueulé : « Viens pour aider ! » parce que le Julien se débattait en grinçant des dents, les yeux fous, les poings convulsés. Je n'ai pas réfléchi une seconde, mon bras est parti tout seul, ma main, refermée en une pelote dense, lui a éclaté dans la gueule, je venais d'envoyer la première patate de ma vie ; une douleur joyeuse m'a brûlé les doigts. Ivre de mon assurance nouvelle, j'ai saisi au vol la bassine de Jenny, ai complété l'uppercut par un jet d'eau froide. Le Julien, sonné, trempé, est devenu mou, son œil s'est fermé sous son arcade préhistorique, ses poings se sont ouverts, ses soubresauts ont cessé. Il a dit : « Lâchez-moi, nom de Dieu ! » avec sa grosse voix rogue, ils l'ont lâché. Avant de s'en aller, d'un pas trébuchant qui écrasait les tessons, il a craché vers moi : « Bien sûr, t'es du côté des putes, puisque tu couches avec ! » L'Antoine a reniflé, a décrété : « Toutes des saâl'tés ! » avant de replonger dans son coma. La fille en pleurs se livrait à l'examen de deux bonnes femmes qui soulevaient précautionneusement ses cheveux sur son oreille sanglante. Le François m'a expliqué : « Elle buvait un coup au bar sur un tabouret, gentiment, en parlant avec ses copines. Le Julien a pris les abeilles, il l'a traitée de pute, trois ou quatre fois, elle rigolait, la pauvre, elle comprenait rien, alors il l'a chopée par la boucle d'oreille, l'a jetée en bas du tabouret. » Le Lulu hochait une mine navrée, toute pénétrée d'une tristesse inoffensive et dépassée. « Markus a pris une bouteille sur la tronche, on a cru que tout le monde allait y passer, avec cet enfoiré, nom de Gu ! » J'ai suggéré qu'on devrait peut-être appeler la police, en tout cas un docteur. Mais Markus soulevait déjà sa bouille débonnaire :

« Pas le docteur, pas la peine. »

Jenny le bassinait, à genoux. Elle m'a demandé :

« Tu veux que les flics te trouvent là ? Tu veux déposer ? »

Elle commençait à m'emmerder avec ses airs moralisateurs.

« Pourquoi pas ? J'ai rien à me reprocher !

— C'est toi qui vois, a-t-elle répondu, en sondant la coupure de Markus entre deux doigts.

— Va te coucher, va ! » a conseillé le François.

Et l'Antoine a redit :

« Toutes des saâl'tés. »

Il y a eu aussi nos sorties dans le village. On est allés manger chez les Danois, à la Meije. Un hôtel-restaurant qui a dû être tenu deux ans par son propriétaire, puis loué à un tour operator étranger.

Là, j'étais sûr de ne rencontrer aucun des satellites de la bande. Mon apparition dévêtue dans le bar de l'Edelweiss avait confirmé ce que tout le monde savait déjà, et je n'avais pas envie de me heurter à des commentaires imbéciles, à des allusions grossières, à des silences embarrassés. D'autant plus que j'étais en compagnie d'Ellie et désireux de la protéger de l'outrageuse xénophobie de la plupart des autochtones de Valdoré.

Mais le village avait d'autres préoccupations. Un vent de folie venait de s'emparer des hôtels principaux, de la place, de la gare. On montait des podiums, on installait des haut-parleurs, des camions de télévision vomissaient des équipes entières qui s'engouffraient, bétacam à l'épaule, dans les bulles et dans la grande benne. Les gosses du pays ne déguerpissaient plus, s'agglutinaient comme des mouches autour des techniciens qui réglaient, dans leur studio roulant, des appareils sophistiqués et mystérieux. Je me suis surpris à regretter, dans toute cette kermesse, l'absence de Guillaume. Il se passait à Valdoré quelque chose qui l'aurait sans doute passionné ! J'imaginais ses copains, à son retour, excitant son dépit : « Tu as tout raté, c'était super ! » Ça me faisait mal, une petite douleur supportable mais lancinante, comme si j'étais responsable de son absence. En fait, j'en étais responsable. Cette découverte compte au nombre des flashes trouant, avec plus ou moins d'acuité, mon long tête-à-tête amoureux. J'en étais responsable par contumace, par passivité, par désintérêt des choses de la vie de mon fils, et de la vie de Valdoré. Je prenais conscience tout à coup que, quoi qu'il arrive, je ne m'impliquais jamais. Mes origines semi-émigrées me gardaient peut-être de tout investissement, l'impression aussi d'être venu au monde sans captiver personne, en décevant l'espoir de ma mère qui attendait une fille, la fierté de mon père qui aurait voulu un cadet aussi débrouillard et intrépide que son aîné. J'avais tenu secrets mes modestes dons et mes grandes hantises, m'encotonnant du leurre rassurant de ne nourrir aucune aspiration pour me préserver de la désillusion, redoutant des découvertes et des sentiments qui eussent bouleversé l'ordre aseptisé, anémié de mon existence. Je vivais comme un escargot, épaississant ma coquille avec les années, souvent fermé au monde et, lors de mes ouvertures, tâtonnant, cauteleux, mou et rampant...

Si Guillaume était ailleurs, c'était ma faute. Je n'avais jamais pensé à le retenir, avec sa mère, jamais pensé à appréhender ne fût-ce qu'une heure de leur absence, jamais envisagé qu'ils pussent me manquer, et encore moins que je leur manque, moi. De Nice, Agnès téléphonait, déclarait : « Tu me manques. » Une fois, je lui ai demandé : « Pourquoi pars-tu, alors ? Tu n'es pas obligée. » Elle a répondu : « Je voudrais te manquer aussi. Je te manque ? » J'ai sûrement dit oui vaguement, sans y croire, sans enthousiasme, comme chaque fois qu'elle me posait la question. Je trouvais idiote sa démarche qui consistait à s'infliger l'éloignement, à vouloir me l'infliger aussi, pour sauvegarder, voire susciter, un mal dont je ne voyais pas le profit. En fait, je ne la croyais pas lorsqu'elle affirmait : « Je voudrais te manquer aussi. » Là n'était pas la seule raison de ses départs, peut-être même n'était-ce pas une raison du tout. Elle partait pour voir sa mère, pour dépayser Guillaume, pour fuir Valdoré qui lui pesait au plus fort de la saison. Sa sœur le lui reprochait : « Tu t'en vas quand il y a le plus de monde ! C'est pas bien pour le tabac ! » Agnès répondait : « Je m'en vais quand il est encore temps. » À la lumière de ses confidences, j'hésitais à comprendre s'il était temps pour elle, peut-être exaspérée par son commerce, ou pour nous, pour notre couple ronronnant, notre histoire sans relief. Le piment de la séparation parvenait à épicer, il est vrai, le soir des retrouvailles. Je la prenais deux fois, elle me semblait plus réceptive qu'à l'ordinaire, toujours muette et passive, mais d'une tendresse soupirante qui la nouait à moi pour le reste de la nuit. Le lendemain, la vie reprenait son cours monotone, sa platitude soporifique. Guillaume, lui, faisait partie, pour moi, des bagages de sa mère. Il m'embrassait en revenant, très vite. Il était pressé de revoir les copains. Il courait vers eux, leur racontait ses vacances. À moi, il ne les racontait pas, il faut dire que je ne l'y avais jamais encouragé, vite impatienté par ses bégaiements, ses hésitations, ses maladresses de syntaxe qui faisaient de toute tentative de récit un charabia échevelé et incompréhensible.

J'avais pensé à tout cela en claudiquant sur le chemin de mon appartement, où je passais me changer, c'était peut-être le mercredi. Une impulsion m'a penché sur la photo du téléphone, sur le téléphone lui-même. J'ai appelé chez ma belle-mère, demandé à parler à Guillaume. Mon second appel en deux jours l'intriguait visiblement. Elle m'a passé le gosse, après quelques exclamations révélatrices et pas mal de points de suspension.

« Allô ? Guillaume ? C'est papa !

— Papa ?

— Comment vas-tu ?

— ... Bien... Tu veux qu'on revienne ?

— Non, pas du tout. Je veux que tu me racontes ce que tu as fait hier.

— Hier ? J'ai rien fait ! Rien de mal ! Maman t'a dit quelque chose ?

— Non, maman ne m'a rien dit ! Tu n'as rien fait de mal. Je veux juste savoir comment tu t'es occupé.

— Pourquoi ?
— Pour savoir.
— Tu veux savoir si j'ai fait mes tables ?
— Quelles tables ?
— De multiplication !
— Non, je veux savoir à quoi tu as joué, si tu es sorti, ce que tu as vu...
— Tu t'embêtes avec ta jambe ?
— Non, Guillaume, je ne m'embête pas, je pense à toi, c'est tout, je me demande ce que tu deviens.
— Mamie dit que je deviens raisonnable, et un peu moins brun.
— Bon. Tu ne veux pas me raconter ta journée d'hier ?
— Si ! Heu... C'est papa, maman ! Il veut savoir ma journée d'hier. Je te le passe ! »
Il s'est éclipsé, sans doute appelé à une occupation importante, soulagé, s'en remettant à sa mère pour une narration dont l'intérêt lui échappait.
« Romain ? On est allés au marché aux fleurs le matin, à la plage l'après-midi. Il faisait bon. Pourquoi ?
— J'aurais voulu que ce soit lui qui me le dise !
— Pourquoi ?
— Il ne me parle jamais !
— Tu t'embêtes avec ta jambe ? Tu veux qu'on rentre ?
— Non, Agnès, je ne m'embête pas, je ne veux pas que vous rentriez ! »
J'ai raccroché, brutalement. Je n'aurais pas dû. Le téléphone a tout de suite résonné.
« Romain ? »
Ah ! Josy ! Je l'avais oubliée, celle-là.
« Enfin chez toi ! C'est pas trop tôt ! Je pen-

sais qu'avec ton arrêt tu pourrais t'occuper de la boutique. C'est idiot que je monte de Bourg tous les jours alors que tu ne fais rien.

— Ne compte pas sur moi, Josy. Je suis très occupé.

— Et tu t'en vantes ! Tu as un sacré culot ! En plus tu appelles ma sœur pour lui dire des sornettes, lui raccrocher au nez. Elle va rappliquer, tu sais ! Elle se doute de quelque chose.

— Josy, j'ai appelé mon fils, je n'ai dit aucune sornette, et je te préviens que si tu fous la merde, si tu racontes quoi que ce soit à Agnès, je t'étrangle !

— Elle n'aura pas besoin de moi, va ! Tout le monde va lui dire...

— Personne ne lui dira rien, c'est moi qui la mettrai au courant ! »

Ma résolution semble interloquer Josy qui interrompt une seconde ses couinements aigres. Et soudain, sa voix change, plus basse, plus posée, elle ne menace plus, ne fulmine plus, elle implore :

« Romain, écoute, ne dis rien, ne fais rien, il faut que je te parle d'abord. Il faut absolument qu'on se voie.

— Vendredi alors. Jusque-là, tu rassures Agnès, tu lui expliques que je vais très bien ; et tu me lâches. »

C'était le jeudi soir. Le dernier. Le spectre de la séparation rôdait, assombrissait la pièce de son aile noire, étouffait nos voix, pesait à mon cœur son poids sinistre et froid. Nous n'avions envie de sortir ni l'un ni l'autre. D'ailleurs, dans l'après-midi, Ellie s'était absentée un long moment, sans explication. Je l'avais vue se parer, coiffer avec soin ses mèches folles en un chignon plus discipliné, revêtir sous son anorak turquoise un pantalon brillant très habillé, un pull savamment torsadé. Elle avait pris un attaché-case, m'avait embrassé : « À tout à l'heure ! »

À son retour, j'avais tenté une enquête précise, las de ses mystères, vexé d'en être tenu à l'écart, alors que, visiblement, dans le village, on commençait à parler d'elle avec une familiarité renseignée.

« Ellie, dis-moi un peu ! Dis-moi qui tu es ! Jenny, Markus et les autres ont l'air de savoir des choses que j'ignore. Je suis descendu au bar, j'ai surpris leur conversation. Ils se sont tus devant moi, moi aussi je me suis tu. Je me suis senti très con.

— Ils savent rien plus que toi !

— À les entendre, tu es venue pour les jeux, tu es une sorte de coordonnatrice.

— Je te l'avais expliqué que j'étais là pour repérages !

— C'était vague. Tu repères quoi ?

— Les lieux où tous ces types vont habiter, les conditions de l'hébergement, l'organisation des épreuves.

— En tant que ?

— Présidente d'une association de sportifs handicapés européens.

— Qu'est-ce que tu faisais dans les bulles, le premier jour ?

— J'allais voir l'accès des pistes, me rendre compte. C'est mon job. Je dois vérifier une foule de trucs, parler aux responsables, penser à des choses que personne penserait.

— Tu ne fais rien d'autre dans la vie ? »

Elle a écarquillé ses prunelles jaspées.

— Ça suffit pas ? C'est un gros travail. Avant les épreuves, le courrier, le téléphone. Sur place, le logistique, et traduire pour eux, être à leur disposition, les rassurer, les diriger, et puis, je m'occupe des médias, pour faire connaître l'association. Je fais la *press relation*, c'est absolument nécessaire.

— Et ton mec, là-dedans ?

— Et mon mec ! Très occupant aussi !

— Dire que je te voyais comme une touriste étrange, une sorte de...

— D'actrice, oui, tu l'as dit, un peu pute sur les bords, qui venait reposer ses fesses ici. Alors, avec toi, c'était raté ! »

Son éclat de rire ne parvient pas à ensoleiller ce crépuscule terne qui devrait voir nos mirobolants adieux, si l'inspiration ne nous manquait pas, si j'avais le courage, la foi...

« Comment es-tu arrivée à ce boulot, Ellie ? Ça me semble tellement loin de toi !...

— Oh ! Toute une histoire ! C'est les surprises de la vie, ça...

— Ellie ! Je sais qu'il est sûrement inutile de te poser cette question, mais je m'en voudrais demain si je ne te l'avais pas posée : est-ce que tu crois impossible, totalement impossible, que la vie te réserve d'autres surprises ?

— Bien sûr que non !

— Attends ! Je veux dire, est-ce que tu crois que tu es définitivement fixée, que tu ne changeras jamais ?...

— ... De mec, tu veux dire ? Tu me demandes si ça serait possible que je lâche tout pour continuer avec toi ? C'est gentil de me poser la question, Roman, même si tu connais la réponse, c'est gentil et digne d'un gentleman. Mais je lâcherai rien, ni l'association, ni le mec, ni rien, parce qu'ils ont tous besoin de moi, et que je vis de ça, de cette besoin.

— Et si moi aussi, j'ai besoin de toi ?

— Non, Roman. Toi, tu es celui que les autres ont besoin. Même si je serais libre, je me mettrais pas avec un type qui dit à sa femme, à son enfant : "Débrouillez-vous sans moi, j'en laisse tomber deux pour m'occuper que d'une." C'est un calcul très bête, mais c'est comme ça que je pense.

— Et l'enfant que je t'ai peut-être fait ? Ah ! Deux à deux !

— Tu sais que je l'ai voulu pour le donner à un autre. Tu sais qu'il ne serait pas seul avec moi, qu'il aurait un père. Mais, de toute façon, il ne compte pas, celui-là, tu le sais aussi, il n'existe pas. Il ne peut pas exister.

— Pourquoi ?

— Tu crois que je m'ai pas aperçue que tu te retiens ? Tu crois qu'on peut tromper une femme tout le temps, comme ça ? La première fois, peut-être. La deuxième aussi. Après, elle est pas si bête... Tu reproches que je t'ai pas donné beaucoup de détails sur mon existence. Au moins, moi j'ai pas dit de mensonges !

— Ellie, je te demande pardon. Je tenais vraiment, terriblement, à te revoir.

— Et moi, tu imagines que j'ai envie de revoir un menteur ? J'étais si contente, Roman ! Tu as dû te foutre de moi, dans ton intérieur, quand je te faisais des remerciements !

— J'étais malheureux, affreusement honteux. Si tu veux, il nous reste encore cette nuit. Je ne tricherai pas.

— Je veux pas ça, Roman. L'enfant de l'adieu, de la tristesse, de la regret. Je voulais un vrai cadeau, généreux, pas un façon de t'excuser. Je reviendrai, pouisque tu espérais si fort. Mais tu me donneras quelque chose en plus de l'enfant, quelque chose de grand, de beau. Je veux pas l'enfant d'un menteur qui pleurniche, je veux l'enfant d'un héros.

— Que vais-je pouvoir te donner, Ellie ? Demande.

— Tu me donneras ta vertige, ta mémoire, ta terreur. On ira dans la téléphérique. Quand tu te sentiras capable, tu m'appelleras et je viendrai. Et on ira tous les deux dans la téléphérique. Et je souhaite que ce jour-là tu seras très peur, peut-être moi aussi. Et ensemble, comme le jour de notre rencontre, nous dominerons ce peur. Alors, après, dans l'émotion de la victoire, nous ferons l'enfant. »

Du coup, notre dernière nuit a été bizarre. Une pudeur idiote a paralysé mes rêves, mes élans. Alors que j'aurais pu, que j'aurais dû lui faire l'amour comme un fou, je n'osais plus l'entreprendre, ne sachant s'il me fallait m'armer à nouveau d'un préservatif pour respecter son exigence : ne lui faire un enfant que lorsque j'en serai digne, ou bien assuré quoi qu'il advienne de son retour, si je pouvais enfin me laisser aller à un abandon total, délivré de mes calculs et de mes hantises. En fait, il me semblait que l'abandon m'était devenu impossible, sans que je ne songe plus à incriminer mon spartiate entraînement à la résistance. C'était une culpabilité, une gêne poisseuse qui m'interdisaient désormais de convoiter son ventre pour y exploser d'un juste bonheur d'homme simple. Quelque chose avait été faussé dans nos relations par ma faute, je me retrouvais au seuil de cette ultime nuit plus empêtré de retenues et de scrupules qu'au premier soir, avec la désespérante impression de devoir perdre incessamment ce que je n'avais pas su conquérir vraiment, ce que je n'avais fait qu'entrevoir. Je déambulais dans la chambre tandis qu'elle faisait ses bagages, pénétré de mon inutilité, noué d'une angoisse imprécise qui me donnait envie de fuir ou de me jeter en sanglots dans ses bras. J'avais besoin, vaguement, d'un éclat, d'une grande scène, avec des cris, des larmes, des reproches, des prières, besoin de lui gueuler : « Ne me quitte pas », de me traîner à ses pieds, de pleurer longtemps, je ne me sentais ni vraiment incompris, ni vraiment absous, mais en tout cas très seul. Ellie ne manifestait aucune peine, elle pliait avec détachement des vêtements que je lui avais vu porter au fil de notre brève histoire, je reconnaissais la combinaison noire que j'avais essorée avec des tendresses de père, le pull moulant du soir du bal, sur lequel j'avais promené mes mains enfiévrées, le pull noir dans lequel elle était réapparue, le mardi, après une absence que j'avais failli prendre pour une trahison. Elle rangeait tout cela dans un grand sac, méthodiquement, sans émoi. J'étais tenté de lui dire : « Donne-moi quelque chose, ce pull, celui-là, tout imprégné de ton odeur, et que je garderai, que je respirerai tous les jours, pour ne pas te perdre tout à fait. » Elle venait d'attraper un tricot de plus, celui du dimanche, rayé de fuchsia, de turquoise et de bouton-d'or. Tout un arc-en-ciel gai qui me mettait la mort dans l'âme. En le prenant sur l'étagère de l'armoire, elle avait fait tomber quelque chose, qu'elle a ramassé, avec un petit rire doux. « Regarde, Roman ! » Elle m'a tendu l'objet : une boîte de préservatifs, identique à celle que j'avais prise au distributeur de Bourg-d'Oisans, le dimanche soir.

« Tu sais ce que c'est ? C'est un mensonge que j'ai fait, moi aussi. Ou plutôt, comment dire ? Une oubliette.

— Une omission ?

— Peut-être. Tu te rappelles quand tu es entré dans ma chambre, dimanche pendant que je n'y étais pas ? C'était après la scène bête du collier.

— Du Colet, je me rappelle. Tu portais ce pull-là !

— Oui, et nous avons quitté froidement, et j'ai eu un chagrin. Je descendis à Bourg-Doison, avec des gens de l'hôtel, j'achetais ça à la pharmacie.

— Pour moi ?

— Pour nous ! Je trouvais triste ne pas te revoir. Je reviens dans la chambre, tu es là, je fais la gueule, je ne dis rien. Après, tu sors les condoms. J'oubliai les miens. J'étais heureuse.

— Moi aussi, Ellie, j'étais heureux. Et ce soir, aussi, tu vois, je suis triste et heureux à la fois.

— Pourquoi ?

— Triste de te quitter, et heureux de cette boîte que tu t'es procurée. J'avais l'impression d'avoir tout demandé, tout attendu de toi, l'impression que cette demande, que cette attente étaient à sens unique, l'impression de te laisser beaucoup plus indifférente et sereine que je ne le suis.

— Indifférente et sereine, c'est pas le même, Roman. Je suis pas indifférente, mais, oui, sereine, je pense. Je suis sereine parce que je sais où je vais, où je retourne, au moins. Tiens ! Je te la donne ! »

Elle m'a donné la boîte avec un de ses gestes

spontanés, enfantins, dont elle a le secret. J'ai osé proposer :

« Tu veux qu'on s'en serve ?

— Non, a-t-elle dit. Ni avec ni sans. Il faut recommencer de rien, et préparer l'avenir. Viens là ! »

Elle m'a appelé vers la fenêtre. Par terre, contre le mur, était posé le grand miroir de la table de toilette qui, menaçant de tomber, avait été décroché par la femme de ménage. En m'appuyant à la fenêtre, je ne me voyais dans cette glace que des pieds à la taille. Ellie, derrière moi, se blottissait dans mon dos.

« Regarde ! dit-elle. Pas de tête, que le bas des deux corps. Imagine que c'est pas nous, qu'on est dans un sorte de cinéma, devant un film. Je serai ce soir cette *actress* porno que tu pensais. »

J'ai vu ses mains sur mon pantalon procéder à une lente investigation, se promener avec des langueurs de courtisane, se poser sur mes hanches, converger vers mon ventre, se rejoindre à ma braguette, s'y occuper à un dégrafage ostentatoire et solennel. Je n'ai pas cherché à résister. Le spectacle de ces doigts déliés, agiles sur mes boutons avait quelque chose de passionnant. Le type qui se prêtait à ce strip-tease en écartant les jambes, en cambrant les reins, dans le miroir, ce n'était pas moi. Moi, j'étais le cerveau, le metteur en scène, beaucoup plus loin, beaucoup plus haut, symboliquement coupé en deux par la limite de la glace : en bas, la chair, le sexe, l'instinct du plaisir, de la survie, le bonheur simple de la caresse animale, du rut qui me gonflait déjà d'un sang jeune et vif qui battait dans mes veines, m'emmenait vers la joie d'une union primitive. Au-dessus, invisible, tout-puissant, le centre des commandes, le quartier des sentiments, des jugements, des errances et des chagrins, le moteur à fantasmes et à regrets, le berceau des complexes, l'usine des plaisirs frelatés. Étrange duplicité : je me voyais réagir en brute pacifique, onduler sous les paumes persuasives d'Ellie, me livrer à ses phalanges expertes, je jouissais de cette scène comme si elle était jouée par un autre, et, dans le même instant, je pouvais réagir, coordonner, disposer, savourant l'ineffable volupté d'une autorité perverse, à la limite du sadisme, tandis que, l'ordre exécuté aussitôt que reçu, la délectation masochiste de l'obéissance aveugle me comblait d'une excitation jusque-là inconnue. Je découvrais mon corps, cette partie précise de mon corps enflée d'espoirs, vibrante de sensualité, comme sur un écran. Ma bite m'apparaissait insolite, étrangère, fascinante, loin de l'identité de mon visage. Elle bougeait entre les mains d'Ellie avec une lenteur reptilienne, lourde et précise à la fois, hissait par à-coups troublants une tête plombée, gorgée de son propre poids, orientait sa gueule mauve vers des cintres invisibles ; sous son cou de boa, turgide et musclé, les mains d'Ellie se rejoignaient pour une prière impie, une offrande sacrilège, mes couilles reposaient dans la conque de ses doigts impudiques, mon ventre même, barré d'un totem méconnaissable, me semblait inconnu, avec sa toison noire et l'onde bienheureuse qu'y déclenchait, à gestes incantatoires, une prêtresse anonyme embusquée derrière moi.

Et puis, la passivité m'a lassé. J'ai envisagé un autre jeu. Asservi à ma fantaisie, l'acteur, dans la glace, a bougé, a piétiné un bref ballet de danseur de fandango, et c'est elle qui s'est retrouvée au premier plan, elle, l'actrice sans visage, vite déshabillée, exécutant un petit trot nerveux pour se débarrasser du fuseau tombé à ses chevilles. Dans le miroir, ses jambes nues apparaissent, ses hanches voluptueuses, son ventre doucement bombé, souligné d'un triangle pourpre : une culotte de satin, étoffe devant, ficelle derrière, qui signale plus qu'elle ne masque les délices les plus secrètes de son corps. Des mains d'homme s'insinuent sous l'illusoire protection du cache-sexe, le tendent de leurs fouilles fébriles, le malmènent, en roulent les bords, voilà le slip réduit, sur le pubis blond, à sa plus simple expression, aussi mince que du côté pile, et disparaissant entre les lèvres pulpeuses qu'ombrage un crin nerveux. La fille disjoint les cuisses, avance le bassin, son partenaire joue à tirer de plus en plus fort sur le cordon roulotté de son slip qui la fend profond. Une des mains de l'homme manipule l'étoffe au niveau du nombril, une autre, derrière, la remonte sur les reins, et, alternativement les deux mains, l'apparente et la cachée, feignent une besogne de scieur de bois, régulière, consciencieuse, interminable. Les cuisses de la hardeuse s'ouvrent encore sous la caresse cuisante, les deux moitiés de son sexe charnu, largement séparées, gonflent, de part et d'autre du slip enfoui, leurs berges congestionnées, d'un rose violent sous le seigle des poils. Contre la queue du comédien, en un lieu que la caméra ne saisit pas, le cul mobile de la fille trémousse sa double rotondité, offrant un sillon vertigineux au fond duquel la ficelle de soie doit disparaître. L'homme lâche le sous-vêtement, agrippe de serres possessives les fesses rondes et pleines, en pétrit la masse ferme, en laboure la chair tendre. Voix off, soupirs.

« Roman, enlève-moi ce chose, arrache ! »

La fille, arc-boutée sur ses deux jambes raidies, tend la croupe, dessine des huit dignes d'une prestation de hula hoop. Les mains du comédien, conciliantes, se sont insinuées sous le cordon rouge, à la hauteur des belles hanches. Dans un brusque écart, elles rompent de part et d'autre l'étoffe qui ne tombe pas tout de suite, incrustée au secret du corps de l'actrice. Voix off :

« Enlève, Roman ! Ça brûle ! Touche, mets ta doigt à la place ! »

Les phalanges viriles se risquent au profond de la crevasse où on les convie. Sur l'écran, le film devient pornographique : l'acteur se lance, à gestes minutieux, dans une exhibition terrible. La même que celle à laquelle s'était adonnée Ellie lors de notre première nuit. Mais aujourd'hui, ce ne sont pas ses menottes graciles qui officient, ce sont des doigts bruns, durs, que j'ai du mal à reconnaître dans leur besogne indécente. Ils ouvrent la pulpe du fruit investi, l'écartèlent, en révèlent le mystère à force d'application, l'exposent au miroir comme un papillon crucifié, un coquillage exorbité, le pouce et l'index de chaque main se sont refermés, comme deux pinces, sur les grandes lèvres, les séparent, les étirent, les retournent, les malmènent jusqu'à l'extrême limite de leur élasticité, l'intérieur de la vulve apparaît, le clitoris aplati dans l'effort, épaté en minuscule nez asiate, les petites lèvres distendues, écarquillées, rougies d'un afflux éloquent, le méat de nacre blanche dilaté, la grotte opalescente du vagin, plus bas, béante d'une grimace étrange et excitante...

La voix féminine, hors champ, se fait rauque :

« Roman, j'ai envie ! Touche-moi. Je baise qu'avec l'air, là, qu'avec l'image. Touche-moi ! Touche partout ! »

Du tranchant de la main, il obéit, la parcourt, la comble, la désespère. Elle danse autour de son poignet un tamouré lascif et pantelant, ponctué de gémissements tremblés.

« Derrière aussi, Roman. Oublie aucun endroit ! »

Elle se penche, tend ses fesses, écarte les pieds. Dans son plongeon, sa poitrine apparaît à l'image, encore vêtue. Les mains de son partenaire abandonnent la sente où elles fourrageaient, migrent sous le pull, le soulèvent, s'occupent à une délivrance clandestine, dans le dos de l'actrice, remontent ensemble sur les seins à présent visibles le vêtement et le soutien-gorge. La comédienne est toujours sans visage, mais elle a gagné un buste doublement ponctué d'une framboise mûre que les doigts de l'homme saisissent, pincent, écrasent avec une voluptueuse cruauté. On entend ses halètements, les saccades bouleversées de sa respiration, tandis que les pamplemousses de ses seins gonflent sous l'offense, avancent, reculent, sans échapper au tourment, distendant, dans leurs tentatives d'évasion, le mamelon prisonnier, l'allongeant, le martyrisant, lui procurant une douleur exaspérante.

« Le bout, c'est magique, Roman ! Ça ouvre la chatte, ça ouvre le cul, ça ouvre tout, tu tires fort, fort, fort dessus, et ça me fait très très très envie d'être remplie ! »

Elle scande ses confidences de coups de reins amples, frotte à mon ventre son fessier brûlant, mais cette partie-là du spectacle m'échappe. Le voyeur passionné que je suis devenu tend les bras, s'empare du fauteuil complice, accessoire désormais familier à nos jeux. Cette fois, c'est moi qui prends l'initiative ! J'amène l'accoudoir contre le miroir, fais pivoter ma comédienne d'un quart de tour sur elle-même. Elle n'est plus de face, mais de profil. D'une main à sa cuisse, je l'encourage à mettre un pied sur le siège. Le point de vue est désormais somptueux et torride, j'ai mes deux acteurs dans le champ, elle cassée en deux, offerte, les bras lancés à la recherche de son équilibre vers le dossier du fauteuil, la jambe gauche pliée, appuyée au meuble, la droite tendue posée à terre ; derrière son cul de levrette son amant dresse vers elle une trique pourpre et déshabillée, il la saisit aux hanches, joue à l'affoler d'attouchements taquins, pousse son bélier têtu ici, là, au hasard des renflements qu'on lui expose, laissant sur la peau veloutée qu'il a courtisée la trace humide de son passage. Ce jeu énerve la fille qui bronche, appelle de tout son corps soubresautant, et la voix off, désormais, a les accents fauves, les miaulements enamourés des félins en rut.

« Arrête, Roman ! Mets-la ! Mets-la derrière ! Regarde que je suis vide et que je te veux ! Regarde ! Si tu regardes, tu craques ! »

Mais je ne veux pas regarder, pas directement, pas autrement qu'en cette lucarne magique qui m'octroie la distance nécessaire, le tranquille détachement d'un spectateur benoît. Tout ce qui se passe dans la glace ne me concerne pas directement, cette salope qui remue son cul et appelle la baise avec ses tortillements endiablés, ce n'est pas la femme que, tout juste rencontrée, je vais perdre, celle dont l'absence, déjà, pèse sur mes jours à venir, alourdit mon futur, endeuille mes rêves. Et le type, derrière elle, qui promène sur ses reins serviles un bambou mutin, encore qu'explosif, ce n'est pas moi non plus. C'est mon double, mon fantôme, mon modèle, celui que je n'ai jamais été avec aucune femme, ni les pâles maîtresses de fortune, ni Agnès, ni même Ellie, ma découverte inouïe. C'est pourquoi, lorsque la fille renouvelle son invite en encensant comme une jument folle et tellement fort que sa crinière éparpillée, envolée, entre dans mon champ visuel : « Regarde, Roman, regarde », je la tourne vers ce qui me paraît à la fois l'objectif et la scène, je présente à cette fenêtre indiscrète et obscène le spectacle de son cul ouvert que je disjoins encore de mains sans tendresse. L'œillet qui se tapit au fond du fourré, palpitant d'une attente impérieuse, se déploie, spasmodiquement, expose au regard l'intérieur presque bleu de sa muqueuse luisante, qui halète comme une gueule d'animal assoiffé. L'acteur, muet jusqu'à présent, se met soudain à divaguer à son tour, pointe un doigt inquisiteur vers l'orifice battant, en explore le pourtour, en teste l'accueil d'une phalange brutale :

« C'est là que tu me veux ?

— Oui, oui, Roman, viens là !

— Demande !

— Je te demande !

— Mieux ! Trouve les mots !

— Roman ! Encule, s'il te plaît.

— Tu veux mes doigts ?

— Non, ta queue !

— Tu sais que je vais t'exploser, Ellie ? Tu sais que j'ai une trique énorme ?

— Oui, je sais, je vois dans la glace ! J'ai pas peur. Mouille un peu, tu baves dessus !

— Ma salive ?

— Non, la jus de ta bite, celle que je sens partout sur mes fesses, que tu as mis partout, comme des traces de limace. Pose ton bout sur le trou, mouille-le.

— Non, mouille, toi, mouille comme le jour de la paille, dans la grange, pisse-moi sur les doigts, va ! »

Le discours de ce gars m'ébahit, me comble d'une vergogne exquise, d'un effroi incrédule. Ce n'est pas moi qui prononce ces mots épouvantables, moi qui dépêche à la source sollicitée une main de buveur à la fontaine, moi qui encourage l'indécence et réclame l'obscénité !

« Va, ma belle, mouille encore, encore, que je te baigne partout, que je t'inonde, que je te rende perméable et facile, tu sens, tu sens comme ton chemin se fait accueillant ? »

D'une dextre éhontée, le type approfondit sa quête, recueille un or liquide dont il graisse minutieusement l'accès étroit qu'il convoite. Sous l'onction, sa conquête bondit, psalmodie une prière sans fin, enrouée, étrangère. Le film est en V.O., sans sous-titres, et pourtant si compréhensible !

Avec des lenteurs de peep-show, le type se résigne enfin à honorer l'invite, tient largement, fermement séparées les fesses de sa compagne, et aborde, d'un gland apoplectique, le lieu du rendez-vous où il se contente de frapper, comme on toque à une porte, à petits coups brefs et répétés.

Alors, hors d'elle, la fille passe entre ses cuisses une main que l'avidité guide et rend méchante, agrippe son visiteur tatillon, le maintient de doigts en bracelet, et s'empale toute seule dans une longue et brusque reculade.

J'ai vu le chibre du type entrer d'un seul coup, le spectacle m'a enfiévré davantage encore que la sensation, j'ai pensé : « Il doit être serré là-dedans, et décalotté au possible, s'il repart trop vite, s'il lime tout de suite, il est foutu ! » Dans la glace, mon comédien est resté fiché à fond une grande minute, malgré les convulsions de la fille qui venait de commencer une lambada du tonnerre de Dieu, et qui tortillait son cul avec une frénésie de sorcière au sabbat ; mais il la tenait solidement plaquée à lui, sans céder.

« Arrête ! a-t-il ordonné. Arrête, ne bouge plus ! C'est moi qui baise ! »

Elle a suspendu son ballet échevelé, avec des cris de gorge qui disaient l'immensité de l'effort accompli.

« Vite alors ! Fais-moi le scie ! Fais-moi le lime ! Fais le coulisse ! Fais-le, fais-le, j'ai envie, trop envie ! »

Elle avait posé sur la main droite de l'homme sa propre main, agitée de soubresauts, elle a réussi à le décramponner, à l'emmener où elle voulait, entre ses cuisses, dans sa béance qui ruisselait.

« Baise aussi la clito ! »

Il a roulé le pois chiche rebelle sous son majeur, doucement, en joaillier qui règle une montre, il semblait très maître de la situation, malgré les injonctions lubriques, les soupirs, les sanglots de sa victime. Et puis, je sais ce qui s'est passé : ses doigts ont rencontré, entre les jambes qu'on lui ouvrait, au-dessous de la fente distendue, une masse velue, grenue, tremblante et compacte. C'était ses couilles qu'il touchait, tellement collées au cul de la fille qu'il était impossible de voir, de l'extérieur, la frontière entre ces chairs siamoises, androgynes, qui s'électrisaient l'une à l'autre, se pressaient, se confondaient. Il a enveloppé dans la même caresse la chatte mouillée et les bourses que le frisson du proche plaisir hérissait. Et soudain, le désir et la fièvre l'ont submergé, il n'a plus rien su, rien compris de la situation, sinon que le naufrage était là, grandiose, épouvantable, il a donné des coups de boutoir fous dans le cul incandescent qui lui avalait la bite, il a gueulé « Ellie ! », il s'est abîmé, perdu, il est redevenu moi, moi, Romain de Valdoré, si faible, si humain, si tragiquement amoureux, mes mains se sont refermées au hasard de ma désespérance sur les tendres collines qui bientôt m'échapperaient, j'ai pétri ses seins, ses hanches, ses fesses, tout son corps pulpeux et souple, ses muscles bien portants, sa peau fraîche et veloutée, j'ai mordu ses cheveux de cavale, sa nuque extasiée, ses épaules bondissantes, j'ai appuyé sur sa croupe, de toutes mes forces, les os de mon bassin comme pour imprimer ma marque en elle et, enfoncé jusqu'à la garde, jusqu'aux poils, jusqu'aux couilles dans son ventre, j'ai lâché, à longs jets, toutes les larmes que j'avais jusqu'alors retenues, avec l'impression de perdre ma vie pour elle en une hémorragie éblouissante et fatale.

Nous chuchotons dans le noir, comme deux enfants clandestinement réunis à la barbe des adultes. Elle a son bras autour de mon cou. Je crois que c'est parce que j'ai pleuré, parce que j'ai divagué et imploré je ne sais quelle grâce impossible. Elle me parle en grande sœur, tendre et raisonnable, souffle à mon oreille des confidences, des conseils et des promesses qui me navrent d'une douceur bientôt perdue.

« Le laisser, je peux pas, Roman. Je m'ai engagée à fond. Il était casse quand je l'ai rencontré, je l'ai aidé à la reconstruction. Et de l'aider, je m'ai aidée moi-même. À présent, je lui dois beaucoup. Je lui dois tout.

— Tu restes avec lui par reconnaissance ? À cause de cette dette ?

— Non, je l'aime. J'aime être avec lui, je me sens moi. Il me fait du bien. Je n'ai besoin de rien, sauf d'un enfant.

— Et d'un amant de temps en temps !

— Oh ! Pas si souvent que tu crois ! Non, l'amant, c'est pas un besoin. C'est un luxe. L'enfant, c'est un besoin.

— Mais pourquoi ?

— Je voudrais lui mettre un enfant sur les genoux, lui dire : "C'est ton enfant, tu es responsable de lui." Ça achèverait total la reconstruction. Ça serait le cadeau le plus merveilleux que je pourrais lui faire. Moi, tu sais, je fus en vrai danger, il y a... six ou sept ans. La drogue. J'avais tombé là-dedans, tombé très bas à faire n'importe pour avoir mes taffes, la pute aussi, voilà la raison pourquoi j'ai pas vexé quand tu m'imaginais *actress* de porno. Je l'aurais fait. Je connus les squats, les communautés, les trips géants, les trottoirs, pisser, chier, vomir sur moi et pourrir là-dedans des jours... On m'a ramassée dans une rue, une fois. On m'a enfermée. La terreur, l'angoisse. Je hurlais, je tapais ma tête sur les murs. Par fortune, il y avait un docteur très gentil.

— Qui est devenu ton mari ?

— Non, pas du tout ! Mais qui m'a aidée beaucoup. Il sut qu'il a gagné avec moi quand je commençai à m'inquiéter si j'étais malade. Je l'étais, pas comme je redoutais, j'avais la tuberculose. J'ai allé à la maison de repos. Là, je rencontrai mon mec. J'ai guéri complet grâce que je le pris en charge, je devenus très importante pour lui. Et lui pour moi. Voilà. Je crois c'est une bonne thérapie avoir quelqu'un à secourir, ou à s'occuper.

— Mais dis, ton mari, il le sait, qu'il ne peut pas avoir d'enfant ?

— Oh ! Bien sûr !

— Si tu lui en mets un sur les genoux, comment va-t-il le prendre ?

— Il le prendra dans ses bras, tendrement.

— Non, je veux dire qu'il saura bien que tu l'as eu avec un autre !

— Oui, mais c'est le seul moyen, ça.

— Non. Tu pourrais avoir recours à une insémination anonyme.

— Écoute, Roman, j'en parlai avec lui longtemps, et nous sommes d'accord, lui et moi, nous avons trop connu les hôpitals, nous voulons pas d'enfant à la seringue, pas d'opération qui rate presque toujours. Pas de blouse blanche, pas l'odeur de la désinfection. Nous voulons un vrai gosse fabriqué comme il faut, avec une queue de mec dans mon ventre, et, si possible, du plaisir.

— Il n'est pas jaloux ?

— Il a dit : "Choisis et fais comme tu sens, je suis confiance. Sois juste attention à les maladies."

— Avoue que tes repérages, c'était ça, tu es venue à Valdoré chercher un père pour cet enfant !

— Oh ! non, Roman ! Il y a trois ans que je cherche un peu partout où mon job m'emmène, je déplace pas exprès.

— En trois ans, tu n'as trouvé personne ?

— Si, je t'ai trouvé, toi ! »

IX

Je suis parti très tôt, avant le jour. Elle dormait encore, ou elle faisait semblant. On a évité les adieux. Je me suis habillé vite dans la salle de bains, comme un amant furtif que l'aube chasse. Elle ne libérerait la chambre que plus tard, dans la matinée. Je ne voulais pas la voir armée de sa valise, debout sur le seuil de la porte, je ne voulais pas lui tourner le dos pour m'en aller, je n'aurais pas pu. J'avais dans la main son cadeau : la boîte de préservatifs, achetée par elle, avec, au dos, un numéro de téléphone, tracé de son écriture ronde, appliquée, une écriture de petite fille. Cette boîte à elle seule racontait notre brève histoire, la rencontre que j'avais été pour Ellie, une fantaisie qu'on s'octroie avec précaution. Et puis de l'amant, piètre mais sincère, peut-être à ses yeux sincère parce que piètre, j'étais devenu l'incarnation du possible, l'éventuel exauceur d'un rêve longtemps bercé. Oubliée la méfiance, les capotes l'avaient été aussi. Sans résultat. L'histoire avait une suite, un avenir, annoncé par ce seul et précieux numéro de téléphone, un numéro étranger, de je ne savais quel pays, quelle ville, je n'avais pas pensé à lui demander, pas osé...

Chez moi, j'ai pris une douche, je me suis fait

du café, et j'ai commencé à attendre, d'une attente vide, désœuvrée, qui me faisait tourner en rond, commencer un geste, l'interrompre, en ébaucher un autre. Mon esprit refusait toute autre préoccupation que celle de cette séparation, dont je redoutais la souffrance sans la sentir encore, comme on appréhende, en se réveillant d'une opération, la douleur toujours endormie, et pourtant latente.

À sept heures, la sonnette de l'entrée me tire d'un fauteuil où je m'abandonnais à une songerie vague et prostrée. Un espoir insensé, irraisonné, me met debout, me précipite dans le hall ; je me rue sur le verrou, m'écorche la main, j'ouvre avec une impétuosité qui rabat la porte contre la cloison dans une grande claque. Josy est là, les deux mains sur la bouche, ses yeux charbonnés de maquillage écarquillés dans une mimique d'épouvante.

« Tu m'as fait peur ! Ça va ? »

Elle a l'air inquiet, s'avance avec circonspection dans le couloir où je l'invite sans mot, d'un signe du bras. Elle passe devant ma mine sombre avec des retenues de visiteuse funèbre, chuchote presque :

« J'ai vu la lumière d'en bas. J'ouvrirai le tabac plus tard. Tu es seul ?

— Il est temps de t'en inquiéter. »

Elle fait sa gueule à claques, renseignée et réprobatrice.

« Je peux repartir !

— Non, reste, je suis seul. »

Elle vise le canapé du salon, s'y dirige, s'y laisse choir.

« Tu me ferais pas un café ? »

Sa réserve inquiète de tout à l'heure a fondu.

Elle est semblable à elle-même, autoritaire, arrogante, à battre.

Tandis que je m'occupe dans la cuisine, je l'entends ouvrir son sac, actionner son briquet. Une cigarette à sept heures du matin ! Et ce n'est sûrement pas la première !

Elle se saisit de la tasse que je lui tends, en omettant de me remercier, souffle par le nez un double jet de fumée. Dragon !

« Écoute, fait-elle. Ne dis rien à Agnès !

— À propos ?...

— Tu le sais. À propos de cette fille avec laquelle tu couches à l'Edelweiss.

— Je ne couche plus, elle s'en va aujourd'hui.

— Raison de plus. Motus !

— De toute façon, elle le saura bien, tu l'as fait remarquer toi-même, tout le monde est au courant.

— Tu n'as qu'à nier. Je dirai comme toi. Je te servirai d'alibi, si tu veux.

— Pourquoi ?

— Parce que j'aime ma sœur, parce que je la connais, qu'elle est fragile, qu'elle ne supportera pas la vérité.

— Quoique je pense que ça ne te regarde pas, j'ai envie de te confier une chose : si elle ne supporte pas, ce n'est pas grave. Ce sera peut-être même mieux. Elle me quittera, et les choses seront plus nettes.

— Tu as un avenir avec cette fille ?

— Non, mais je n'en ai pas avec Agnès non plus.

— Avec Agnès, tu as un passé !

— Assez peu glorieux, je m'en rends compte. Il n'y a rien entre nous, aucune passion, seulement une routine, qui ne me convient plus.

— Il y a Guillaume.

— Les enfants de divorcés survivent très bien. Mieux vaut pour eux la séparation que la mésentente.

— Oh ! Mésentente, avec Agnès ?

— Non, pas vraiment. Disons, non-entente. Tu comprends ? »

Elle souffle un nouveau jet, amenuise son regard entre ses paupières, me la joue perspicace et finaude.

« Je comprends très bien. Lequel des deux est sourd ?

— C'est-à-dire ?

— C'est-à-dire que tu n'entends pas Agnès, à tous les sens du terme. Tu ne l'écoutes pas, tu ne la comprends pas.

— L'écouter ? Encore faudrait-il qu'elle parle ! Tu vois, c'est significatif, on aurait un problème à régler en ce moment, un gros problème : elle n'est pas là, c'est avec toi que j'en discute. Bizarre quand même, non ?

— Et, à ton avis, pourquoi n'est-elle pas là ?

— Pour Guillaume, pour l'emmener en vacances. Ce qui laisse augurer un futur pas trop chamboulé. Si nous nous séparons, elle continuera à l'emmener en vacances toute seule. Point.

— Ce n'est pas seulement pour Guillaume qu'elle est partie.

— Pour elle aussi, je sais, pour changer d'air, elle a dit : “En février, il y a trop de cons !”

— As-tu pensé que tu figurais au nombre de ces cons ? Que tu étais peut-être même le premier concerné ?

— Moi ?

— Il y a longtemps qu'elle essaie de te parler. Tu es insaisissable. La dernière fois, je suis au courant parce qu'elle me l'a raconté, elle t'a demandé un autre enfant. Tu te souviens de ta réponse ?

— Non !... Si !... vaguement. J'ai plaisanté, j'ai dit : "Oui, si c'est une fille !" Et puis ?

— Et puis elle n'a plus insisté. Ça t'a paru normal ?

— Je ne me suis pas posé de questions...

— Rien d'étonnant. Tu ne t'en es jamais beaucoup posé.

— Quelle question aurais-je dû me poser ? Tu vas me le dire, tu as l'air tellement plus avisée que moi, tellement plus impliquée, plus intelligente !

— Crois-tu que le désir d'enfant d'une femme, ça puisse se rengainer, s'oublier si vite ? »

Je pense à Ellie. À son insistance, à sa détermination.

« Non, dis-je. Je ne crois pas. C'est sûrement qu'Agnès n'en avait pas très envie.

— Elle avait envie d'un enfant. Pas d'une fille. En tout cas, elle n'avait pas envie que toi, tu en aies envie. Bien sûr, en envisageant d'avoir un autre enfant, il lui fallait envisager cette éventualité, de mettre au monde une petite fille. Mais c'est ta réaction qui l'a épouvantée. À ta réaction idiote, elle a éprouvé une sorte de choc, elle a renoncé tout de suite à son idée.

— Un choc ? Qu'est-ce que tu me racontes ? Je n'étais pas très motivé, j'ai cherché à biaiser. C'est tout.

— Elle ne l'a pas pris comme ça. Il faut que tu saches une chose, Romain, une chose dont tu ne t'es peut-être jamais douté : elle et moi, surtout elle, la plus petite, nous avons subi... Comment dire ? la tyrannie de notre père. Attention ! Je ne veux pas parler de sévices affreux, de viol, de tout ce qu'on lit dans les journaux ! Avec moi, en tout cas, il n'est jamais allé jusque-là. Avec elle, on ne saura pas ; et je ne le crois pas. Mais... c'est difficile à expliquer... il exerçait sur nous une autorité absolue, qui nous terrorisait, et à laquelle échappait Christian. Il nous rabrouait, nous secouait, nous giflait pour des riens. Parfois, il allait jusqu'à la fessée, à grandes claques sur la peau nue. Avec Agnès surtout. Elle n'était pas pénible, pas effrontée, c'était une petite fille douce, timide, docile, et, au moindre prétexte, il l'attrapait, la déculottait, la jetait en travers de ses genoux, la fessait violemment. Elle hurlait, se débattait, puis tout à coup son petit corps cessait de s'agiter, elle devenait toute molle, comme un serpent cisaillé, toute blanche, ma mère la relevait, l'emportait vers le lavabo, l'inondait pour la faire revenir... Agnès a gardé la terreur de ces scènes-là, tu comprends ? Alors quand tu as parlé d'avoir une fille... Il paraît que tes yeux brillaient d'une drôle de façon... C'est ce qu'elle m'a dit.

— Josy, je t'assure... Je ne savais pas tout ça, elle ne m'a jamais raconté. Je ne pouvais pas me douter...

— Elle a failli mourir, à dix-huit ans. Elle a avalé des calmants de notre mère. On l'a trouvée à temps. Quand je te dis qu'elle est fragile, tu peux me croire !

— Moi, quand je suis sorti avec elle, j'avais l'impression qu'elle était assez libre !

— Libre ? Elle aurait fait n'importe quoi pour échapper à son père !

— Elle avait déjà vingt-cinq ans !

— Oui. Il la tenait très fort, ne lui permettait que quelques sorties avec moi sous la responsabilité de Christian. Elle n'avait jamais rencontré personne !

— Qu'est-ce que j'ai été pour elle ? L'évasion souhaitée ?

— Tu es déçu ?

— Un peu.

— C'est bon signe. Tu déplorais tout à l'heure ton absence de passion. Tu aurais voulu qu'elle ait été dingue de toi ?

— Peut-être pas dingue, mais...

— Elle t'aimait beaucoup, depuis longtemps, depuis l'école. Tu la rassurais. Elle te trouvait gentil, calme, pas compliqué... Et surtout...

— Surtout ?

— Surtout tu ne déplaisais pas à notre père !

— Pourquoi ?

— Au début, on s'est demandé. Et puis on a compris qu'il ne voyait en toi aucun rival, qu'il pensait te mettre vite au pli, garder sur Agnès, malgré ta présence, une emprise. Tu n'étais pas de taille à contrecarrer son influence, ni à te mêler de ses affaires. Quitte à voir Agnès se marier, il valait mieux que ce soit avec un type comme toi.

— J'avais l'air d'un brave con, quoi ?

— Ce n'est pas ce que je veux dire...

— Mais tu crois qu'il aurait eu sur elle la même autorité après notre mariage ?

— Il avait un esprit de chef de clan et ne supportait pas qu'on lui échappe. Nous faisions partie, tous, de son patrimoine. Il y a eu un mélo terrible quand je suis allée vivre avec Robert, juste avant qu'Agnès ne sorte avec toi. Il a promis à Agnès : “Si tu me fais une chose pareille, je te tue !”

— Mais quand elle lui a annoncé qu'elle était enceinte, ça a donné quoi ?

— C'est Christian qui le lui a dit, en précisant que le petit était de toi. On n'a revu notre père qu'au repas du soir, il était glacial, mais calme, et avait déjà organisé la vie d'Agnès avec toi. Après, pendant la période de vos fiançailles, il a eu quelques accès de colère terribles, et notamment la veille de sa mort. Il a giflé Agnès parce qu'elle refusait je ne sais plus quel projet qu'il avait pour elle. Christian s'en est mêlé. Ils se sont presque battus. Christian m'avait juré ce jour-là que c'était fini, qu'il n'y aurait plus jamais ce genre de scène, qu'il en faisait son affaire. Le lendemain, il s'écrasait avec mon père dans le téléphérique.

— Mais comment avait-il prévu de... neutraliser ton père ? Qu'est-ce qu'il aurait fait ?

— Il ne me l'avait pas expliqué. La seule chose que je sais, c'est qu'il était responsable avec mon père des vérifications techniques. Et que la cause de la chute, l'expertise l'a prouvé, était un simple et invraisemblable défaut de vissage.

— Tu ne penses pas qu'il aurait envoyé sept gars et lui-même à la mort uniquement pour vous débarrasser de ton père ?

— Les gars ne devaient pas être à bord, le dernier jour. Lui non plus. »

Les souvenirs défilent dans ma tête, se bousculent, j'ai au fond des oreilles un chuintement significatif, le bruit de vertige, confus, assourdissant. Je me rappelle la colère du père Jacquemard, sa décision gratuite et tyrannique d'embarquer l'équipe, et, à ce qu'on m'avait raconté, l'élan de dernière minute de Christian, pour se jeter dans la cabine. Et moi ? Moi qu'on avait oublié, que Christian avait oublié, parce qu'il était aussi responsable du staff des mécaniciens de bord ! Moi, tranquille, ignorant du drame, de tous les drames, qui avais penché au-dessus du désastre un regard horrifié, pourtant loin encore de l'abominable vérité ! Que de choses me sont demeurées étrangères à cette époque ! J'ai l'impression d'être passé sur le théâtre d'une effroyable tragédie et d'y avoir été un pâle figurant, un pion aveugle, passif, manipulé, sacrifié, épargné à son insu...

J'ai du mal à avaler ma salive. Ma voix, je le redoute, va trembler :

« Pourquoi tu ne m'as rien dit avant ? Pourquoi personne ne m'a rien dit ?

— Il n'y avait rien à dire. Personne ne sait rien.

— Agnès ?

— Agnès non plus, bien sûr. Elle s'est trouvée perdue à la mort de Christian, mais surtout de notre père. Comme un oiseau dont on ouvre la cage, brutalement. Elle avait peur de tout, ne savait pas voler, n'avait pas de repères.

— Pourquoi ne pas avoir renoncé à notre mariage ?

— Pourquoi y aurait-elle renoncé ? Tu étais désormais son seul homme, le père de son enfant. Elle avait besoin de toi. Elle était une espèce de poupée brisée. Tu l'as rendue femme, à ta façon, tu l'as construite, tu as fait d'elle une mère, une épouse... Si tu la lâches maintenant, je suis sûre qu'elle est fichue ! Tu en es responsable, tu entends, bon gré, mal gré, responsable ! Elle s'est donnée à toi, tu ne peux pas la laisser ! »

Longtemps, les révélations de Josy ont tourné sous mon crâne, occultant le reste. J'en ai pesé la vraisemblance à l'aide de réminiscences fugaces, cherchant à les assembler comme les pièces d'un puzzle lointain et inquiétant. J'ai revu Agnès, petite fille, à l'école, sa sollicitude grave devant ma claudication affectée. « Ça fait mal ? » Je ne m'étais jamais interrogé sur cette aptitude à la commisération chez une enfant de cinq ou six ans, jamais douté que l'expérience répétée de la douleur pouvait l'inspirer. J'ai repensé aussi à sa façon, beaucoup plus tard, de se laisser entraîner hors du bal, de s'abandonner à ma maladresse, de hâter ma conquête, avec un désespoir farouche de suicidée. Je suis allé chercher l'album des photos de nos fiançailles, où j'apparais beau garçon, sérieux, un peu trop strict dans mon costume, et figé dans des poses empruntées soufflées par mon oncle photographe. Agnès, elle, sourit, toujours du même sourire mélancolique, et son regard se perd au loin, vers un horizon invisible qui semble l'attrister. Un cliché parmi les autres retient mon attention : le photographe avait fait poser les fiancés au milieu de leurs parents respectifs. Mon père et ma mère, au garde-à-vous, m'encadrent et, symétriquement, Agnès est flanquée aussi de ses parents. Je la tiens par la main, comme un collégien. Le père Jacquemard, lui, a calé sa rude patte sur l'épaule de sa fille. C'est la première fois que je remarque ce détail, ses doigts pressants se recourbent en serres sur l'épaulette du corsage, s'enfoncent dans le tissu, doivent, à travers le molleton, s'imprimer dans la chair d'Agnès, comme un sceau de propriétaire. Le visage de Jacquemard exprime, par opposition à la béatitude un peu forcée du groupe, une concentration, une détermination froide et méchante, qui amenuise sa bouche et busque encore son nez de prédateur. Sur une autre photo, instantanée celle-là, Agnès montre à sa cousine sa bague, une bague de famille offerte par ma mère. Le père Jacquemard apparaît dans l'angle de l'épreuve, son regard méprisant, sa bouche aux lèvres minces, aux coins tombants, semblent s'exaspérer du geste...

Après des heures de cogitations décousues, j'ai l'impression que mon enquête, orientée par les confidences de Josy, ne veut plus rien dire, le moindre indice examiné à la loupe me semble exagérément révélateur, à la lumière d'une vérité qu'après tout rien ne prouve. Au fond de moi, je n'ai pas envie de croire à toute cette histoire de père abusif, de fille sous influence, de mariage plus ou moins arrangé, de frère sacrifié, de téléphérique saboté. On dirait une série américaine, caricaturale à force de mélo. Et, encore plus profondément, dans un coin de ma conscience que j'entends sans l'écouter, je sais ce qui me chiffonne le plus : c'est ce jugement de Josy, cette sentence troublante : « Tu as construit Agnès, tu en es responsable, elle a besoin de toi. » Ce discours, si proche de celui d'Ellie lorsqu'elle évoquait son compagnon et l'engagement qui la liait à lui, m'écartèle entre l'épouvante et la fierté. Moi ? responsable d'Agnès ? Moi, son seul homme, son appui, son espoir et son désespoir, moi qu'elle aurait choisi, pour mon pacifisme, et dont elle redouterait, en même temps, la violence avec la fille que nous pourrions avoir ! Une incrédulité rassurante, agacée, égayée, refuse en moi cette idée. Pourtant... Pourtant soudain me revient quelque chose qui m'a souvent surpris et même amusé, chez Agnès, et qui aujourd'hui me ramène à mes questions. Il est arrivé qu'au hasard d'un moment partagé, j'aie une intonation plus vive, un geste un peu sec, un éclat, parfois, contre Guillaume. Agnès réagit invariablement au quart de tour d'une façon impulsive quoique vite maîtrisée, elle lève son coude pour protéger son visage, comme si j'allais la frapper. Cette esquive de parade me fait sourire, elle sourit aussi, penaude. Je dis : « Tu as peur d'une claque ? » Elle ne répond pas...

Il est tard, peut-être treize ou quatorze heures. J'ai passé la matinée à analyser des souvenirs... Je ne souffre toujours pas d'avoir quitté Ellie. Notre séparation s'est vue reléguer dans un arrière-plan confus au profit d'un constat inattendu : j'ai plus appris en quelques minutes de la bouche de Josy que pendant toutes ces années passées avec Agnès. Et, depuis les révélations de ma belle-sœur, qui lentement ont fait leur chemin en moi, c'est comme si je venais aussi de me séparer d'Agnès. Comme si celle que je n'estimais pas très proche de moi, assignée à une place vague et légère à la périphérie de mon monde, s'éloignait brutalement et, en s'éloignant, me déchirait quelque part, m'arrachait une part de vain passé, d'illusoire sérénité, un morceau de la carapace à travers laquelle je ne sentais rien, je ne voyais rien. Je suis à vif, mon âme, mon cœur cuisent d'une écorchure qui m'étonne, me bouleverse, me ravit presque. Agnès... mon inconnue... L'idée de te revoir bientôt, de te découvrir, d'être peut-être enfin pour toi, sciemment, volontairement, mûrement, ce que tu attends de moi m'exalte d'une étrange fièvre. L'idée de poser sur toi un regard neuf et, sinon renseigné, du moins aiguisé. Tu m'apparais belle d'un mystère peu banal, toute neuve encore, vierge de ma vraie conquête, ayant gardé, toi aussi, la carapace de ton silence autour de tes plaies enfouies. Voilà que je me sens un avenir avec toi, une puberté commune à dépasser, une découverte à partager. Dans mon attendrissement, l'image de Christian soudain s'impose à moi, irritante désormais. Que m'importe qu'il ait voulu tuer, qu'il se soit volontairement condamné lui-même, en entrevoyant les conséquences terribles de son acte, peu importe que cet acte ait vraiment été commis. Le doute ne me torture pas. La seule vraie rancœur émane d'autre part. Pourquoi n'avoir pas attiré mon attention, au moment de mon engagement avec Agnès, sur l'enfance qu'elle avait vécue, sur les traumatismes qu'elle en avait sûrement gardés ? Pourquoi ne pas m'avoir dit : « Je te confie ma petite sœur : rends-la heureuse, elle le mérite, mon père a toujours été un salaud possessif et brutal avec elle » ? J'aurais été heureux, doublement, de son avertissement, de sa bénédiction. Je me serais senti bienvenu, reconnu, plus solide de la confiance qu'on me témoignait et, investi d'une mission auprès d'une créature délicate et perdue, j'aurais été son héros, j'aurais eu à cœur de la faire rire, de l'entourer, de la choyer, chacun de ses sourires, chaque marque de son bonheur m'aurait glorifié, m'aurait rendu hommage, je serais devenu pour elle, elle la première, elle seule, Roman le Magnifique... Au lieu de quoi je me suis faufilé dans cette famille étrangère et fermée sur la pointe des pieds, effaré de l'honneur qu'on me faisait, et désireux avant tout de rester à ma place, de filer doux, d'apparaître le plus discret, le plus insignifiant possible pour ne pas m'impliquer, et garder cette fausse liberté, cette indépendance clandestine, qui n'était qu'un grand vide au-dessus duquel aujourd'hui je m'écœure jusqu'au vertige. Je croyais Christian mon ami. Qu'était-il en fait, sinon un camarade un peu méprisant, assez distant pour me garder loin des secrets d'une famille qui aurait dû devenir la mienne, loin de ses drames, et loin aussi des solutions envisagées ? Un camarade protecteur, un aîné persuadé de mes faiblesses et les acceptant sans chercher à m'aider, sans m'exhorter à lutter... Est-ce cela, la véritable amitié, le respect tacite des limites de l'autre, et cette façon débonnaire, condescendante, de détourner les yeux de ses lâchetés ? Il faisait allusion à mes entorses avec un sourire complice que j'aimais quand j'aurais dû m'offusquer de ce qu'on me traitât avec la même indulgence dédaigneuse qu'un enfant qu'on laisse tricher aux cartes...

La pensée de Christian se précipitant dans la cabine condamnée pour mourir avec les autres ne m'émeut d'aucune admiration : je trouve le geste plus près de la veulerie que de l'héroïsme. Il est bien temps que je porte aussi sur les autres un jugement dénué de complaisance, et si la sévérité et la mauvaise foi doivent m'aider à la mue totale et définitive, alors, oui, je le dis, Christian était une sorte de salopard imbu qui voulait assumer à lui seul une vengeance appartenant à tous, quitte à nous planter là, ignorants, endeuillés, presque coupables de vivre quand lui, le merveilleux, le valeureux, avait succombé...

De la baie du salon, j'aperçois la grande benne qui prend son envol au-dessus du vide. Elle monte à une vitesse régulière, puissante. À la voir, j'imagine dans mes viscères la vibration profonde de sa course, mes oreilles chuintent, mon sang bouillonne, je tremble d'une émotion familière et presque rassérénante. Ellie, c'est toi qui as raison. Il faut se surpasser ! J'irai « dans la téléphérique » avec toi, quand j'aurai retrouvé Agnès. Quand, comme tu me l'as demandé, je serai prêt, tout à fait prêt. J'irai enterrer Christian, et, avec lui, mes vieilles frousses, mes timidités, mes hontes.

J'ai eu envie de revoir Josy. De la questionner, de l'entendre me parler d'Agnès, de leur enfance. Je me sentais dans un état de grâce, celui qu'on doit éprouver après un coup de foudre. Déjà amoureux et totalement ignorant de tout ce qui concerne l'objet de notre bienheureuse stupeur. Prêt à tout savoir, à tout aimer et réticent aussi, cramponné à l'excitante énigme, ne voulant renoncer à aucune des vérités possibles, redoutant d'appauvrir le rêve en apprenant trop de choses trop vite. En tout cas passionné d'avance par chaque bribe de l'enquête, et habité d'une ferveur qui bannit la déconvenue.

Josy était accaparée par les va-et-vient incessants de la boutique. Le vendredi, vers les seize heures, les skieurs redescendent plus tôt que de coutume, ils ont à préparer leur départ du lendemain et font leurs dernières emplettes. C'est le moment où ils achètent des cartes, qu'ils gribouillent hâtivement devant une bière aux terrasses, ou des souvenirs. Ils piaffent devant la vitrine, hésitent entre la marmotte en peluche, le ski accroche-clefs, le chalet porte-crayons, le ramoneur folklorique, l'edelweiss encadré, la canne gravée, le chamois pur plastique, et l'une des multiples représentations du téléphérique devenu, la station est sans pudeur, l'emblème suprême.

Après une demi-heure de tintements ininterrompus de tiroir-caisse, j'ai renoncé à l'idée utopique d'une conversation privée avec ma belle-sœur. Celle-ci, en enveloppant pieusement les objets qu'on lui tendait, me jetait des coups d'œil interrogatifs et inquiets. J'ai esquissé un vague signe et je suis sorti, résigné à différer l'entretien. J'ai traversé la belle place toute neuve, me suis accoudé aux barrières de bois qui la délimitent et la transforment en belvédère face au panorama grandiose des Rousses. Sur ma gauche, à l'assaut de la pente de Montfrais, les bulles jaunes continuaient leur chassé-croisé, droit devant moi, une cabine arrivait, avec cette lenteur majestueuse qui semble infaillible. Entre ces deux machines, la remontée des œufs jaunes et le téléphérique, une partie de ma vie était écrite, la plus palpitante... Dans les œufs rôdait le spectre de l'ancien Romain, celui de sa fantastique rencontre aussi, là se nouait le début d'une aventure décisive, là s'ébauchait la métamorphose. Le téléphérique, lui, qui repartait désert, à cette heure, emportait, avec les fantômes de mon passé, ceux d'un futur que déjà j'avais arrêté. Dickens n'était pas loin. Manquait le fantôme du présent. Il arrive avec Josy, qui dit dans mon dos :

« Tu voulais me parler, Romain ? »

Je me retourne. Elle se mord la lèvre, nerveusement.

« Oui, je voulais te parler d'Agnès.

— Pourquoi ? Tu as réfléchi ? Attention, ne fais pas de connerie ! Ce n'est pas pour toi qu'elle est revenue.

— Elle est revenue ?

— D'ailleurs, elle n'est même peut-être pas partie du tout.

— Pas partie ? Agnès ? Qu'est-ce que tu me racontes ?

— Pas Agnès ! L'autre ! La fille de l'Edelweiss.

— Elle n'est pas partie ? Comment tu le sais ?

— C'est la Claudette qui me l'a dit. Elle l'a vue avec des types. Un surtout.

— Où ?

— À l'Edelweiss. Où tu vas ? Attends ! »

Dans ma précipitation, j'oublie de boiter. J'entends Josy qui essaie de me suivre, qui crie : « Attends, Romain ! », qui renonce... Je cours vers les escaliers amenant à la route, passe devant le François : « Cette cheville ? Ça va mieux, on dirait... », ne réponds pas, fonce, sans penser à rien, vers Ellie qui ne me manquait pas et dont l'idée de la seule présence m'emplit d'un émoi irraisonné, d'un désir farouche, violent, paniqué, de la voir.

Il y a beaucoup de monde sur la terrasse de l'Edelweiss. Toutes les tables sont prises, les clients profitent des derniers rayons de soleil qui bientôt disparaîtra derrière l'arête de Chalvet. Un désordre et une cohue inhabituels règnent, les buveurs s'agglutinent dans tous les sens, les arrivants ont posé leurs sacs un peu partout, les skis rangés verticalement contre le muret m'occultent une partie des lieux. Ça parle fort, ça rit, ça écluse des chopes d'un demi-litre, avec de grandes envolées de coude. Mon regard incrédule, affolé, va d'un groupe à l'autre, sans efficacité, la cherche avec un espoir ambigu. « Pourvu qu'elle ne soit pas là ! Pourvu qu'elle y soit ! Cette Claudette est une conne ! Elle a encore inventé n'importe quoi ! » Et soudain, je la vois : Nom de Dieu ! Elle est sur les genoux d'un type, elle le tient par le cou, elle rit, au bout d'une tablée d'au moins vingt personnes, presque tous des hommes, mais, bon, eux, je m'en fous, c'est l'autre salaud qui m'intéresse, il la tient par la taille, d'un bras autoritaire et tranquille, un bras qui se sent à sa place, qu'on ne pense pas à repousser, il rit aussi, d'un grand rire à dents blanches dans une gueule de play-boy à vous filer la gerbe. Putain, c'est pas vrai ce qu'il est beau ! Style grand Viking baraqué avec des épaules d'un mètre cinquante d'envergure, des yeux d'un bleu métallique, une mâchoire ultra-virile ! Le *Crépuscule des dieux* à lui tout seul, avec sa tête parfaite d'Aryen, son torse sculptural, moulé sous un pull marin qui dessine ses pectoraux. J'aimerais le voir debout, histoire de me démolir à tout jamais les illusions, je dois lui arriver au téton, à ce Teuton vaniteux qui pérore en schleu, et berce sur sa poitrine de Titan une Ellie toute tendre. La garce ! Ça ne se passera pas comme ça !

Debout derrière le muret de la terrasse, je lève le bras pour attirer son regard. C'est un de ses compagnons de bière qui m'aperçoit, se penche vers elle, signale ma présence. Elle me découvre, lâche le cou de son Schwarzenegger, vient vers moi, sans sortir de la terrasse. Le muret surmonté d'une palissade nous sépare. Elle me plante son œil vert dans le cœur.

« Qu'est-ce que tu veux ?

— Tu m'as dit que tu partais !

— Jamais je dis : "Je pars." Je dis : "Je dois rendre le chambre."

— Pourquoi ? La délicatesse t'aurait empêchée de baiser avec lui dans le même lit qu'avec moi ? »

J'ai parlé fort. Elle coule une œillade inquiète derrière elle. Son type m'a entendu, il s'apprête à se lever, je vois ses bras en position de départ vers les accoudoirs du fauteuil, son buste se redresse. Ellie ramène sur moi l'émeraude froide de sa prunelle.

« Non, c'est pas ça. Un chambre au deuxième sans ascenseur, il pouvait pas. »

Le type a reculé, je le vois mieux depuis qu'il n'est plus derrière la palissade. Il ne s'est pas levé, pour cause : son fauteuil est un fauteuil roulant.

X

Les heures qui suivirent me muèrent en reclus. Je ne voulais plus la rencontrer, risquer de la retrouver avec ce gars contre lequel je l'avais vue se pelotonner dans une attitude de chatte alanguie, et radieuse d'un bonheur que je ne pourrais jamais remplacer. L'ironie du sort voulut que chez moi, dans mon propre salon, alors que je me confinais devant la télé, j'éprouve pourtant le choc redouté. Le samedi après-midi, France 3 diffusait un reportage en direct sur la station et, soudain, je la vis, avec l'horreur béate d'un mécréant à qui se serait manifestée une diabolique et merveilleuse créature. Elle arborait son pull arc-en-ciel et ce sourire dont j'avais cru, pendant quelques jours, qu'il avait été inventé pour moi seul. Les épreuves Handisport avaient attiré à Valdoré des équipes et des télés de l'Europe entière, elles devaient durer deux jours pour lesquels on avait remodifié en partie l'espace skiable, en créant notamment une piste de bobsleigh et en installant un tremplin. Certains des athlètes qui entouraient Ellie offraient des physionomies qui m'étaient familières : je les avais vus, la veille, assis avec elle à la même table. Chez aucun, je n'avais remarqué d'infirmité, pourtant la caméra, avec une insistante complaisance, s'appesantissait, ici, sur les manches vides d'un slalomeur sans bras, là, soulignait l'étrange tabouret à ressort qui remplaçait, sur le surf, les jambes de ce skieur cul-de-jatte. Au détour d'une interview, le bel Aryen apparut à l'écran : il prenait place, à l'aide de ses seuls biceps, dans un bob où ses membres inférieurs, visiblement inertes, se laissaient plier et disposer comme des chiffons. Derrière lui, ses partenaires, tous paralysés ou amputés, ajustaient leur casque avec la même expression tranquille et résolue. Puis l'Aryen leva le pouce, en signe de satisfaction, pour dire aussi qu'ils étaient prêts à la descente, et l'engin se lança, suivi dans sa course vertigineuse par un relais de caméra méthodique. De temps à autre, l'image montrait le visage d'Ellie, que la gravité aiguisait en le vieillissant. Elle se mordait la lèvre, sans un mot, à l'écoute vraisemblablement d'une voix qui commentait le chronomètre. Je ne faisais pas partie, à ce moment-là, moins que jamais, de ses préoccupations, c'était douloureusement flagrant. Alors, loin de son regard de jade qui m'avait élevé au rang d'un paladin, je sentis fondre en moi la fière carrure de Roman le Magnifique, et je redevins petit, ignoré, méprisable dans le velours douillet de mon canapé, Romain de Valdoré dont la cheville n'enflait d'aucun orgueil, d'aucun muscle, seulement d'un vilain pansement usurpé et maintenant vain sur lequel, avec une honte rageuse, je m'acharnai jusqu'à le mettre en lambeaux.

Le dimanche, je demeurai encore claquemuré, évitant même d'allumer la télé. Le soir amena, avec une effervescence habituelle que je percevais à travers les fenêtres pourtant closes de l'appartement, une tempête violente. Le vent soufflait dans les embrasures non hermétiques, et la neige s'accumulait sur le balcon où un véritable blizzard la tassait en congères. J'y voulus déceler un signe du destin, la bourrasque m'avait apporté Ellie, la bourrasque la remporterait... La fin de la journée sentait effectivement le départ ; le front aux vitres, je devinais, à travers le tournoiement des flocons, les ballets incessants des phares de cars qui, au bas de la station, croisaient leurs faisceaux. Les télés, les sportifs, les officiels, tous devaient refluer vers la vallée. Ellie faisait partie de leur cohue, et c'était mieux ainsi, j'avais moins l'impression de la perdre, elle n'était qu'une parcelle d'un grand fourmillement, se noyait dans l'anonymat pépiard de cette foule intruse, n'était plus elle, Ellie, l'unique, la précieuse, celle que j'avais laissée endormie dans un lit, témoin de nos seules étreintes, celle à qui j'avais dit au revoir muettement mais solennellement en tirant sur moi une porte silencieuse et lourde. L'autre, retrouvée incongrûment et trop vite, bercée par un géant aux pieds d'argile, travaillée de la peur de lui déplaire, l'autre qui m'avait glacé d'un regard désapprobateur, et navré d'une apparition trop lointaine dans la lucarne trompeuse de la télé, l'autre n'existait pas, pas pour moi, ou alors d'une vie gênante, comme un sosie, une usurpatrice dont la présence agace sans consoler. Vite, vite, qu'elle s'en aille et me laisse enfin me colleter avec la pure, l'intransigeante absence !

J'eus du mal à souffrir. Ma solitude absolue du lundi me convia à des rêveries brumeuses que j'essayai de coudre, d'ourler d'une même trame nostalgique et tendre, en vain, malgré des efforts louables de concentration : je me répétais dix fois « Ellie », comme on psalmodie une incantation magique, mais, finissant par user le pouvoir évocateur du prénom, je renonçai pour aller chercher la boîte de préservatifs annotée de sa main. Je connaissais à présent le numéro de téléphone inscrit dessus par cœur, sans être tenté le moins du monde de le composer, de peur de tomber sur l'organe guttural dont les accents germaniques m'avaient agacé les tympans sur la terrasse de l'Edelweiss.

En fait, lorsque je parvenais à cerner ce qui, au fond de moi, ressemblait à de la peine, s'imposait à mon esprit un autre prénom que je n'avais pas besoin de pressurer pour en extraire un suc de souvenirs. Agnès était mon réel souci, mon chagrin profond. Je déplorais son mutisme, je plaignais ses souffrances et je redoutais son retour.

Elle revint beaucoup plus tôt que prévu, le mardi. J'avais repris mon service à la navette. En rentrant le soir à dix-sept heures trente, je la trouvai à la maison. Son petit visage n'exprimait rien de plus qu'à l'ordinaire, rien de différent. Elle vaquait avec sérieux à des occupations sérieuses, rangeait du linge qu'elle venait de repasser. J'affectai une surprise heureuse :

« Ça alors ! Pourquoi n'as-tu pas envoyé Guillaume me dire que vous étiez là ? »

Elle tendit sa joue à mon baiser de camarade.

« Parce qu'il n'est pas avec moi. Il est resté chez ma mère. Il ne voulait pas sacrifier ses derniers jours de vacances.

— Pourquoi es-tu rentrée, alors, toi ?

— Ma sœur m'a dit qu'elle en avait assez du bureau de tabac. Elle ne le reprendra que samedi.

— Pourquoi samedi ?

— J'ai pensé qu'on pourrait retourner chercher

Guillaume tous les deux. Tu demanderais ton week-end.

— Tu as pensé ça toute seule, ou c'est Josy qui te l'a soufflé ? »

Je venais d'avoir une intonation sèche, peut-être inquiétante. Tout de suite, je la vis sur le qui-vive, le regard mobile comme une bête traquée, un léger tremblement agitait son sourcil.

« Toute seule, je t'assure. Je voudrais qu'on parle.

— Parlons tout de suite ! »

J'avançai vers elle, elle recula, une pile de linge dans les mains.

« Non, pas tout de suite ! »

Elle entra de dos dans la chambre dont elle venait d'ouvrir la porte d'un coup d'épaule de prisonnier qui s'éclipse.

Je la suivis, demeurai ostensiblement immobile sur le seuil de la pièce, les bras pacifiquement tombés le long du corps.

« Pourquoi trembles-tu ?

— Je ne tremble pas. »

Elle relevait un menton pathétique et frémissant.

« Si. Ton sourcil tremble. Ton menton aussi. Je te fais peur ? Tu sais, je ne te battrai jamais ! Guillaume non plus. Tu le sais ? »

Elle eut un soupir las, une sorte d'affaissement qui la voûta, creusa sa poitrine de gamine, la transforma, fugitivement, en vieille petite femme sèche.

« Laisse-moi, Romain. »

Je n'insistai pas, paralysé d'une timidité nouvelle au seuil de son secret, embarrassé d'une bonne volonté que je voulais garder loin de toute maladresse. J'avais perdu, avec l'ignorance, la confortable indifférence. Chacun de mes gestes, chacun de mes mots à présent me coûtait, je les trouvais condamnés d'avance à une triviale brutalité, je me sentais gourd et impuissant, avide d'une conquête glorieuse et définitive dont je n'avais pas les moyens. J'avais été trop longtemps un mari conventionnel, paisiblement résigné à la monotonie d'une conjugalité rodée, un type sans histoire et sans questions, sans fantaisie, sans élan. Je ne savais comment manifester mes désirs de changement, comment aborder le grand virage, comment solliciter les aveux d'Agnès, comment lui offrir les miens, en gage de nouveau départ.

La nuit tomba sur nos silences. Agnès mit le couvert dans le salon.

« Oh ! dis-je. Un dîner d'amoureux ?

— Puisqu'il n'y a pas Guillaume, répondit-elle, on pourra regarder la télé en mangeant. »

Je n'arrivais pas à croire à la médiocrité de notre vie, du moins, je refusais de penser qu'Agnès en était responsable.

« Agnès, tu voulais qu'on parle. Pourquoi la télé ?

— Pas ici, dit-elle. On parlera sur la route de la Côte. Ici, je ne pourrais pas. »

Le soir, dans notre lit, comme j'hésitais à la prendre dans mes bras, c'est elle qui vint blottir dans le creux de mon coude la minceur de son corps léger.

« Je t'ai manqué ? murmura-t-elle.

— Quelquefois...

— Je veux dire ici, dans ce lit. Je t'ai manqué dans ce lit ?

— Agnès... Je n'ai pas dormi dans ce lit. J'ai dormi dans le canapé du salon.

— Parce que je te manquais ?

— J'ai dormi dans le canapé du salon tous les soirs depuis vendredi.

— Et avant ?

— Avant, je n'ai pas couché à la maison. »

Je la sentis se raidir contre moi. Le souffle suspendu, la tête légèrement surélevée de mon épaule, elle attendait muettement, intensément la confession qui me brûlait les lèvres. Au bout d'un très long moment, elle osa demander :

« Où étais-tu ?

— Tu ne voulais pas qu'on parle ici. Tu préférais qu'on soit en voyage.

— Oui, j'avais peut-être des choses à te dire, moi. Je ne pensais pas que toi aussi...

— Pourquoi "peut-être" ?

— Ce que j'avais à dire aura l'air idiot, si ça se trouve. Si ça se trouve, tu vas me raconter que tu as rencontré quelqu'un, une fille, une touriste, ici, et que tu as eu une aventure avec elle, et que... et que votre histoire va continuer, et que... »

Elle pleurait contre moi, sans emphase, en reniflant à petits coups, comme une gosse. J'avais envie de refermer sur son corps hoquetant une étreinte violente, envie d'inventer toute une litanie de mots tendres et passionnés, des regrets, des serments, envie de pleurer avec elle sur notre passé bâclé, et la peine qu'il me fallait encore lui faire avant de la consacrer grand amour de ma vie.

Je surmontai la vague de culpabilité bouleversée qui me noyait le cœur, résistai du mieux que je pus à l'attendrissement pour expliquer, avec une feinte sérénité :

« Agnès, j'ai effectivement rencontré une fille, j'ai eu une aventure avec elle et notre histoire n'est pas terminée. Il y manque le point final. Nous devons nous revoir une fois, une seule. Je le lui ai promis. »

Elle ne s'indigna pas. Elle bougea seulement un

peu, lança son bras du côté de la table de nuit. Son silence m'impressionna. J'eus une peur absurde, mon imagination aux abois inventa je ne sais quel scénario désespéré et fulgurant, une arme à feu cachée dans le chevet, des cachets avalés à la hâte. Je criai :

« Agnès ! Qu'est-ce que tu fais ?

— Je cherche un kleenex, renifla-t-elle. Puis, s'étant mouchée, elle ajouta d'une pauvre voix trempée : Une seule fois, on dit ça. Et puis... et puis... je devine la suite. Tu vas me laisser ! Tu vas nous laisser, Guillaume et moi ! »

Elle éclata en de nouveaux sanglots que je berçai mal, peu rompu à mon rôle ambigu de bourreau compatissant.

« Non, Agnès. Je suis absolument sûr de moi. Si je n'étais pas sûr, je ne t'aurais pas mise au courant.

— Pourquoi, pourquoi tu m'en as parlé ? »

Ma sincérité la navrait, compromettait sa quiétude d'autruche, menaçait aussi son avenir. Je comprenais qu'il lui paraissait paradoxal d'avoir été mise au courant d'une histoire qu'on affirmait sans avenir. Mon aveu ressemblait plutôt à l'annonce d'une fuite qu'à celle d'un retour.

« Agnès, pour moi, c'est une sorte de reconversion. De ma vie et de moi-même. Je voulais que tu saches. Bientôt, je ne serai plus pareil. Je suis en train de muer.

— Plus pareil ? Mais je t'aime comme tu es, moi. Je ne veux pas que tu mues ! »

Elle venait de se jeter sur moi, me serrait convulsivement en haletant. Ma main trouva ses cheveux, y exerça une caresse apaisante dénuée de trouble. Elle ne s'y trompa point.

« Tu n'as pas envie de moi ? Tu n'as plus

envie ? D'habitude, quand je rentre, on fait tout de suite l'amour, le soir. Cette fois, bien sûr... tu as trouvé ton plaisir ailleurs ! Cette fille doit être bien plus belle et bien plus douée que moi pour ces choses-là ! Hein ? Dis-le, dis-le, que tu t'ennuies avec moi, que tu me trouves conne ! Je suis pas assez... assez dégourdie, je m'en doute, pas assez salope, et tu t'es lassé. C'est ça ? »

Je me dressai sur mon coude.

« Arrête, Agnès ! C'est moi, moi qui m'en veux, qui me trouve égoïste, timoré, médiocre. C'est vrai qu'on s'ennuie un peu, tous les deux, qu'on s'ennuyait. Mais je vais faire des efforts, je te le promets !

— Tu vas faire avec moi ce que l'autre t'a appris, c'est ça ? Tu crois que c'est agréable, pour moi ? »

Je parvins à rire gentiment.

« Oui, je ferai avec toi ce qu'elle m'a appris, et bien d'autres choses que j'inventerai pour toi, et oui, je veux croire que ça te sera agréable... Maintenant, explique-moi, toi, ma chérie, explique-moi de quoi tu voulais me parler, sur la route de la Côte !

— Oh ! Je voulais te montrer un endroit, un petit village assez joli, avec un café-tabac à vendre, et j'avais envie... envie qu'il te plaise, qu'on s'installe là-bas, parce qu'ici j'ai l'impression que tu t'embêtes, que tout t'énerve, que la navette te pèse, et moi, Valdoré, j'en ai ma claque, du tabac aussi, des touristes, de tout ça... Ce tabac, tu comprends, je ne l'ai pas vraiment choisi, c'est mon père qui...

— Je sais. Et moi, Agnès, moi ? Tu m'as vraiment choisi ?

— Oh ! Toi, oui ! Mille fois oui ! Je veux pas

que tu changes, Romain ! Tu me conviens très bien comme tu es. Juste que tu sois un petit peu plus heureux, si c'est possible.

— Écoute, Agnès. Écoute bien ! On descendra ce week-end voir ton café. On mettra tout de suite en vente le tabac de Valdoré. On va partir d'ici, tu as raison. Toi, tu vas partir d'abord. Tu me laisses Guillaume. On ne le changera d'école qu'à la rentrée de septembre. C'est mieux. Je m'occuperai de lui. Ça me fera du bien. À lui aussi. On déménagera dans l'été. D'ici là, je ne veux pas faire l'amour avec toi. Pas du tout.

— Pas du tout ! Pourquoi ?

— Il le faut. Même si c'est difficile. D'ailleurs, il faut que ce soit difficile.

— Et la fille ? tu vas la revoir, elle !

— C'est mon problème. Je dois la revoir une fois, je te l'ai dit. Une seule. Je ne sais pas quand. Je n'ai pas décidé.

— Tu te moques de moi ?

— Je ne me moque pas. Je vais faire une chose : en ton absence, je vais écrire un cahier, toute l'aventure que j'ai vécue avec elle, tout ce que j'ai ressenti, pensé, découvert. Je te le donnerai. C'est important. Je veux que tu le lises. Et puis une autre chose, encore : quand nous serons installés là-bas, dans le joli village, je veux que tu me donnes un autre enfant. Tu m'entends ? J'en veux un autre, un garçon ou une fille, peu importe, Guillaume devient grand, je n'en ai pas beaucoup profité, j'ai envie de pouponner. »

Je l'entendis se moucher une nouvelle fois. Elle bornait son chagrin à des dimensions simples, humaines, presque puériles, m'épargnait la tragédie, m'offrait déjà, avec le doute, sobrement exprimé, l'espoir de sa confiance et de sa consolation.

« Tu es sûr que tout ça, toute cette reconstruction, tu n'as pas envie de t'y lancer avec... cette fille ? Sûr que ce n'est pas à elle que tu as envie de faire un enfant ?

— Agnès, j'en suis absolument, irrémédiablement sûr. »

Guillaume ne manifesta pas, à se séparer de sa mère, les réticences que j'appréhendais. La nouveauté de sa vie le séduisait, il devenait, loin d'Agnès, plus grand, plus raisonnable et avait à cœur de se montrer à la hauteur des responsabilités dont je l'avais investi. Avec Agnès, il se comportait souvent en petit garçon futile et gâté. Avec moi, son attitude changea. Je lui avais dit : « Nous allons rester entre hommes quelque temps », et la formule l'avait séduit. Il nous fallut peu de jours pour nous découvrir, nous roder l'un à l'autre, nous apprécier. Je penchais sur ses devoirs d'école une mine intéressée et studieuse, partageais ses loisirs, l'admettais quelquefois le soir devant un film que sa mère eût interdit, lavais son linge, faisais les courses en sa compagnie. Dans le village, on nous regardait avec des airs entendus et apitoyés. La Claudette hochait la galoche de son menton, confiait à la Mimi assez fort pour que je l'entende : « Je comprends qu'elle soit partie, mais pas qu'elle ait laissé le gosse... » Le François m'apostrophait sans méchanceté : « Toujours père célibataire ? » Concluait, avec une fausse conviction : « C'est ben mieux ! » Curieusement, Guillaume n'avait expliqué à personne, à aucun de ses copains, pas même à sa maîtresse, que la situation était temporaire et que nous devions rejoindre Agnès aux grandes vacances. Le soir, il préparait deux plateaux-repas qu'il apportait au salon, s'installait sur le canapé avec moi, devant les infos, et déclarait en plissant une frimousse satisfaite : « On est comme sur un radeau ! » Les jours passés sans sa mère lui apparaissaient comme une sorte d'océan à franchir, il savourait la traversée avec une philosophie inattendue, l'enchantait de trouvailles drôles ou troublantes. J'accordais soudainement de l'importance à la moindre de ses réflexions. Le jour où il décréta, à bord du « radeau » du soir : « Papa, nous voguons vers l'île au Trésor », je fus confondu par la saveur de la déclaration.

Avec Agnès, j'échangeais des coups de fil fréquents. Elle avait le bon goût de jouer le jeu, de ne pas pleurer, ni de se plaindre. Elle me donnait des nouvelles de son nouveau commerce, qui bientôt deviendrait le nôtre, de notre logis aussi, puisqu'elle s'était lancée dans la réfection de l'appartement qui jouxtait le café. Je l'avais décidée à ne pas tenter de me voir. Pour les vacances de Pâques, je descendis Guillaume chez sa grand-mère, elle vint l'y trouver, muselant en elle ce qu'il y avait de tendresse navrée, d'amour frustré pour ne montrer qu'une bonne humeur dont Guillaume me parla longtemps quand je retournai le chercher : « Maman, elle est super contente. Maman, maintenant, elle rit plus qu'avant. Elle nous prépare une chouette maison, d'après ce que j'ai compris... »

Avril finissait. Il y avait à présent presque trois mois que je n'avais pas tenu une femme dans mes bras, que je n'avais pas fait l'amour. C'était bien ainsi. À plus d'un titre. Notamment en ce qui concernait le test H.I.V. auquel je me soumis, et qui serait tout à fait fiable. Ce test m'avait obnubilé longtemps, et même empoisonné. J'étais certain d'Agnès comme de moi-même et je n'envisageais de le faire pratiquer que pour rassurer tout à fait Ellie, pour le lui montrer le jour de notre rendez-vous et lui dire ainsi : « Tu vois que j'ai pris ta requête au sérieux, que j'ai préparé le cadeau, que tu peux me faire confiance... » Mais bien vite, il m'était revenu en mémoire qu'en fait Ellie avait oublié radicalement ses préventions au bout de deux ou trois jours avec moi ; elle n'exigerait sans doute pas le « certificat » auquel elle avait d'abord semblé tenir si fort. Si je ne renonçais pas, il m'apparut clairement que la situation s'était inversée, et que désormais, c'était moi qui me méfiais d'elle, moi qui avais besoin de garantie.

Ce jour-là, j'osai composer le numéro inscrit sur la boîte de capotes. Elle décrocha à la seconde sonnerie. Je reconnus sa voix chantante, son accent adorable à ce seul vocable interrogatif :

« Hello ?

— Ellie ?

— *Yes !*

— Ellie, c'est moi, Romain.

— Roman ! Oh ! Roman ! Tu ne m'oublias pas ?

— Non. Et toi, tu n'as pas oublié que je devais t'appeler ?

— Tu devais seulement si...

— Eh bien, je me suis décidé. En juillet, tu pourrais, en juillet ?

— En juillet. Oui...

— Le 14.

— Le 14 ? Pourquoi le 14 ?

— Je t'expliquerai. Mais je voudrais qu'avant, tu fasses un test. »

Il y eut un silence éloquent.

« Tu m'entends, Ellie ? Un test H.I.V. J'y tiens absolument. Tu viendras avec. »

Elle bafouilla un peu, chercha sans doute à me demander la raison de mon exigence, renonça vite.

« Oui, c'est d'accord. Je l'aurai... Tu me rappelleras ?

— Je te rappellerai. Garde-toi libre pour le 14, le 14 au soir.

— Tu souviens qu'on doit aller dans la téléphérique, d'abord ?

— Oui, justement, je me souviens. »

Je raccrochai avec l'impression d'avoir couru un cent mètres.

La station avait fermé peu après Pâques. Avec regret car un caprice de la météo avait reblanchi abondamment le pays et lui avait redonné l'aspect hivernal qu'un mois de mars trop doux avait effacé. La neige, tombée en tourmente ininterrompue pendant trois jours, avait gelé les bourgeons précoces, alourdi et cassé des branches, brûlé l'herbe tendre mais déjà épaisse des champs. Mai était arrivé sur des pieds glacés de coton blanc, le blizzard sifflait sinistrement d'un bout à l'autre de la galerie marchande, s'engouffrant sous les arcades, hurlant aux oreilles des passants, et gardant le Tave bien calfeutré au fond de ses ouatinages. C'est lui qui m'avait mis au courant, en plaquant une main prudente sur le dessus de sa chapka à hélices menacée par les éléments :

« Pour le 14 Juillet, cette année, y vont mettre le paquet !

— C'est-à-dire ?

— Un feu d'artifice du tonnerre de Dieu, avec embrasement de la cascade et du téléphérique.

— Du téléphérique ?

— Ouais ! Paraît qu'y vont farcir la benne de fusées, et la faire monter comme ça, tout en feu. Un truc qu'y z'ont encore jamais fait ! »

L'idée m'est venue. Une belle, une magnifique, une spectaculaire idée. La benne, à la clôture de la saison de ski, avait interrompu ses chassés-croisés. Avec le mois de juin, la chaleur s'était installée, les premiers touristes d'été avaient débarqué, et la benne avait repris du service. Quatre voyages par jour, pour emmener les randonneurs sur le plateau de Montfrais, où ils pouvaient se balader autour des lacs, réapparus depuis la fonte des neiges, ou pour s'étourdir du grand vent des cimes, là-haut, à deux mille huit cents mètres.

Après un mois et demi de besognes variées d'intérêt collectif, je reprenais moi aussi mon service à la navette, et je passais de longs moments non plus à lire, ayant, comme avant, délibérément tourné le cul de mon véhicule au monstre, mais garé face à lui, et passionnément attentif. Ma rééducation passait par cette phase d'observation intense, de domestication d'abord visuelle. J'aurais pu, de temps à autre, tenter la grande aventure, me risquer dans le ventre de la baleine, renouer avec des sensations abominables et jamais oubliées, et finir à force d'acharnement et d'héroïsme par exorciser le cauchemar. Mais mon idée était autre. Elle avait dit : « On ira ensemble et dans l'émotion de la victoire, on fera l'enfant. » Le programme m'avait séduit et touché. Cette émotion qu'elle recherchait et voulait mettre en scène, je ne devais pas la déflorer. C'eût été diminuer le prix de mon cadeau, son efficacité peut-être aussi. La victoire dont elle parlait, je la convoitais multiple et glorieuse, en tout cas, solennelle. Il n'y aurait pas de répétition, mais une seule vraie grande représentation, sous la lumière de projecteurs inattendus et fabuleux.

Vers la fin juin, j'ai mis à profit mes attentes au carrefour pour aller tournicoter à la gare, du côté de la cabine. Le François m'y a rencontré plusieurs jours de suite, m'a jeté des regards intrigués, m'a finalement demandé :

« Ça te travaille ben quand même, hein ? Tu y retournerais ? »

Je baisse les yeux, dûment penaud.

« J'avais dit “jamais”. »

Le François a son air raisonnable, son air de brave type qui connaît la vie.

« Faut jamais dire “jamais”.

— C'est vrai. Je voudrais bien y retourner, ne serait-ce que pour le gosse, monter avec lui au moins une fois. Seulement... »

Ses yeux, au fond des miens, m'interrogent, il branle une mine compréhensive et encourageante.

« ... seulement, tu comprends, il faudrait que je m'entraîne, sinon je risque de m'affoler. Avec le môme, c'est pas possible.

— Ça non, c'est pas possible, avec le môme !

— Avec personne d'ailleurs. Tu imagines que je prenne une crise d'angoisse devant les touristes ? J'aurais l'air con.

— Et puis, c'est pas ça, c'est les gens ! Tu vas foutre la panique à bord !

— Il faudrait que je sois tout seul.

— Tout seul ? Et qu'est-ce tu feras, si t'as la pétoche ?

— Qu'est-ce que tu veux que je fasse ? Je ne pourrai pas sauter ! J'attendrai que ça passe. Je me mettrai en boule dans un coin, les mains sur les yeux, ou je gueulerai, ou je me roulerai par terre. Mais personne ne me verra.

— Peut-être bien, mais tu pourras jamais te faire un voyage tout seul ! Ça, c'est pas possible ! Ou alors dans la première benne qui descend du matin, tu prends la place du fils Mathieu...

— Mais ça sous-entend que je sois déjà là-haut. Compliqué.

— Ouais. Compliqué.

— Moi, je pensais... La nuit du 14, qui c'est qui sera dans la cabine ? »

Il lève une main perplexe, allonge une gueule de lycanthrope.

« Ouh ! Alors ça ! Alors ça ! »

Guillaume est parti début juillet avec Josy, qui doit passer deux semaines chez sa sœur. J'ai donné ma démission pour le 13 juillet. Jusque-là, entre mes heures de service, je prépare des cartons, pour le déménagement qui aura lieu le 15. J'ai voulu, dès le départ de Guillaume, tout chambouler tout de suite, mettre l'appartement à sac, enlever les bibelots, les cadres, vider les placards, déshonorer le bel ordre douillet instauré par Agnès et respecté depuis. La privation de mon fils, pour la première fois de ma vie, m'est apparue insupportable dans le décor qui nous avait vus vivre tous les deux, étonnés de notre heureuse intimité. J'ai commencé par sa chambre, entassant, le cœur serré, des livres, des cahiers ; je me suis surpris à embrasser son chien range-pyjama, à me répéter : « Il le faut, il le faut », et enfin, mon Dieu, enfin, la terrible, cuisante déchirure de l'absence m'a ébloui en me brûlant. J'avais envie de lui téléphoner, de sangloter les mots d'Agnès, jusque-là vides de sens pour moi : « Tu me manques ! Tu me manques ! » Bouleversé, je suis tombé sur un petit message de sa main, griffonné sur une boîte en carton : « Papa, quant tu rangera pour déménager, n'emporte pas se qui y a dans cette boîte, c'est des chose que je suis trop grand pour elle, taqua les donner. » J'ai ouvert la boîte, n'y ai trouvé qu'une minuscule peluche rose et blanc en forme de souris que je n'avais jamais vue. Mais qu'avais-je vu, au juste, de sa petite enfance ? J'ai caressé la souris comme si elle pouvait me pardonner ma longue cécité et l'ai enfouie dans ma poche.

Je redoutais, en rangeant les affaires d'Agnès, de découvrir un cahier, des photos, des lettres, qui m'auraient appris d'elle ce que je ne voulais qu'entendre de sa bouche. Mais ses armoires ne cachaient aucun secret, le linge qu'elle n'avait pas pris était plié nettement, ses petits objets personnels disposés avec une attendrissante méthode, tout sentait la ménagère proprette et sans histoire, tout me paraissait trop simple et trop clair, tout me faisait mal par l'effort qu'on y devinait de ne rien laisser au hasard.

Le 5 juillet, j'ai composé, pour la seconde fois, le numéro inscrit sur l'étui de préservatifs. C'est une voix d'homme qui m'a répondu. Je n'ai pas eu la présence d'esprit de raccrocher, j'ai bafouillé. L'homme, avec un accent prononcé, mais très compréhensible, a dit :

« C'est toi, Roman ? »

J'ai répondu oui. Il a poursuivi :

« Je ne te passe pas Ellie. Elle est absente. Mais elle sera à Valdoré le 14. Tu peux l'attendre. »

J'ai balbutié :

« Ah bon, oui, merci !

— Non, a-t-il dit, non. C'est moi, merci. »

Il fait très chaud depuis quelques jours. J'ai fini les paquets, les cartons, j'ai démonté les meubles. Il ne demeure d'accessible dans l'appartement qu'une chaise, une table où je passe des heures à écrire pour Agnès le récit que je lui ai promis et le canapé sur lequel je dors. Tout le reste est emballé, entassé, prêt à partir demain. Je n'ai même pas gardé de quoi me faire un café. Sur le coup des treize heures, je descends à l'Edelweiss manger un sandwich. Le François est accoudé au bar, devant un énième petit blanc. C'est fête aujourd'hui. Le village, les bars, les terrasses bourdonnent d'une rumeur oisive et ininterrompue, les restaurants sont pleins, les enfants crient en courant sur la route, saluent le boulanger qui klaxonne, très en retard, guetté de toutes parts. Jenny se précipite, le François rit de la voir cavaler, la désigne d'un menton goguenard.

« Sans ça, pas de sandwich ! » me dit-il.

Elle revient chargée de deux énormes sacs remplis de pain.

« Alors, demande le François, ce soir ?

— Ça va se faire !

— Tout seul ?

— Tout seul !

— Écoute, j'y aime pas bien leur machine, moi non plus, j'évite le plus que je peux, mais si tu veux, je vais avec toi ! »

Son œil humide, attendri par le blanc, se plisse pour souligner l'extrême confidentialité de la proposition et offrir une alléchante complicité.

« Hein ? Si tu veux. On dit rien ! Faut pas y aller tout seul ! Ça va te faire malade ! »

Jenny dépose devant moi une bière salvatrice qui m'autorise une demi-minute de silence. Je me compose une physionomie de martyr héroïque et fier, dédaigneux du secours.

« Non, pas la peine. Tout seul, j'aime mieux ! »

Il lève son verre en me coulant un regard incrédule.

« Bien vrai ? Parce que, hein, si tu veux... »

Je secoue la tête, obstinément. Et soudain les prunelles du François s'immobilisent et s'éclairent en fixant la porte du bar, tandis que sa moustache remonte gaiement.

« Pardi ! Je comprends ! » ricane-t-il.

Je me retourne, elle est là. Belle à couper le souffle, bien plus belle que cet hiver, bien plus belle que dans mes souvenirs et dans mes songes, son corps divin, mince et charnu ensemble, ondule dans une petite robe noire dont les fines bretelles soulignent sans les cacher ses jolies épaules dorées et sa gorge ronde. Elle sourit, d'un sourire embarrassé qui découvre le bord aigu de deux incisives de gamine, étincelantes dans le hâle abricot de son adorable frimousse. Ses cheveux, d'un blond que le soleil a éclairci, s'envolent toujours en mèches bondissantes, l'auréolent d'une crinière mouvante de copeaux soyeux. Elle a un geste pour soulever, sur sa nuque, la masse de cette chevelure d'or pâle, un geste que je connais et qui me crucifie d'un poignant regret. Mon Dieu ! La retrouver, me laisser éblouir une nouvelle fois par sa grâce, et devoir si vite la perdre à tout jamais ! Pourquoi m'être infligé cet insoutenable bonheur, et cette souffrance avec, encore plus effarante ? Quelle délectation masochiste m'obligea, ayant surmonté la peine de la séparation, à la revoir, à raviver, par sa présence, les couleurs de ma chimère, délavées au fil des jours et soudain si éclatantes qu'elles pourraient bien m'aveugler ? Il fallait être terriblement inconscient, ou terriblement orgueilleux, pour l'inciter à revenir m'offrir des charmes que je me suis condamné à oublier définitivement dès demain !

Je reste en face d'elle, le ventre troué, avec un grand cri d'amour tragique enfoncé dans la gorge et, en la redécouvrant, j'ai mal, affreusement mal déjà de la voir repartir. Il me semble vivre un rêve triste, un cauchemar qui m'englue, m'empêche d'aller vers elle, de la prendre par la main, de l'emmener sur les chemins, de chanter, de rire, de l'étreindre, d'être gai, heureux, exubérant. Ellie, mon amour perdu, ma douleur vive, ce jour n'est pas celui de nos retrouvailles, mais de nos adieux, et déjà j'en crève...

Elle a posé son sac, a esquissé un pas vers moi, intimidée par mon silence. Elle écarte ses mains vides comme une accusée qui proteste de sa bonne foi et de son innocence.

« Roman ? murmure-t-elle. Roman ? Je vais mettre ma sac dans le chambre. Tu veux venir ? »

Je ne sais plus parler. Je fais non, de la tête. Elle insiste avec une douceur inquiète :

« Tu m'attends ?

— Oui, dis-je. Oui, va, je t'attends. »

On est partis à pied vers le moulin de La Villette. Le torrent monopolisait les échos, absorbait la chanson de la cascade, déchaînait son tumulte, sautant les larges pierres dans un essor furieux, crachant des gerbes d'écume comme des jurons, giflant les berges, bouillonnant, écumant, chuintant d'un interminable et assourdissant chuintement qui couvrait nos paroles. Nous ne nous étions pas encore touchés. Ellie a voulu tremper ses pieds dans l'eau, elle a perdu l'équilibre sur un caillou vagabond, s'est raccrochée à moi, tout de suite je l'ai reconnue, ma belle, ma fondante, chaude et souple contre moi, avec l'odeur framboisée de sa bouche, et tout près des miens, ce papillotement de ses yeux d'or que l'attente du baiser prive de regard... Avant que ma bouche ne se pose tout à fait sur la sienne, elle soupire, d'une voix monocorde de médium en hypnose : « Roman, j'ai le papier... Tu sais, la certificat... » Ses lèvres ne se dérobent pas, s'entrouvrent à ma quête, s'abandonnent aux miennes qui les caressent, les happent, les mordent, les écrasent, ma langue dans sa bouche s'émerveille à sa tiédeur, à son onctuosité, jamais je n'ai embrassé ainsi, avec une telle fièvre, une telle ferveur, une telle passion, jamais je n'ai éprouvé cette impression de donner mon âme, de la distiller goutte à goutte, de l'insuffler à qui est digne de la recevoir, à qui m'offre, en retour, le secret de la sienne ; avec la salive d'Ellie, suave et délicatement fruitée comme un miel, je bois son souffle, je bois à sa source même, à l'endroit où elle palpite et tremble et s'enivre de son propre élan, je bois sa vie...

Et puis, elle se reprend, se recule, me regarde, sa lèvre brille de notre étreinte, et s'enfle voluptueusement, je tends les bras vers elle qui s'échappe. « Roman, allons dans la téléphérique. Tu as promis ! » Je bande douloureusement, alourdi d'un désir violent et triste.

« Ce soir, Ellie.

— Ce soir ? »

Elle pose sur moi des pupilles brillantes que la perplexité élargit comme deux belles agates. D'une main à sa taille, je l'entraîne vers le chemin qui rejoint l'Enversin et coupe, en plusieurs endroits, le torrent que nous venons de quitter. Ses fines sandales s'accommodent mal des cahots du sentier, à tout moment elle trébuche, se rattrape à mon bras qui la tient fermement. Nous passons dans des coins de forêt délicieux où le soleil d'après-midi exacerbe des parfums sucrés de fraises trop mûres et de térébenthine chaude.

« C'est magnifique, ici ! s'exclame Ellie. On pourrait s'asseoir...

— Si tu veux, mais si je m'assois à côté de toi, je ne réponds plus de rien. J'ai trop envie de toi... »

Elle rit de son joli rire, indulgent et attendri, elle penche la tête vers moi dans un gracieux mouvement de bête câline qui quémande une faveur.

« Non, alors. On attend après la téléphérique !

— Non, pas après !

— Mais tu as dit...

— Tu verras. »

Le sentier bifurque au-dessus d'un ravin. Il faut monter à gauche pour gagner le hameau par les combes, ou descendre sur la droite et franchir un pont de bois pour retrouver la route goudronnée qui relie Valdoré à l'Enversin. C'est cette route que j'ai gravie en courant, aveuglé par mes larmes, il y a neuf ans, c'est sur cette route que je veux emmener Ellie. D'abord, le pont la ravit, ensuite elle découvre le macadam tout près, et proteste :

« Oh ! non ! déjà le route ! Pourquoi nous restons pas dans le si joli chemin ?

— Je veux faire un pèlerinage ! »

Deux cents mètres plus loin, sur le bord de la chaussée, un monument de marbre gris dresse sa stèle vers le double rail du grand filin qui traverse le ciel, au-dessus de nous.

« C'est là, dis-je. »

L'inscription est sobre et ne mentionne aucun

nom. « À la mémoire des victimes de l'accident de téléphérique du 13 janvier 1989. » Ellie s'approche, déchiffre le message.

« Ah ! C'est le tombe de ton ami ? demande-t-elle.

— Non, pas sa tombe. Juste un mémorial. Pour se rappeler. Je ne m'en suis jamais approché. C'est la première fois. Tu vois, c'est là qu'ils sont tombés. »

Elle renverse la tête, mesure la hauteur où se trouvait la cabine, au moment de la chute, ramène sur moi un regard grave. Notre silence est soudain troublé, puis tout entier peuplé d'une musique retentissante, assortie d'un bruit de moteur qui nous oblige à lever les yeux, les oreilles en alerte. Un véhicule doté d'un haut-parleur s'approche. C'est la voiture de l'équipe d'animation, elle aussi estampillée sur chaque portière au logo de Valdoré, un vaste téléphérique jaune et rouge. Le passager hurle dans son micro : « Amis touristes, bonjour ! Grande fête à Valdoré ce soir. Superbe feu d'artifice à vingt-trois heures, avec embrasement de la cascade et, pour la première fois, du téléphérique. Ne manquez pas ce spectacle ! Suivi d'un grand bal gratuit. »

« Embrasement de la téléphérique ? demande Ellie, très étonnée.

— Embrasement ! La benne est toute bardée de fusées, elle monte jusqu'à mi-parcours, s'arrête et redescend, elle sert de base à une bonne partie du feu d'artifice.

— Et il y aura des passagers ?

— Il y en aura deux. »

Quand je pénètre dans la cabine sombre, je sais qu'elle est là, toute petite, recroquevillée, tapie dans l'ombre. Du moins, je l'espère. Elle a dû suivre mes conseils, se faufiler trois ou quatre minutes avant mon arrivée, tandis que je distrayais, en demandant les dernières recommandations, les techniciens habituels ; ils avaient arrosé la fête nationale de franches libations, riaient benoîtement à mon désir d'exploit, n'y voyaient plus guère d'inconvénient. Ils m'ont armé d'un talkie-walkie et de quelques consignes, en me claquant le dos : « Toute façon, répétait le fils Mathieu, toute façon, si ça crame, y a rien à y faire ! » « Et si ça tombe non plus, surenchérissait Titin, hilare, y a qu'à laisser tomber ! » Le jeu de mots les a amusés un certain temps, ils ont redit encore une ou deux fois : « C'est ça, laisse tomber ! » et m'ont enfin abandonné à mon sort ; leurs pas, tandis qu'ils s'éloignaient, faisaient trembler le treillis métallique qui sert de sol à la gare, celui qui blesse les pattes des chiens et me file le tournis si je regarde au travers.

Transfigurée par la nuit, la cabine me semble étrange. Une vaste boîte vide qui résonne quand je chuchote : « Ellie ! Tu es là ? Ne bouge pas. Pas encore ! » Elle me répond par un murmure tandis que je pose un pied prudent puis un autre sur le plancher de notre vaisseau. Une oscillation imperceptible fige mes pas, me tétanise, me coupe la respiration. On bouge ! Le grand bateau, encore amarré pourtant, ondule et balance, à peine, à peine, mais déjà je sens une nausée, un vertige s'emparer de moi, m'étourdir, mes organes se liquéfient, mon cœur seul est encore à sa place, à sa douloureuse et trop petite place ; il a enflé, durci, il cogne dans ma poitrine sur un rythme sinistre, écrase tout le reste, je n'ai plus d'estomac, plus de foie, plus de poumons, je ne respire plus normalement, mon ventre est un champ de ruines, un marécage où d'inquiétantes laves se boursouflent avec des borborygmes affreux... Je ne pourrai jamais... Jamais. J'étais trop ambitieux, je croyais, parce que je l'avais décidé, en un instant venir à bout de mes hantises et conjurer la peur, oublier tout, le cauchemar d'il y a neuf ans, l'horreur, les nuits à me réveiller dans les hurlements et la sueur, je croyais que cette petite bonne femme, avec ses jolis seins, son joli cul, allait exorciser le mal, je croyais, présomptueux que j'étais, pauvre con, que j'allais pouvoir la baiser, là, là-dedans, dans le tombeau de Christian, que j'allais bander et jouir avec ces images d'épouvante sous mes paupières, ce bruit d'eau dans ma tête qui chuinte, interminablement, ce Niagara infernal qui tombe, qui tombe... Laisse tomber... Je m'accroche à la paroi, j'ai dans la main la radio, j'ai tellement crispé les doigts dessus qu'elle me rentre dans la chair, je recule vers la sortie, je sens l'air de la porte béante dans mon dos... Encore deux pas, un seul, et je suis libre, et je m'enfuis, et je cours à perdre haleine vers la route. Mais un bruit inattendu m'électrocute, la secousse est telle que je me heurte le coude au montant métallique. « Romain, crache l'appareil, c'est l'heure, tu peux fermer. Va au tableau ! » Non, je ne veux pas y aller, je n'irai pas ! Tant pis, tant pis pour tout, pour eux, pour Ellie, pour moi, il en va de ma raison, de mon avenir, je me barre, je ne reste pas là, la nuit m'appelle, la vie aussi, c'est si simple de renoncer, de mettre un pied dehors, sur la grille qui frémit et qui chante !

Non, ce n'est pas simple ! Une détonation monstrueuse retentit soudain, éclate et rebondit interminablement entre les montagnes, puis une seconde, puis une troisième, ce sont les salves du début de la fête, les trois coups attendus. Le vacarme me pétrifie d'horreur, paralyse ma fuite, m'écorche les nerfs, me transforme en bête aux abois que la terreur tue. Devant moi, les trois fusées sont montées tout droit, rayant de leur braise rouge l'encre noire du ciel. Le feu est tiré du pré situé en contrebas du téléphérique. De l'endroit où je suis, je ne vois ni la foule massée sur l'Esplanade, là-haut, ni le champ de manœuvre, en dessous. Je ne vois que ces trois comètes, qui, l'une après l'autre, fusent dans la nuit en arrachant aux montagnes des éclats tonitruants.

« Romain, vingt-trois heures ! Vas-y, ferme ! » redit le talkie. Alors je sens une main chaude sur ma main. Ellie s'est dressée, elle est venue à moi, elle me supplie doucement : « Roman, viens ! Tu as une lampe ? » Je l'ai laissée m'attirer à l'intérieur de l'engin, lui ai tendu la torche que j'ai emportée.

« Comment tu fermeras ? Montre-moi ! »

J'ai des jambes de plomb pour marcher au tableau. Ellie dirige le faisceau vers les commandes, je lève le bras, doucement, j'actionne un bouton. Un déclic, suivi d'un ronronnement de poulie bien graissée : les panneaux de la porte doucement coulissent, repoussent la fraîcheur de la nuit, nous enveloppent tout de suite d'un air feutré plus dense. La boîte est hermétique, nous sommes ses prisonniers ! Un deuxième ronronnement, plus ténu encore que le précédent, se fait entendre : les ponts se relèvent de chaque côté de l'engin. Plus rien ne le cale, plus rien ne le rattache à la gare, il peut décoller. « Vas-y ! » chuchote Ellie. Mon doigt n'en finit plus d'hésiter jusqu'à ce que ses doigts à elle, impatients, fermes, m'obligent à la décision, se posent sur ma phalange, la pressent, la tiennent appuyée sur le bouton fatidique, tandis qu'un premier tir de fusées incendie les ténèbres, tout autour de nous, et nous éclaire d'une violente lueur rouge qui nous déguise en extraterrestres.

C'en est fait ! Notre capsule a donné le grand coup de reins ailé qui va l'emporter à travers l'éther, et je reste là, abasourdi, dépassé par la catastrophe de ce voyage librement consenti, prémédité et surhumain. Une pluie incandescente tombe tout autour de nous, qui montons doucement, très doucement, vers d'autres fontaines de lumière. « Roman, s'exclame Ellie, c'est magnifique ! Tu es peur ? »

Oui, je suis peur, je crève de peur, et pourtant, c'est vrai, elle a raison, c'est magnifique ! Notre épopée nocturne, semi-clandestine, à travers ces geysers scintillants, ces palmiers de feu, ces myriades de constellations multicolores, a quelque chose de surréaliste et d'envoûtant. Le spectacle ininterrompu bat son plein, un tir nourri de chandelles et de fusées embrase sans fin les ténèbres, des ombelles d'un blanc aveuglant développent sur nos têtes leurs vastes coupoles éphémères, des grappes d'améthystes et de rubis les remplacent, d'étranges spermatozoïdes d'or sillonnent le ciel de leur course zigzagante et folle, en sifflant étrangement, les échos s'offusquent, tonnent, rugissent, se répondent, répercutent sans fin des déflagrations grandioses, et nous montons toujours lentement, imperturbablement, à travers ce concours d'étoiles, cette parade onirique. Sur notre gauche, de nouvelles détonations, plus lointaines, rétorquent aux premières. Les Rousses éructent à leur tour, de chaque côté de la cascade, des feux de Bengale la cernent d'un halo vert, la révèlent en la transfigurant, la métamorphosent en décor de théâtre blafard, tandis que des inflorescences s'épanouissent ici et là à flanc de roches ; on dirait qu'un géant furieux soude et forge, à grand renfort d'étincelles, les armes d'un dieu tout-puissant. À bord de notre capsule, qui poursuit son inéluctable route dans la lave et le plomb fondu, Ellie se déplace, je crains naïvement qu'elle ne risque d'aggraver le ballant de la course. Je lui crie :

« Ne bouge pas ! Ne bouge pas ! »

Elle m'a quitté, se retourne, vive et preste comme un elfe, je vois les vrilles pâles de sa chevelure se découper en contre-jour sur la large vitre éclairée par des gerbes vermeilles.

« Si, je bouge ! Sois pas bête, Roman, je la ferai pas tomber, la téléphérique ! Je veux voir. C'est superbe. Viens, toi aussi ! »

Le tumulte me soûle et m'occasionne à chaque explosion un spasme nerveux qui me noue les reins et le ventre, me fait trembler, hérisse ma peau d'un frisson convulsif.

« Nous sommes en plein dans la cyclone ! s'extasie Ellie. Moi je suis pas peur. Viens ! »

Il y a peut-être quatre pas à faire pour la rejoindre contre la baie où elle a collé son front de gosse émerveillée. J'en suis incapable. Une appréhension superstitieuse m'interdit ne serait-ce que de décrisper mes poings, de desserrer mes dents qui, à chaque coup de semonce, craquent un peu plus fort.

« Je ne peux pas, Ellie, je suis cloué...

— Mais rappelle ! rappelle dans la bulle que tu venas à mon secours en passant dessus le siège ! C'était beaucoup plus difficile...

— Ce n'était pas le téléphérique, Ellie ! Ici, ici, je... je... »

Elle est revenue vers moi, m'a attrapé à la ceinture, m'a attiré doucement.

« Oublie la téléphérique, Roman ! Dis-toi on est dans un rêve, un très beau rêve. Ce serait bien de faire l'enfant ici, non ? Dans un endroit et un moment magiques, en dehors de tout, au milieu des étoiles ? C'est ça que tu avais pensé ? C'est pour ça que tu m'emmenas là ? »

Mon silence piteux est une approbation, mais je n'ose avouer que la trouille me prive de moyens, d'élan, de simple motivation.

« Viens, Roman ! Viens vers la lumière ! »

Insensiblement, et sans trop réaliser comment, j'ai fini par me mouvoir, et je me retrouve tout contre la vitre qui encadre la montagne, encore loin devant nous, et que les panaches de comètes viennent éblouir rythmiquement. Derrière moi, Ellie plaque la chaude et souple ventouse de son corps, elle me ceinture de ses deux bras croisés autour de ma poitrine, elle murmure à mon oreille.

« Respire, Roman ! Respire comme le petit chien. Tu souviens, ce que tu me montras dans ta bulle ? Domine le peur, le souvenir, domine-toi, vole un petit étoile de ce grand brasero, donne-le-moi et fais-moi l'enfant du vertige ! »

L'enfant du vertige ! Elle a de ces trouvailles ! Tout vocifère autour de nous, tout s'enflamme, et il me semble que notre embarcation vacille au son du canon, se couche sous la mitraille...

« On bouge trop, Ellie, j'ai la tête qui tourne...

— Respire ! Fais comme moi ! »

Dans mon dos, je la sens haleter consciencieusement, sa poitrine m'inflige un suave et trépidant massage, son ventre sur mes fesses enfle et désenfle, son souffle dans mon cou m'entraîne, malgré moi je joins à ses efforts les miens, entrecoupés de stases alarmées dès qu'une fusée explose... Je parviens à stabiliser le rythme au moment où la cabine stoppe son ascension.

« C'est bien, m'encourage Ellie. Moi, peut-être, dans neuf mois, je fais aussi cette respiration, dans le peur et le douleur. Tu penseras à moi ? »

Ses mains ont quitté ma poitrine. Elles s'emploient sur ma braguette à un dégrafage habile. Je me tiens comme un prévenu, les paumes plaquées à la vitre, les chevilles écartées.

« Oublie la téléphérique, me redit ma démone, et rappelle les bons moments, quand tu as baisé avec ta paysage, dans le car, et quand j'ai pris ta queue devant la miroir... »

Elle a croisé ses doigts sous mes couilles, ma bite repose là-dessus comme un bout de viande inutile et désespérément mou.

« Maintenant, tu vas baiser avec le peur et avec le tonnerre ! » me prévient-elle.

Au même instant, comme au signal secret d'un metteur en scène magicien, un énorme bang éclate tout près de nous, ébranlant la cabine qui tangue sous nos pieds. Mon sursaut est celui d'un condamné que son exécution imminente met à vif. Je me retourne vers elle, avec une incontrôlable brutalité, je proteste, je hurle, je sanglote :

« Je ne peux pas, Ellie ! Je ne pourrai pas ! C'est trop violent ! Tout est trop violent : le bruit, le vertige, j'ai trop peur, on ne fait pas un enfant dans cette violence ! Je ne voulais pas ça. Je m'imaginais... »

Le visage d'Ellie, bleui par les retombées luminescentes du gigantesque pétard qui vient d'exploser, se crispe, arbore un aspect tragique et méconnaissable de gorgone.

« Si, il faut le faire comme ça ! Justement comme ça ! Quand je vais me le tirer du ventre, quand je saignerai, quand je déchirerai ma chair, quand je gueulerai du mal qu'il me fera, quand j'éclaterai, tu crois que ce sera pas violent ? Tu crois que l'accident de Gunther, qui lui a tué les jambes et la bite pour toujours, il était pas violent ? Tu crois que ce qu'il a dans la tête, pour me laisser venir ici, avec toi, pour me pousser même à venir, à baiser avec toi, tu crois que ce désir, ce rêve, cette sacrifice, ils sont pas violents ? Tu crois que moi, je suis pas violente, avec mon envie d'arracher cet enfant au destin, de l'obtenir à n'importe quel prix ? »

Elle crie dans la tourmente tandis que d'autres fusées explosent au flanc même de notre esquif, nous assourdissent, nous secouent.

« Regarde ! Regarde ! ordonne-t-elle d'une bouche que la passion durcit. Regarde ça, ce qu'il m'a donné, ce qu'il m'a demandé d'emporter pour être un peu avec nous, pour participer de loin à notre projet magnifique, regarde qu'il est avec nous ! regarde par quoi il se fait représenter, dis-moi si l'idée, elle est pas violente ! »

Elle a ouvert son sac, elle brandit un objet qu'à la fulgurance d'une comète verte, j'identifie avec stupeur : il s'agit d'un godemiché, non pas sophistiqué, caricatural à force de réalisme comme on voit dans certains catalogues, avec une texture, un relief, des détails extrêmement soignés ; non : son truc à elle est blanc, parfaitement lisse, il a une forme classique d'obus, de dimension sobre, elle le tient à pleines mains, comme une arme, comme un drapeau, elle poursuit sa diatribe vindicative, au mépris des glapissements des torpilles qui morcellent la nuit de leur fuite démente.

« Ça ! ça, tu vois, il s'en sert pour me faire l'amour, comme il se sert de ses mains et de sa bouche. Il a pas voulu se laisser mettre un tringle dans la bite, il a préféré ça, un truc qu'il ouvre le tiroir pour le prendre, et ouvrir le tiroir, ça revient à bander, il a dit : "Je veux pas avoir toujours sur moi ce tringle que je devrais tordre dans un sens pour pisser et dans l'autre pour te mettre, tu mérites mieux comme mise en scène, j'aime mieux ouvrir un tiroir ! " Jamais — tu entends bien ça —, jamais je l'ai emporté avec moi, si nous partons, c'est lui qui le prend comme un bout de son corps, moi jamais je le pris, et hier, il me le donna, il dit : "Prends ça, aie du plaisir avec, je serai un peu avec vous pendant le moment que tu nous fais un petit..." » C'est pas violent, ça ? C'est pas triste et beau, violemment beau, à mourir ? »

Le discours me laisse sans voix. Avec un ébahissement mêlé d'effroi, je l'entends encore crier :

« La vie, c'est comme la mort, c'est toujours violent dès la début, c'est fabriqué de rien, de presque rien, il faut une magie, une sorcellerie pour décrocher l'étoile, pour transformer le pierre en or, le vide en plein, et il faut un maelström. Nous transformerons ton terreur en quelque chose de vivant, en quelqu'un de chair, nous baiserons dans le cœur du volcan, dans le bouche du canon, je le veux ! »

À gestes précipités, elle se débarrasse de sa veste, sa robe, son slip qui volent à travers l'obscurité. Un rayon orange, puis un autre, et encore un autre, très rapides, réguliers comme des signaux de phare, éclairent la trajectoire de ses vêtements ; la voilà nue, elle se dresse, pythie solennelle, étrangement armée, elle pointe sur moi son olisbos à la façon d'un pistolet :

« C'est la guerre, clame-t-elle. Les bombes et le feu ! Si nous devons mourir ce soir, il faut mourir en baisant ! »

Autour de nous, l'univers fulmine et crépite, ravagé de tumulte, resplendissant de soleils fabuleux, d'astres flamboyants.

« Regarde ! Regarde ! Tu pourras pas rester toujours comme ça, planté et sec comme un arbre mort. Je ferai chauffer ton ventre, tes reins, tes couilles, je prendrai la vie là où elle commence, où elle bouillonne, je trouverai la source et le chemin, je te ferai bander, si seulement tu me regardes, bander et cracher. Regarde bien ! »

Des fesses, elle a trouvé l'unique siège de la cabine, une sorte de coffre, sous la grande baie, qui traverse l'engin d'une paroi à l'autre et sur lequel, je me souviens, je me suis moi-même posé parfois, du temps de mes voyages à bord, tournant le dos au vide et serrant les paupières. L'assise n'est pas étudiée pour servir de banc, elle est mince et inconfortable. Elle est montée là-dessus, s'y est accroupie, genoux largement séparés, sur la pointe des pieds. La vitre derrière elle et l'étroitesse de son perchoir l'obligent à se tenir très droite, presque cambrée, le pubis en avant. Sa silhouette de gargouille, étrange, monstrueuse, se découpe sur le verre qu'un arbre de lumière blanche, en s'éteignant, teinte encore d'une aurore laiteuse. Mais une déflagration sur notre gauche engendre de nouvelles frondaisons éclatantes, dont les retombées illuminent notre habitacle ; à droite, ça pète aussi, un pin déploie un parasol phosphorescent, puis un saule rutilant pleure ses longues branches poudroyantes, le vaisseau tangue et flamboie. Ellie est bien nette cette fois dans la clarté aveuglante. Je vois, en quelques secondes, tous les détails de sa pose obscène, je vois sa main d'exhibitionniste, ses doigts écartés en V qui élargissent, de part et d'autre de ses lèvres moussues, sa fente ouverte et luisante, d'un incarnat profond, je vois, dans son autre main, l'instrument oblong, à la blancheur presque bleue, diriger sa tête vers un chemin encore enfoui, s'y frotter, s'y perdre. À peine ai-je le temps de réaliser la crudité du spectacle que la pénombre revient par vagues rapides, mais un énième coup de canon éclate, ramenant déjà le jour, un jour éblouissant dans lequel mes yeux hésitent à comprendre. Le gode est plus qu'à moitié invisible, à présent, Ellie le tient toujours, mais elle se l'est planté dans le ventre par une porte que sa posture ne me permet pas d'appréhender. Sa petite gueule hagarde, son regard fou me défient.

« Je l'ai mouillé dans ma chatte et je m'ai enculée avec ! Tu vois ? Est-ce que tu le vois ? »

Je suis devant elle, cramponné à l'un des porte-skis, je serre si fort la barre que je ne sens plus mes doigts, des fourmis m'envahissent les mains jusqu'aux poignets, les mots s'étranglent dans ma gorge.

« Attends, je vais te le montrer ! »

Violemment éclairée par le brasillement d'une ramure d'argent qui vient d'envahir l'espace, elle pivote sur un pied, jusqu'à me tourner le dos, et pointe vers moi sa croupe indécente. D'une main à la vitre, elle garde son équilibre, de l'autre, elle écarte ses fesses, et ainsi qu'au cirque un prestidigitateur, à gestes emphatiques, présente une apparition étonnante, elle me montre l'objet dont n'émerge que la base. Des éclairs bariolés se succèdent, des topazes pleuvent, des émeraudes ruissellent, jetant sur la scène des faisceaux mouvants, incendiant le corps d'Ellie, le pâlissant, le verdissant et, peu à peu, je me laisse prendre à cette diabolique scénographie, la tête pleine de vacarme et de fumée, les yeux piégés, l'imagination allumée par les déhanchements de ma sorcière au sabbat qui joue un jeu torride.

« Regarde, je le fais sortir ! Regarde je le reprends. Tu vois ? Comme si je chie, sans les mains. »

Des sémaphores géants sculptent sur son corps des ombres fantastiques, projettent çà et là des éclaboussures incandescentes, le gode, entre ses fesses, opère un fascinant va-et-vient, très lent, absolument contrôlé, je suis sa naissance régulière, organisée, assiste à sa remontée terrible. D'une gymnastique précise, à coups de sphincter parfaitement maîtrisés, ma diablesse se délivre et se réinvestit, alternativement. Bientôt, le ballet de cette fausse bite qui navigue dans son cul a raison de mon angoisse, monopolise mon attention, m'emplit d'une fièvre qui ne doit plus rien à la terreur.

Une mitraillette crache, à l'arrière de notre char, des gerbes de diamants, un canon, à l'avant, s'emballe et tire à boulets rouges, des grenades latérales sautent, engendrant des rayons irréels, et moi, moi, Dieu que la guerre est jolie ! moi, je bande enfin, d'un élan farouche, d'une queue gorgée, apoplectique, qui rutile dans le brasier de cette apocalypse.

J'ai lâché la barre où je m'arrimais, j'ai avancé vers elle qui ne me voyait pas, j'ai posé sur son cul arrogant la tonique preuve de mon émoi, le fût de mon arme en alerte. Sa main me trouve et me reconnaît, referme sur mon barreau le bracelet de doigts fervents. Je l'aide à se retourner, la voilà face à moi, toujours accroupie, toujours ouverte, les yeux élargis sur des prunelles extasiées.

« Roman, s'exclame-t-elle, tu es magnifique ! Ta queue est magnifique, tu ressembles à un dieu, viens, viens ! »

Elle m'appelle tout contre elle, m'étreint de bras possessifs, me plaque les jambes au bord du siège, me happe la bite d'une bouche goulue, mes couilles à son menton écrasent leur masse bouillante, je sens sa langue active dans mon sillon, ses dents, sur mon prépuce, retenues et pourtant terribles, ses joues me pompent, et sa gorge, et son palais. Je m'enfonce dans un piège de velours, un tourbillon épouvantable, irrésistible de volupté pure.

« Non ! Ellie, arrête, arrête tout de suite ! »

Elle desserre la mâchoire, me laisse repartir à regret, je recule avec effroi dans la caverne mouillée où j'ai failli exploser de bonheur, je supplie :

« Arrête ! Je suis au bord, je vais partir...

— Pas partir, dit-elle. Venir. Tu dis partir, c'est venir qu'il faut dire. Jouir, c'est pas un fuite, c'est un rendez-vous...

— Ce sera une fuite, Ellie, si tu continues. Laisse-moi te prendre !

— Pas tout de suite ! Je veux jouer avec le feu. Faire bouillir la marmite du diable ! Que le jus de tes couilles te brûle avant de gicler ! Que mon enfant soit le fils de la foudre, regarde autour ! »

Autour de nous, l'univers, qu'elle désigne d'un large geste, est en proie aux flammes de l'enfer, à la lutte des Titans, à la guerre des Étoiles. Le temps est aboli, il n'y a plus de nuit, plus de jour, seulement un vaste brasier, toutes époques confondues, des volcans préhistoriques vomissent des fleuves incandescents, Austerlitz, Verdun, Pearl Harbor mêlent leurs stridulences, leurs fureurs, leurs éclatements, un empire d'aveuglant mica contre-attaque, les hauts fourneaux des Cyclopes rugissent et flambent. Suspendu en plein cataclysme, je me sens une parcelle de feu, une étincelle effervescente, ma queue démente est un tison rougi, un lance-flammes ivre, dans mes reins mon foutre bout, mes couilles cuisent, toute ma peau, tous mes nerfs, mon corps entier participe à la grande fournaise. Ellie, devant moi, bouche ouverte, chatte béante, avec les serpents d'or de ses cheveux tordus dans la tourmente, est une sorcière au bûcher, torturée d'ardeurs, mon assaut vers elle se fait irrépressible, j'ai posé un genou sur le banc, mon bélier brûlant dresse la tête contre sa toison trempée, je passe mes mains sous ses fesses, la soulève, l'attire, la dispose, la gueule vorace de sa chatte m'embouche et me gobe, sous mes doigts qui se sont rejoints entre ses fesses, je sens la base dure du gode qu'elle a gardé dans le cul, elle hurle : « Lime-moi avec, aussi, lime derrière ! » Mon bazooka dans son con se frotte à un os inhabituel, c'est ce paf artificiel qui la peuple et la rend plus étroite ; en lui obéissant, en le branlant dans son cul, de haut en bas, de bas en haut, c'est aussi ma bite que je frictionne, la sensation est démoniaque, Ellie hoquette : « Je suis pleine, pleine, j'éclate entre vous deux. » Elle accroche des mains enragées à ma nuque, elle me serre entre ses genoux tétanisés, m'aspire jusqu'aux couilles dans l'œil du cyclone. Autour de nous, le bouquet final se déchaîne, tout vire, tout se renverse, des mondes pulvérisés tournoient, des soleils naissent et meurent à la même seconde, l'apothéose, en ondes concentriques, m'embarque dans son maelström, mon foutre part en salves dantesques, en napalm intarissable, je crois le voir trouer la nuit, monter dans le ciel, se ramifier en fontaines étincelantes, je crie : « Je viens ! Je viens ! Prends tout ! Garde tout ! » Ma main droite effrénée lui pistonne le cul avec le gode, elle gueule aussi, elle pleure, elle sanglote des phrases que je n'entends pas à cause de la canonnade environnante, la tête me tourne, mon cœur explose, mes oreilles bourdonnent, mon ventre exulte, un vrai, un merveilleux, un gigantesque vertige me prend et, pour la première fois, m'enivre en me comblant. Avec la sensation de basculer, de tomber, de flotter, de défier la gravité et la logique, je jouis interminablement au rythme des torpilles qui mitraillent l'éther et clament la fin d'une ère... Le dernier jet me laisse abasourdi de bonheur, liquéfié d'amour. Dans la fureur et la beauté grandiose de cette nuit, je viens, j'en suis sûr, de créer de la vie, je viens aussi, à tout jamais, de devenir un autre... Je viens, Ellie, merci, mon amour, de décrocher l'étoile...

Ce n'était pas avec elle que je venais de baiser. Elle l'avait compris avant moi, m'avait averti. J'avais baisé avec la peur et le tonnerre, avec mon vertige, avec moi-même, écartelé, déchiré par une mue violente et nécessaire. Elle, je ne l'ai retrouvée qu'un peu plus tard dans la nuit fraîche où montaient les premiers flonflons du bal. Elle marchait à mes côtés, petite et silencieuse. Elle m'a proposé : « Tu veux aller danser ? » J'ai secoué la tête, ai serré, en manière d'excuse, sa menotte dans la mienne. « Tu veux venir dans ma chambre ? » J'ai redit non. Elle a approuvé : « Tu as raison, c'est mieux. »

Devant l'Edelweiss, nous nous sommes arrêtés, regardés. À cette seconde, j'ai su que je l'aimais comme un fou et que j'allais la perdre pour toujours. « Veux-tu que je te donne des nouvelles ? » Sa voix tremblait, elle croisait sur sa poitrine les deux pans de sa veste avec un geste de gamine frigorifiée. Ses bras fuyaient les miens, j'ai enfoui ma main dans ma poche, y ai trouvé la souris de Guillaume. « Tiens ! Prends ça ! C'est de la part d'un petit garçon qui a grandi. Ça te portera bonheur. Et ne me donne pas de nouvelles. Jamais. » Elle a pris la peluche, elle a voulu sourire, les coins de sa bouche ont frémi. « Oh ! Roman ! » Elle s'est jetée sur ma poitrine. J'ai bu sur ses joues le sel de ses larmes, j'ai bu sa tristesse à même ses lèvres douces, j'ai mis dans mon baiser tout ce que j'avais de tendresse et d'amour et puis je l'ai repoussée, les deux mains sur ses épaules :

« Va-t'en mon amour. Va-t'en vite ! »

Elle est partie sans se retourner. J'ai suivi des yeux sa silhouette sans m'apercevoir que je pleurais aussi. Elle a dépassé la flaque de lumière d'un lampadaire, est entrée dans une zone d'ombre. De dos, et déformée par l'écran flou de mes larmes, elle s'est mise à ressembler à Agnès...

Je suis rentré ici, à l'appartement. J'ai travaillé longtemps, pour rédiger les pages du dernier chapitre que je venais de vivre. J'ai achevé le récit. Je l'emporterai demain, tout à l'heure, avec le déménagement, je le donnerai à Agnès en arrivant, avec une lettre, qu'il me reste encore à écrire.

Mon amour, mon cher et tardif amour,

Voilà, j'ai fini.

Quand le lecteur devient voyeur...

Françoise Rey

"La femme de papier"

Une femme au "ventre désœuvré" s'adresse à l'homme à qui, en maîtresse soumise, elle s'est jadis livrée de tout son corps. Dans une longue lettre à "l'amant aux yeux jaunes", elle réécrit le roman impudique et voluptueux de leurs souvenirs libertins, s'amusant à faire du lecteur le voyeur d'une relation d'amour débridée.

La lettre indécente de la maîtresse à l'épouse

Françoise Rey

"Le Gourgandin"

Devenir la maîtresse d'un "gourgandin", un de ces êtres redoutables et charmants qui savent si bien chercher le plaisir partout où il se trouve, est un jeu plaisant mais dangereux. Quand les nuits de débauche font place à la jalousie, l'amante délaissée peut décider d'écrire à l'épouse légitime de son gourgandin : "Ma chère Christine, voici le portrait de ton mari comme tu ne l'as jamais vu…"

Six allers simples pour le plaisir

Françoise Rey

“Nuits d’encre”

Le récit de six nuits torrides, racontées par l’une des plus belles plumes érotiques. Ces variations amoureuses dessinent une sorte de parcours initiatique où la sensualité métamorphose à chaque fois ceux qui ont voulu trouver le plaisir dans l’équivoque, la volupté et les excès de toutes sortes.

Achevé d'imprimer sur les presses de

BUSSIÈRE

GROUPE CPI

à Saint-Amand-Montrond (Cher)

en août 2001

POCKET - 12, avenue d'Italie - 75627 Paris Cedex 13

Tél. : 01-44-16-05-00

— N° d'imp. 14279. —

Dépôt légal : septembre 2001.

Imprimé en France